王竣 著

山东老乡

山东文艺出版社

图书在版编目（CIP）数据

山东老乡 / 王竣著. —济南：山东文艺出版社，
2020.12

ISBN 978-7-5329-6253-2

Ⅰ.①山… Ⅱ.①王… Ⅲ.①长篇小说－中国－当代
Ⅳ.①I247.5

中国版本图书馆CIP数据核字（2020）第210889号

山东老乡

王竣 著

主管单位	山东出版传媒股份有限公司	
出版发行	山东文艺出版社	
社　　址	山东省济南市英雄山路189号	
邮　　编	250002	
网　　址	www.sdwypress.com	

读者服务 0531－82098776（总编室）
　　　　　 0531－82098775（市场营销部）
电子邮箱 sdwy@sdwypress.com.cn

印　　刷	山东新华印务有限公司
开　　本	710毫米×1000毫米　1/16
印　　张	19.75
字　　数	236千
版　　次	2020年12月第1次版
印　　次	2020年12月第1次印刷
书　　号	ISBN 978-7-5329-6253-2
定　　价	52.00元

版权专有，侵权必究。如有图书质量问题，请与出版社联系调换。

目 录

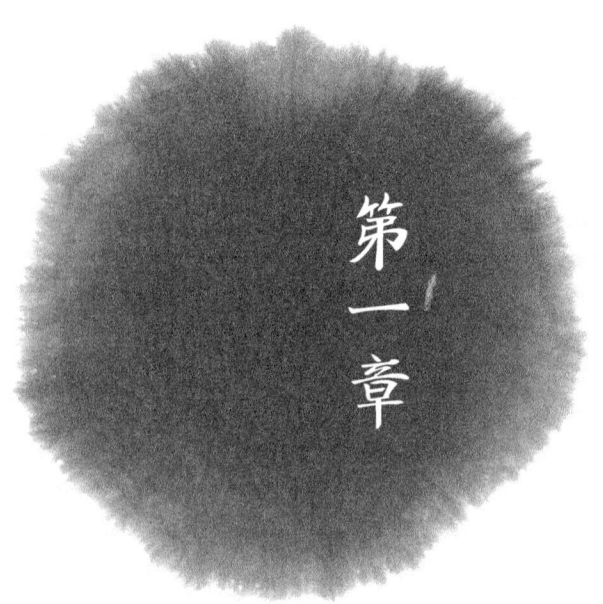

第一章

　　在南阳湖周围散落着许多小镇,清澈的湖水,沿运河而居的居民,以船代步的叶叶小舟, 千顷荷花与野鸭芦苇, 勾画出一幅天然水乡的美丽图卷。

　　龚微湖从小生活在微山湖南阳镇。在龚微湖还未出生的时候,祖父龚守德和祖母龚刘氏领着一大家子人居住在离南阳岛不足一公里的龚庄村, 当时的老宅院只有三间土屋。

　　龚守德和龚刘氏育有两子两女,两个女儿为长,先后出嫁。两个儿子,大的名叫龚大龙,小的名叫龚二虎。龚大龙娶妻生两子。龚二虎虽娶妻,生子却一波三折,妻子怀孕两次孩子没出生便胎死腹中。龚守德和龚刘氏夫妇,因二儿子、二儿媳没有孩子而愁眉不展。

　　龚守德的老街坊劝龚守德找个风水先生看看龚家的老宅院,过了两天,龚守德还真的找来了当地小有名气的风水先生。风水先生来到了龚守德家的老宅院,在周围转悠了一圈,念念有词道:"家丁须兴旺,宅院却窄小。老屋窄院,容不下成大器的生灵,必迁至大院落,方可留住生灵。人杰地灵之方位必添丁,添丁后须指腹为婚,定一门娃娃亲,用红头绳拴住长命锁戴上,方可消灾避难,永保平安。"龚守德付给风水先生银两,伏地叩谢。

　　为了老龚家能人丁兴旺,更为了二儿子能有子孙传宗接代,龚守德拼了老命也要买一处大宅院。当时,他在离家不远的钱庄供事。他看中了南阳岛的一处大宅院,宅院是青砖灰瓦,堂屋有三间,每间堂屋两侧各有两个储藏屋，院内空间宽敞，大门口两旁各有一个石狮子。

龚守德和龚刘氏夫妇拿出了积攒多年的银钱，又在他供事的钱庄借了些钱，才把南阳岛的那一处大宅院买下来。龚守德领着一家老小从龚庄村搬到南阳岛的新宅院。龚守德夫妇住堂屋，大儿子一家住东屋，二儿子两口住西屋。龚家搬到了新宅院，龚二虎的媳妇又怀上了。

龚守德知道二儿媳妇又怀上了，他既高兴又心急，他急着为这个未出生的孩子，定一门娃娃亲，求个长命锁，保孩子顺利降生人间。

正当龚守德愁眉不展的时候，与他一起在钱庄供事的马义仁看出他有心事。马义仁问其究竟，龚守德实情相告。马义仁宽慰着龚守德。这老哥俩在钱庄供事近三十个年头，一向都是互敬互礼，宽厚相待。在钱庄供事之余，老哥俩总是坐在运河旁的石凳上，来上一壶老酒，嚼上一块干鱼片当酒肴。

上世纪三十年代，像龚守德和马义仁等在乡村供事的老先生们，穿戴特征基本相同：头戴一顶毡帽，身穿一袭黑色或棕色长袍，长袍垂落到脚面，半掩鞋脸，既规矩又讲究。

马义仁在南阳岛是老户。他生有五个闺女，一个儿子，家有一处四合院。五个闺女均已出嫁，儿子马孝贤在南阳岛是一位私塾先生。马孝贤戴一副圆框眼镜，身着一黄棕色长袍，脚穿一双老布鞋，整个人透着一股温文儒雅的气质。在他当私塾先生的第一年，父亲马义仁就为他选了一个门当户对的大家闺秀，成亲当年，马孝贤的妻子就怀上了。

马义仁的儿媳妇与龚守德的儿媳妇正巧是同年同月身怀有孕。龚守德和马义仁老哥俩私下商量着，若孩子性别不同，便定下娃娃亲。

十月怀胎，一朝分娩。消息传来：龚家生了一个大胖小子，马家生了一个俊闺女。

龚守德和马义仁约好在钱庄碰面，两人一见面，都捋着山羊胡笑得合不拢嘴，各自回家去准备定亲礼物。

马义仁拿出自家的白银到银匠铺子让老银匠师傅给打制了一个长命锁。龚守德到了丝绸店买来了上等的红绸缎、红丝线，心灵手巧的龚刘氏用红绸缎缝制了一个红肚兜，又在红肚兜上绣了两个鸳鸯。龚家和马家互送娃娃亲的定亲礼物。龚守德为孙子取名龚微湖，马义仁为孙女取名马菱莲。

这两年，龚家和马家的小日子过得顺风顺水，过年过节两家都相互走动。

在龚微湖三岁的时候，龚家出事了。

龚微湖的父亲龚二虎整日夜不归宿，家人都以为他在微山湖撒网捞鱼，谁知他却和一帮不三不四的人偷着喝酒、赌博、抽大烟。他甚至把老宅子的房契偷出来抵押了。有一次，龚二虎赌博又输了，喝得烂醉回到了家里，他打骂老婆，还砸碎了家里的物件，大哥龚大龙也管不了他。

龚守德看到二儿子这么不务正业，气得浑身发抖，抡起巴掌打了他，怒道："二虎，你这是放着好好的日子不过，整日在外沾些不良习气，喝酒、赌博、抽大烟。老龚家祖祖辈辈都安分守己。没想到到了你这一代出了你这么个败家玩意儿！"

龚二虎仰面朝天地躺在院子里。半夜酒醒了，他悄悄打开大门，摸黑出了家门——也许是口渴了，想去不远的湖边喝口水，他头重脚轻，不小心跌进了湖水里。没有人听到他的挣扎声，他淹死了。

第二天一早，村民把龚二虎尸体打捞上来，放在湖岸边。龚家人一听龚二虎跌进湖里淹死了，都哭成了一片。龚守德慌忙从小屋里找出芦苇席，叫大儿子扛着，急急火火地去了湖岸边。在村民的帮忙下，龚大龙将龚二虎的尸体用芦苇席卷了起来。按着当地的风俗，上有老下有小、不是寿终正寝者，不得入祖坟。龚家只得在湖边买了块地，埋葬了龚二虎。龚守德还因此害了一场大病。

龚家一家老小的日子慢慢恢复了平静。龚守德每天坚持去钱庄供事，他的珠算在钱庄是出了名的，都知道他有一计双手打算盘的绝招。龚刘氏是个裹了脚的小脚老太太，她的针线活也是出了名的，一家老小衣服的缝缝补补全由她来管，两个儿媳妇的针线活也是跟她学的。

龚微湖四岁的时候，祖父龚守德教了他双手打算盘的绝招，又让他在南阳岛上了私塾学堂。龚微湖大伯家的大儿子龚微河，二儿子龚微水也都在这里念书，平日里都是大哥龚微河带着他俩上学堂。

私塾学堂有两位私塾先生轮班教学。马孝贤就是这个私塾的先生，教学童们《三字经》《弟子规》《百家姓》和四书五经。龚微湖酷爱背诵《三字经》，在课堂上，先生常叫龚微湖背诵《三字经》。

"人之初，性本善，性相近，习相远……"

清晨的微山湖畔，传出琅琅的读书声。湖面上水雾迷蒙，荷叶上沾着晶莹的露珠，绿色的荷叶衬映着荷花，多瓣的荷花芳香四溢。

龚微湖平时还会跟着大哥龚微河撑着小船到微山湖里捞鱼草。微山湖里长着两种草，一种是叶面草，叶面长而宽；一种是苲草，长梗带刺。这两种草，根在水底，茎朝向水面生长，隔着清澈见底的湖水就能看到。

龚微湖和大哥用撑船的篙头或镰刀伸到湖里将水草捞上船，捞一上午可以够一大家子人吃上几顿。叶面草和草剁碎掺上玉米面、高粱面可以做窝窝头。龚微湖的祖母最会做这种窝窝头。窝窝头蒸熟后，叶面草和苲草都已松软，吃到嘴里有一股鲜草味。在那个年代，街里街坊还没有那么多白面馍馍吃。

龚微湖的童年时期，在祖父祖母、母亲的呵护下慢慢度过。龚微湖念私塾学堂时，马孝贤在学习上格外关照他。马孝贤心里跟明镜似的，他教的这个学童与自家女儿定了娃娃亲。

马孝贤的女儿马菱莲和龚微湖的娃娃亲，是马义仁做主定下的，马孝贤的妻子还因此埋怨公爹给女儿定的娃娃亲门不当户不对。

马孝贤可称得上是个大孝子，他对父亲马义仁言听计从。他知晓因女儿定娃娃亲的事，妻子对父亲有抵触情绪，他为劝说妻子，给妻子背了《弟子规》其中的几句："父母呼，应勿缓，父母命，行勿懒。父母教，须敬听，父母责，须顺承。"

马孝贤的妻子是大家闺秀，是个懂事理、明是非的女人，丈夫的劝说让她打消了对公爹的抵触情绪。马孝贤跟妻子商量，想让女儿跟着自己去念私塾学堂，妻子答应了。

马菱莲是这个私塾学堂里唯一的女童，她和龚微湖并排坐在一起。龚微湖脖颈上戴着长命锁。有时，龚微湖的长命锁从脖颈里露出来，马菱莲还会感兴趣地上前摸摸。马菱莲还小，不知道这个长命锁是马家送给龚微湖的娃娃亲信物。

私塾学堂有个调皮捣蛋的学童，他笑龚微湖和马菱莲说："龚微湖，马菱莲是你的媳妇；马菱莲，龚微湖是你的丈夫。"

龚微湖和马菱莲也不懂得丈夫与媳妇的含义，小孩子说这话也是从大人们口里学来的。龚微湖和马菱莲站在那儿面对面笑眯眯地看着对方——

龚微湖笑着问马菱莲："马菱莲，你是我媳妇吗？"

马菱莲却反问龚微湖："龚微湖，你是我丈夫吗？"

有时，马菱莲会从家里带些好吃的，有煮熟的菱角、酥仁点、白面馍馍，她都是悄悄地塞进龚微湖的布袋里。马菱莲不知道她和龚微湖是定了娃娃亲的，她只知道龚微湖家里比自己家里穷，她从来没见过龚微湖从家里带过什么好吃的。她把好吃的分给他一份是在帮助自己的小伙伴，她觉得这样做是件快乐的事。马菱莲这种善良的天性是受了祖父、父亲的影响。龚微湖和马菱莲的童年时代，就在私塾学堂的文化教育中度过。

到了该上初中的年龄，龚微湖上了微山县城的初中，而马菱莲没去。马菱莲的父母又生了两个儿子，她得帮母亲料理家务，照看两个弟弟。

龚微湖上县城读书，家里给他备了地瓜面馒头、高粱面窝窝头、咸鱼干。龚微湖不解："人都吃不饱，还读什么书？"

龚微湖的祖父是位有远见的老者，他对孙子说："微湖，即便家里生活再困难，也得让你读书，人读书多了，将来才会有出息。"

龚微湖在祖父的鞭策下去了县城读书。他在县城读书期间，节衣缩食、刻苦学习，为了省钱，他周末也不回家，在学校里为同学们抄黑板报，打扫学校。校教导员见他学习好、品德好，推荐他当班干部，在他初中读完后，学校还直接保送他上了市里的重点高中。

龚微湖在县城上学的这几年，几乎没见过马菱莲。就在龚微湖上高二的时候，他不得不终止学业、辍学回家。因为龚守德平日里操劳过度，病倒了。后来龚守德辞去了钱庄的工作，龚刘氏的身子骨也大不如前。过去，家里的经济来源全靠龚守德在钱庄供事。现如今，龚微湖快成年了，他决定替祖父撑起这个家。

龚微湖白天去微山湖里捕鱼、捞虾、割湖草，卖钱补贴家用。闲暇之余，他自学古典诗词，还陪祖父在村里遛弯儿。龚守德的风湿腿一阴天下雨就疼得厉害，走起路来一瘸一拐的。龚微湖就给他买了拐棍。

龚守德对孙子说："微湖，带我去状元桥转转。"

龚微湖搀着龚守德来到了状元桥。

状元桥是一座石拱桥，桥中间铺了石板，两边是台阶，在桥侧面写了三个字："状元桥"。在龚微湖很小的时候，祖父常带他来这里乘凉，还给他讲状元桥的历史由来。

龚微湖挽着祖父坐在状元桥的台阶上，他屈膝蹲在祖父跟前，像小时候一样手托腮听祖父讲古运河、微山湖、南阳岛的往事。

龚守德摸了一下孙子的头，叹了一口气，说："微湖，我多想让你继续读书啊！唉！是爷爷的这老腿不争气呀！不能再到钱庄供事了。"

龚微湖一边安慰祖父，一边给祖父捏揉着腿关节，说："爷爷，您为了这个家，整日操心费力，已经够累的了，如今也该歇歇了。我都快成年了，以后我可以养家糊口，我可以到微山湖里捕鱼捞虾，我还可以办一所民校，让那些不识字的成年人都来学文化。您不是也说过，三百六十行，行行出状元。以后，我娶了媳妇一起来孝顺您。"

龚守德听孙子这么一说，高兴地捋着胡子笑了。龚守德想：当年，龚家与马家定了亲，是时候把媳妇娶进门了。

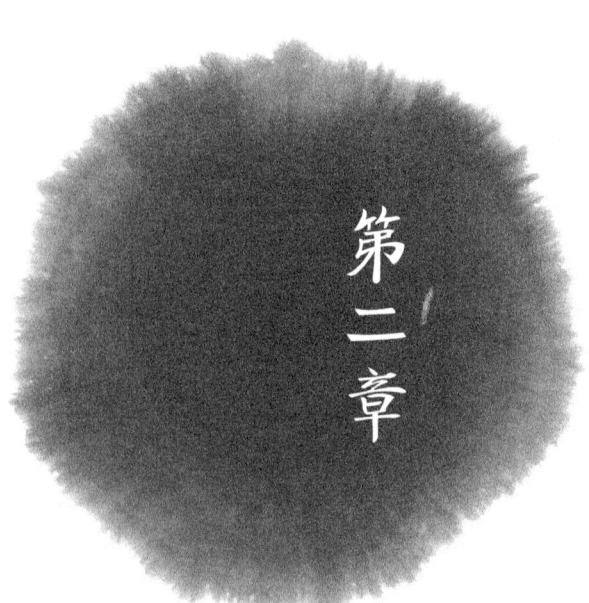

第二章

　　龚守德揣着这个想法到钱庄找到了马义仁，老哥俩又一起坐在运河旁的石凳上喝了一壶老酒。龚守德对马义仁提出想给孙子早些娶亲的事，马义仁不好当面拒绝，答应回家选个好日子，让孙女马菱莲出阁。

　　马义仁回到家，说出让孙女马菱莲出阁之事，儿子、儿媳当场反对，这次，一向孝顺的马孝贤也站在了媳妇这边。过去父亲做主给女儿马菱莲定亲时，他没反对，因为当时定娃娃亲是形式上的，女儿还是能留在自己身边。俗话说得好，闺女是爹的小棉袄，即刻让马孝贤脱掉小棉袄，他可真是有点舍不得。

　　妻子和马孝贤有同样的想法，说："菱莲还不到十八岁，家务琐事也不会干，万一到了婆家吃苦受累、受委屈。等到了成年再出阁也不迟。"

　　马义仁虽顾及龚家的面子，但也不能因此事与儿子儿媳闹矛盾。马义仁赶紧派人去了龚家说明了缘由。龚家人也表示尊重马家人的意愿。

　　龚微湖在南阳岛办了一所民校。民校在村北边一处空地上，用木桩、芦苇搭起一个棚子，课桌、板凳都是用泥堆成的土墩子。

　　一开始，民校只有龚微湖一个老师，他一个人忙不过来，便想到了马菱莲。马菱莲小的时候念过私塾学堂，在民校教一些简单字词还是可以的。

龚微湖提着两斤点心去了马菱莲家。他向马孝贤说明了来意，马孝贤一听让女儿马菱莲去村里的民校当老师，他很支持，答应了。

龚微湖和马菱莲两人办起了民校。民校没有多少收入，每周上五节课，有时刮风下雨，芦苇棚子漏雨就得停课。课余时间，龚微湖带着马菱莲到微山湖里采莲蓬、菱角。

龚微湖在船头撑船，马菱莲弯腰在船尾采莲。

在一起办民校、撑船采莲的生活中，两人对彼此产生了浓浓的爱慕之情。

女大十八变，越变越好看；男大十八变，越变越壮健。

龚微湖十八岁了，他长出了胡须，喉结突出，嗓门洪亮，脊梁宽广有力。马菱莲也十八岁了，她亭亭玉立，面若桃花，像个含苞待放的荷莲。

沿湖的柳树下，龚微湖拉着马菱莲的手说："菱莲，男大当婚女大当嫁，咱们选个好日子结婚吧？"

马菱莲腮帮绯红，甩了甩长辫子，害羞地点了点头。

龚微湖从布袋里掏出了一个用芦苇编制的戒指，给她戴到了手上，说："菱莲，我现在没有钱买真的，等以后我有了钱再给你买黄金戒指。"

马菱莲摆弄着芦苇戒指，她没有嫌弃，她很满意。

马菱莲回到家，还给父母显摆手上的戒指，她对父母说她要和龚微湖结婚。父母见女儿都自愿出阁了，也不好阻挡了。

龚家选了个好日子，给马家送来了聘礼，聘礼用的是龚微湖母亲的一对白银耳环，如今家里面最值钱也是这对白银耳环了。

龚微湖结婚的婚房是大伯家腾出来的一间房屋。大伯一家在外面另买了一处大院子，很乐意把以前住的房子让给侄儿结婚。婚房里放了一张木板床，墙面上贴了红喜字。龚家租了一顶花轿，敲着锣，打着鼓，抬着花轿，在南阳岛转了一个大圈，从马家把马菱莲接到了龚家。

马菱莲的嫁妆在南阳岛是数一数二的：红、绿色鸳鸯绸缎棉被，两个红木箱子，一箱子里是穿的、戴的；另一箱里有茶壶、脸盆、梳妆镜，样样齐全。马菱莲陪送的嫁妆填满了龚家的婚房。

龚微湖和马菱莲婚后恩恩爱爱地过日子。祖父、祖母、母亲的生活起居都有他们小两口伺候，街里街坊都夸马菱莲是个孝顺的好媳妇。

冬至即至。龚微湖除了去民校教课外，他还到微山湖的浅水区挖莲藕，挖出的莲藕带着稀泥，一根约三四节。带泥的莲藕在湖水里清洗一下，露出白生生的外皮。

龚微湖挖了一大捆回家。马菱莲最爱吃清炒莲藕，她把莲藕洗干净，放进大盖锅里加上水煮熟了，切成薄片，用盘子盛上，端到祖父、祖母面前。祖父、祖母年纪老了，牙口不行了，咀嚼起来慢吞吞的——马菱莲不厌其烦地伺候着。人老了总是怕冷，她还每晚给祖父、祖母把土炕烧热乎了。

马菱莲的孝顺，龚微湖都看在眼里，记到心里。他对祖父祖母说："咱们龚家哪辈子烧高香了，让我找了一个这么好的媳妇。"

祖父笑呵呵地接话说："咱龚家的老媳妇、少媳妇都承孝贤淑，好媳妇一代传一代，这是老龚家祖祖辈辈修来的福啊！"

龚守德夸赞龚家的老少媳妇，这让老伴龚刘氏，儿媳龚王氏，孙媳马菱莲都会心地笑了。一家三代和和睦睦地住在一个小院里。

最近几个晚上，龚微湖辗转反侧睡不着觉，因为他觉得自己肩上的担子更重了，上有祖父、祖母、母亲要赡养；过上一年半载再生个孩子。养家糊口靠教民校、在湖里撒网捕鱼挣不了几个钱，自己好歹是个有文化的人，不能老局限在这个小岛上，要走出去，开阔眼界，挣大钱。

龚微湖找了堂哥龚微河商量。龚微河比龚微湖大两岁，已有家小。虽然龚微河不像龚微湖上过初中和高中，但是小时候，祖父供他俩一块上过私塾学堂。兄弟俩嘀咕了几个晚上，最后决定，过了这个年一起去青岛闯荡。过年的时候，兄弟俩给祖父、祖母磕了头。

1949年初春。龚微河和龚微湖兄弟俩各自背上简单的行头，带上家人给做的高粱面窝窝头、玉米面煎饼启程——

马菱莲恋恋不舍地拉着龚微湖的手，她给丈夫戴的长命锁换上了一根又粗又红的红头绳，对他千叮咛万嘱咐。

马菱莲站在南阳岛码头，看着龚微湖和堂哥上了船，船越划越远，从南阳岛至济宁。

龚微河和龚微湖兄弟俩，从济宁步行了两天两夜才来到了青岛码头。他俩在青岛一家渔业厂找到了活，每天跟船出海捕鱼。

龚微河和龚微湖兄弟俩，每天都捕不少海鱼，能领不少工钱，他俩计算着，照这样一年下来可挣不少钱，挣够了钱回南阳岛可以盖个二层小洋楼。他俩思念着家里的老小，每天干劲十足。可是，天有不测风云，人有旦夕祸福———

1949年，国民党开始将部分人员撤离到台湾。参与撤退的国民党军官，命令部属从渔船上强抓壮丁。这些被抓的壮丁里面，就有龚微河和龚微湖兄弟俩。

1949年6月，青岛港内，载着渔民等各类人群的大船开行。经过三天三夜的航行，船只陆续到达台湾基隆港。

龚微河和龚微湖兄弟俩被扔到基隆港一个废弃的铁皮棚子里，有十几个当兵的双手端着枪，开始搜刮他们身上的财物。

龚微湖摸了摸自己脖子里的长命锁，心想：这宝贝，可不能让他们抢走了。

他机智地从铁皮棚子的角落里胡乱拉了个破棉袄围在自己脖子上，故意呻吟："我冷，我冷，我好冷啊！"

"你叫唤什么？再叫唤毙了你！枪子儿可不长眼，都老实点！"一个当兵的托着枪说。

龚微湖害怕了似的不敢作声了，他围着破棉袄蹲在角落里，身上其他的钱物都被搜走了，唯有长命锁没被发现。

过了一会儿，十几个当兵的收缴了不少钱物扬长而去，铁皮棚子里的人惊慌失措地跑出来，四处逃窜——

龚微河上前一把把蹲在角落里的龚微湖拉起来，用手摸了摸堂弟的脑门，担心地问："微湖，你害冷，怕是发烧了吧？"

"大哥，我没事。"龚微湖一手把围在脖子里的破棉袄扔了，长命锁的红绳露了出来，"瞧，我的长命锁没被抢走，多亏了那件破棉袄。"

"哟，不孬，幸亏你长了个心眼儿。"龚微河拍了拍堂弟的肩膀。

龚微河和龚微湖两人从棚子里钻出来，头重脚轻得像踩在棉花堆上，环顾四周，环境很陌生。

龚微湖问龚微河："大哥，咱俩这是来到了哪儿啦？"

"台湾，咱被稀里糊涂地强抓到台湾来了。现在，咱在台湾的什么地儿？我也不知道。"龚微河东张西望。

龚微湖焦急地说："大哥，咱总不能在这儿等死吧？我现在又渴又饿，先到哪儿去找点吃的呗？"

"对！咱先去找点吃的，先填饱肚子再说，咱往港口前面的方向走。"龚微河也饿得肚子叽里咕噜。

龚微河和龚微湖两人跌跌撞撞地走了约半里地，他们看见了一个街巷，街宽约两米多，两旁都是五金渔具之类的杂货店。

龚微湖最先闻到了热包子的香味。他对龚微河说："大哥，你看那儿有个包子铺，走，咱去吃包子去。"

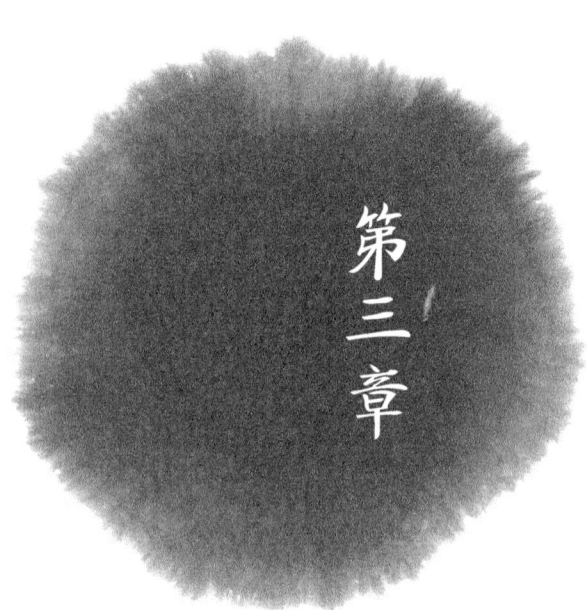

第三章

街头有一家包子铺，门前有刚蒸熟、冒着热气的包子，大老远就能闻到香味。

"走，吃包子去。"龚微河应着兄弟龚微湖，朝包子铺走去。

兄弟俩对小的时候跟着祖父赶庙会、吃小笼蒸包的事记忆犹新。他俩来到包子铺前，抬头望去，包子铺门面上写着"陈家包子铺"。

陈家包子铺前，龚微河和龚微湖驻足良久，小笼蒸包的香味早已钻进了他们的胃里，两人嘴巴咧着，口水涌出又咽了回去。踌躇之余，龚微湖摸了摸戴在脖子里的长命锁。

包子铺的掌柜姓陈，五十多岁，中等个头，慈眉善目。他见两个年轻人在自己包子铺前长时间站着，迎上来问："老乡，饿了吧？吃包子吗？"

"饿了，想吃包子，可是，我们——"龚微河说了上句没说下句。

陈掌柜看两个年轻人说话吞吞吐吐的，他明白了什么，于是，他爽快地说："小老乡，你俩找个座儿坐下，尝尝我家的包子吧。"陈掌柜唤来伙计，端了两笼蒸包，两碗沙汤，放在了龚微河和龚微湖面前的桌子上。

龚微河和龚微湖实在是饿极了，也顾不得手脏了，抓起饭桌上的筷子，夹起包子想一口吞下去。刚出笼的包子烫得很，两人吃热包子的表情让人看了哭笑不得。

陈掌柜忍不住笑着说："小老乡，慢慢吃，慢慢吃，包子热。"

"见笑了，大伯。"龚微河不好意思地冲着陈掌柜笑笑。

龚微河和龚微湖吃了包子，喝着碗里的沙汤。

龚微湖问陈掌柜："大伯，这儿是什么地儿？"

"这儿是台湾基隆市。"陈掌柜回答说。

龚微湖喝了口沙汤，差一点呛着，惊讶地说："好家伙！眨眼工夫从老家窜到了这儿。"

陈掌柜问龚微河和龚微湖："小老乡，听你俩口音不像台湾本地人，像是从大陆过来的，小老乡，家是哪里的？"

"山东，微山县的。"

"哟，山东的，我祖籍也是山东，是青岛的，咱们还是山东老乡呢！"

"大伯，咱们是老乡？幸会，幸会！"龚微河双手抱拳致意。

龚微河和龚微湖两人吃光了包子，抹了抹嘴，相互看了一眼：吃了人家的包子，用啥给人家包子钱哪？

龚微湖摸了摸脖子里的长命锁，想：包子钱，暂时用这个抵一下吧，等以后有了钱再来赎回去。他把陈掌柜悄悄拉到一边，说了身无分文的原因，他说着，便把脖子里戴的长命锁摘了下来，双手捧着放到了陈掌柜的手里。

陈掌柜捧着龚微湖的长命锁，听了龚微湖身无分文的原因，他很是心酸，他说："小老乡，你这长命锁是传家宝，是护命符。你怎能随随便便抵了呢？你俩吃我两笼包子才几个钱呀，包子的钱，不急，等日后有了钱再还我也不迟。这个长命锁你收回去，小老乡，记住喽！传家宝是不能轻易抵给外人的，传家宝是你个人，乃至你整个家族的命脉。"

陈掌柜一席话，深深触动了龚微湖，他的眼泪在眼眶里直打转。他从陈掌柜的手里接过了长命锁，郑重地给自己重新戴上了。他没想到，被强抓到台湾后身无分文，却巧遇了好心的山东老乡。

陈掌柜又对龚微河和龚微湖兄弟俩说："咱们虽都身处异乡，可在骨子里都是一家人。"

龚微河和龚微湖连连说："大伯，您说得对，咱们山东老乡都是一家人。"兄弟俩向陈掌柜询问了台湾当地的风俗习惯，还有诸多问题，陈掌柜毫无保留地给他俩解说。龚微湖问起陈掌柜怎么也来了台湾，陈掌柜长叹一声，向两个小老乡说起了当年的境遇——

陈掌柜原名陈世善，祖籍山东青岛。年轻时随父亲到浙江温州做皮革生意，在浙江温州娶妻生子，有两个儿子和一个女儿。1948年，他携妻子和女儿从温州坐船回青岛老家祭祖，谁知坐的船没到青岛，而是被迫到了台湾。

陈世善和妻子女儿被迫来到台湾后，日夜想念在浙江温州的两个儿子。妻子陈刘氏还因此大病了一场。好在陈世善在生意场上摸爬滚打多年，经历得多，心理承受能力比较强。为了在台湾生存下去，他在基隆市街口租了一间门头房，开了一家包子铺——陈家包子铺。

陈世善说了自己的故事，龚微湖想：这个世界上，妻离子散的事还那么多，苦难的人可不止自己一个人。

龚微河和龚微湖目前的困难是没饭吃，没地方睡，怎么样能在这儿生存下去呢？陈世善想帮助这两个山东老乡。

陈世善了解到他们俩从小在微山湖长大，会撒网捕鱼。他说："小老乡，我看你哥俩可以跟着咱其他的山东老乡们，一起去海上捕鱼。"

"渔船上干活，我看行，我俩在青岛渔船上干过，有些经验。"龚微河插话说。

陈世善接着说："他们有渔船，有住所，这样你俩就有活干，有饭吃，有地儿睡了。"

"好啊！大伯，我俩怎么样才能找到咱山东老乡们呢？"龚微河高兴地问陈世善。

陈世善说："他们每天出海回来，总会到包子铺来吃包子。等他们来了，我给他们的领头说一说，看看行不行。"

夕阳西下，夜幕即将落下。

陈世善转向西边，自语："老乡们出海快回来了。"

陈世善让铺里的伙计准备好了十几笼包子，是专门留给山东老乡们的。

不远处有几个山东口音的壮年，正朝这边走来。他们和陈世善打招呼，陈世善赶忙叫铺里的伙计给老乡们端上包子和沙汤。

山东老乡们吃着包子，喝着沙汤。他们的领头是个名叫姜大海的山东大汉，性格刚强耿直，说话嗓门洪亮。

陈世善走过来，对大家说："老乡们，今天你们吃的包子不收钱了，算我请客了。"

"那、那怎么行？"姜大海一听陈世善这么说，反而不高兴了，"陈掌柜，你是小本买卖，挣个钱不容易，再说了，吃包子哪有不给钱的呀？"

陈世善对姜大海说："老乡，我有一事相求——"

"陈掌柜，你有何事还能求着我们这几个穷要饭的？话归话，你要是在这儿受了气，谁欺负了你，那我们几个不会不管，该出手时就出手！咱山东老乡绝不含糊！"姜大海是个火暴脾气，他噌地站起来，脚踩着石凳，咬着牙，瞪着眼珠子，"谁敢欺负咱山东老乡，我宰了他！"

陈世善看到姜大海脾气这么大，连忙安慰姜大海："好汉，息怒！老乡，息怒！在这儿谁也没有欺负我，只不过，我确实有一事相求——"陈世善向姜大海说起了龚微河和龚微湖被强抓到台湾的遭遇。

姜大海听完，瞄了一眼蹲在那儿的龚微河和龚微湖。由于夜幕降临，天色暗淡，姜大海没有看清楚他俩的正脸，只看到他俩瘦弱的身躯。

姜大海犹豫了一下，对陈世善说："陈掌柜，看在咱们都是山东老乡的分上，我不驳你的面子，就让他俩跟着我们渔队出海捕鱼吧。不过，我瞧着他俩瘦瘦弱弱倒像书生，干出海捕鱼的苦活能行吗？"

"行！我俩小时候在老家微山湖就撑船捕鱼，还在青岛渔船上捕过鱼。"龚微河站起来，上前一步对姜大海说，龚微湖也跟过来附和。

姜大海见龚微河和龚微湖满脸恳求的样子，妥协道："我渔船队正巧有个小渔船，那你俩试一试吧。不过，咱可丑话说到前头，家有家规，行有行规。干咱们这一行也有行规，行规就是每天清晨渔船出海，每天日落渔船回岸。不管你捕捞了多少鱼虾都得全部上缴，到渔船队总库统一装箱，卖的鱼虾钱，月底平均分配给每个人。"

"小老乡，我看行，你俩就跟着姜大海干吧。都是山东老乡，他不会亏待你俩的。"陈世善劝说了几句。他又对姜大海说，"老乡，今晚你带他俩去你们住的地儿，给他俩临时找床铺盖。"

"好吧，等我们吃完，就让他俩跟着我们走吧。"姜大海又坐回了原座，一伙人继续吃。

夜幕降临后，街巷里的门头房挂起了灯笼，星星点点的。姜大海一伙人吃完了包子，陈世善执意不收钱，姜大海还是把钱塞给了他。

姜大海带着龚微河和龚微湖，一同回他们的住处。一路上，他们边走边说，互问姓名，不知不觉就到了住的地方。

姜大海他们住的地方是两间铁皮屋，屋里没有窗户，只有一道门，门上挂着个棉帘子。姜大海掀开棉门帘，带头钻了进去，里面黑漆漆的，他划着一根火柴，点着了一盏小煤油灯。

姜大海从自己的铺盖里抽出来一床铺盖，给了龚微河和龚微湖，说："今晚你俩就凑合着睡吧，明儿一早，我找总管言语一声，给你俩弄两床铺盖。"

"姜大哥，你把你的铺盖抽出来给我俩，天这么冷，你不冷吗？我俩穿着棉袄睡就行。"龚微河把铺盖还回去。

姜大海有些发脾气地说："给你俩的，你俩就铺上睡吧，冷点不怕，老乡们都靠紧点睡，睡一会儿就暖和了。"

"头儿的话，谁敢不听？"一个小老乡中间插了一句话。

姜大海这个人虽说脾气不太好，但他对老乡们是没得说的，老乡们也都愿意跟着他。龚微河和龚微湖只好服从。两人铺好了铺盖，一左一右躺下，姜大海吹灭了灯。不一会儿，老乡们呼噜声响起，都进入了梦乡。

龚微湖却没有睡着，他思绪万千，他想起了媳妇马菱莲。马菱莲送他离开家时不舍的神情，又在他的脑海中浮现。他反复摸着胸前的长命锁，责备自己：你呀你，龚微湖，你这是何苦呢？在家娶了个那么好的媳妇，就老实巴交在家过日子呗，还整天想挣什么大钱，想开阔什么眼界？如今流落他乡、身无分文，甚至连小命都差点丢了，家里的亲人们却不知晓这事。

从屋外飘来一股刺鼻的海腥味，刺激着他夜不能眠的眼，眼泪顺着两颊滑落。这个岛上的海腥味与家乡微山湖的湖草味截然不同，微山湖里自然生长的野草散发着淡淡的清香，清新的味道溢心沁脾。而在这个小岛上，陌生带来的凄凉感，折磨着他的心。

天刚蒙蒙亮，姜大海就吆喝着老乡们起床，这铁皮屋里只能睡觉，清早起来，洗漱都得到渔业总部去。姜大海带着老乡们到了总部，这里已经聚集了好多不同口音的"外省人"。姜大海与一个胖胖的男子说了些什么。过了一会儿，姜大海带着龚微河和龚微湖到总部仓库处领了两套铺盖和洗漱用品。

姜大海对老乡们说："你们洗漱完，吃了早饭再上船。我帮他俩把这两套铺盖扛过去，马上就回来。"说着扛起铺盖一路小跑。

食堂里的大锅饭有白面馍、窝窝头、小米粥，还有咸鱼干、咸虾粒。这样的伙食已是船员们的最高福利了。

吃了早饭，姜大海正准备带老乡们去海边，突然想到什么，他找到总管，要了渔具，还扛了一块长方形的厚木板，这块木板在渔船上叫救命板。救命板接触水不下沉，即使在水里长时间浸泡都始终有浮力。万一出海时遇上了恶劣天气，翻了船，人可以抱住救命板漂浮。

姜大海把救命板放到了一艘小型渔船上，对龚微河和龚微湖说："你俩用这个船吧！"又对其他老乡们说："我的船在前面开道，咱老乡们的几条小船尾随我。"

"好的，头儿。"老乡们应声。

龚微河和龚微湖上了渔船。龚微河用力摇动船上的电机，电机启动，渔船离开海岸。龚微河在渔船上掌舵，龚微湖在一旁做副手。渔船尾随着姜大海的大型渔船渐渐驶向深海区。

海面上漂浮着白色的泡沫，泡沫与海水碰撞汇融，在阳光下闪动着光芒。

老乡们的渔船行驶到一片海域停了下来。姜大海指挥着他们把昨天撒下的渔网收起，把鱼虾等海类收进船舱，再在渔网里重新投放上鱼饵。这收渔网、撒渔网的活儿，足够老乡们干上一整天的。午饭老乡们都是在渔船上吃，船尾有一个用泥糊成的椭圆形的灶，灶放上一口大黑锅，老乡们把捕捞上来的鱼虾、螃蟹一同放进大黑锅里用海水煮，生火用的是煤炭块和碎木板。

　　辽阔的海面上风平浪静,海鸥盘旋在上空用沙哑的声音叫着。龚微湖站在船头，向远处眺望，他不禁长叹了一声，压抑的心情平复了许多。他在这天晚上，梦见自己变成了数只海鸥中的一只，在海面上凄凉地叫着、飞着，飞越台湾海峡，飞回了大陆。

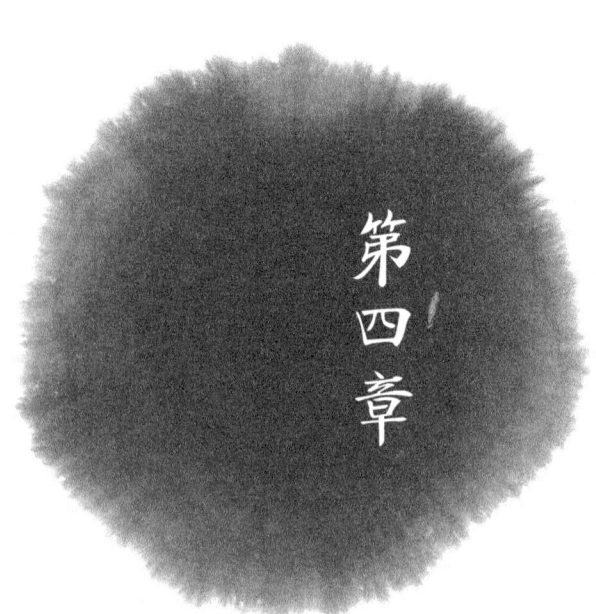

第四章

　　龚微湖每天出海捕鱼的劳累，总是在梦境里得到慰藉。有一天，他把隐藏在心底的话对姜大海说："大海哥，自从我来了这个鬼地方，我天天都寝食难安。我想家里的亲人，我想我媳妇。我看我们自己有船，不如找个出海的机会逃回大陆？"

　　姜大海一听，仰天大笑，说："小老乡，你脑袋瓜子想得也忒简单了，你想逃回大陆？门都没有。咱们出海看似很自由，其实，咱们渔船是在规定的海域内捕鱼，规定的范围以外，就有当兵的架着枪重兵把守。想逃出去？就算人长了翅膀，也插翅难飞！微湖，我看你就死了这条心吧！"

　　姜大海说的这些不是在打击龚微湖，现实状况的确是这样。龚微湖想：姜大海说的话是有道理的，人要是能逃出去，那老乡们不早就逃跑了吗？何必在这个鬼地方受煎熬。他也像其他老乡们一样被迫无奈地接受现实，逃回大陆的想法也只能寄托在梦里。这天梦里，他梦到自己变成了一只鸟，可是，无论怎么飞，也飞不过台湾岛的区域，他的翅膀被悲惨地折断，一头栽进了大海里。他从睡梦中被吓醒，猛地弹坐了起来。

　　龚微河也被惊醒了，他问："微湖，你又做梦了？"

　　"做梦了，做了个噩梦！"

"别想那么多了，睡吧。"龚微河翻身又睡着了。

龚微湖答应了一声，只好又躺下，他难以入眠，想来想去，可自己也明白想多了也没用。唉，过一天算一天吧，认命吧！

龚微河和龚微湖兄弟俩跟着姜大海的渔船干了整一个月了。月底，每个船员都领到了工钱。龚微河和龚微湖没有忘记还欠着陈家包子铺的包子钱，两人又特意去了陈家包子铺吃了顿包子。

龚微河掏出来钱，对陈世善说："大伯，给您，俺兄弟俩这次的包子钱，加上上次欠的，一起给您。"

"小老乡，都过去一个月了，还记得还我包子钱呢？"陈世善笑呵呵地说，"包子钱，这次的收了，上次的免了，我救急不救穷。"

"大伯，上次欠的和这次的包子钱，您都一块收了吧。俺们知道，上次欠的不仅仅是那两个包子钱，还有沉甸甸的老乡恩情。"龚微河拿着钱非塞给陈世善。

陈世善推脱不了，就象征性拿了一点。龚微河一看两次包子钱才收了这么一点，明摆着没收上次的钱，他又把找回来的零钱塞给了陈世善，但是，陈世善又退给了他。一来二去，相互推让了许久。陈世善问了兄弟俩在渔船上的情况，兄弟俩说了一些在渔船上的琐事。

龚微河和龚微湖离开陈家包子铺，走在回住处的路上。龚微湖对龚微河说："大哥，这两次包子钱都是你掏的钱，下次再来吃包子，该我掏钱了。"

"我是你大哥，凡事当大哥的都要冲锋在前才对啊！你的钱你自己留着，有朝一日回去了，给你媳妇买个金戒指。"

"大哥，你这么一说，我更想家了。"龚微湖的眼泪在眼里直打转。

龚微河长叹了一声，说："想家了也回不去呀，没办法，只能在这个岛上慢慢熬呗！"

"那究竟熬到什么时候才是个头啊？"

"谁知道呀，也许只有鬼知道吧！"龚微河拉着龚微湖的手，并肩向住的地方走着。

龚微河和龚微湖两人跟着姜大海的渔船出海捕鱼，天亮而出，日落而归，周而复始。转眼到了六月，古语道：六月的天，小孩的脸，说变就变。

这一天一早，与往常一样，姜大海带领渔船出海，碧空万里，海面上风平浪静。可是，到了中午就出现了变化，黑压压的云彩压过来，白天变得像黑夜，一场暴风雨即将来临。姜大海赶紧招呼老乡们放下捕鱼的网，渔船急转返航。姜大海开道的渔船打开了船头的远灯，老乡们的渔船尾随返航。

以前，老乡们的渔船在海上没有出现过麻烦，今天在这恶劣的天气下，龚微河兄弟俩的渔船在紧急返航中，船头上的电机却坏了。后面有两条小渔船跟上来，老乡们把一根粗绳子扔给了他们兄弟俩，让他俩用绳子拴住渔船，这样两条渔船带动一条渔船，三条渔船系着一根绳索在海上行驶。行驶了一段时间后，那两条渔船中的另一条渔船也出现了故障，熄了火。换成一条渔船拉动两条渔船，渔船的速度慢了下来。姜大海的渔船只顾在前面开道，没想到尾随的渔船会出现故障。

狂风暴雨，海浪翻滚，有人高喊："老乡们，快抱住救生板！"——渔船在巨浪冲撞下翻了。渔船漂浮在风浪中，渔船上的老乡也消失在茫茫的海水里。

龚微湖兄弟俩抱住了一个救生板，在海水里一沉一浮。救生板长时间在海水里浸泡，浮力就会减弱，根本撑不起两个人的重量，龚微河深知道这一点。生死关头，龚微河把龚微湖从水中托到救生板上，大声地对他说："兄弟，你要坚持住！"

龚微湖想回应大哥，可是，一股海浪呛进了他的口中。

"兄弟，你要好好活着，等有一天回家了，替我给爷爷磕个头。"龚微河大声说完，手松开了救生板，瞬间被淹没在风浪里。

龚微湖趴在救生板上，大声吼叫："大哥——大哥——"他知道这是大哥把生的希望留给了他，他撕心裂肺地呼唤着大哥，在狂风暴雨中，呼唤声是那么微弱。泪水、雨水、海水沾满了他的脸。海浪此起彼伏地翻滚，他的身体严重透支，趴在救生板上，昏了过去。

龚微湖醒来的时候已经躺在床上，换上了一身新单衣。床旁边有一张小桌子，桌子上放着一碗水。屋内除他以外，暂时没人。他想：这是什么地方，我怎么会在这儿？我是死了，还是活着？为了验证一下自己是否还活着，他使劲掐了一下自己的大腿，被掐的大腿有疼痛感，活人是有知觉的，这证明自己还是活着的。他动了动身子想坐起来，他故意咳嗽了两声，想看看外屋有没有人。

外屋还真的有人，听见里屋的咳嗽声，她掀开布帘，探头进来，问："你醒了？"

"我……我……"进来的是一位陌生的姑娘。

姑娘约二十岁上下，双眼皮、大眼睛，梳着两条辫子，穿着一件蓝方格连衣裙。

龚微湖使劲揉了揉自己的眼睛，怀疑自己看错了。

姑娘落落大方地说："你终于醒了，你已经昏迷了一天一夜了。"

"我这是在哪儿，我大哥呢？"龚微湖问姑娘。

姑娘回答说："这是我家，你大哥是谁？"

"是谁给我换上的衣裳，是你吗？"龚微湖惊恐地绷着脸，严肃地对姑娘说，"出去出去，男女授受不亲。"

姑娘一听，咯咯地笑了起来，说："看把你给紧张的，我才不会给你换衣裳呢。"

"姑娘，你是谁？"

"你才刚醒，怎么这么多问题？你饿了吗？我去给你做碗葱花鸡蛋面。"

"姑娘等等，你我素不相识，你为何如此照顾我？"

"我父亲吩咐我这么做的，父亲让我好好照看你。"

"你父亲？"

"我父亲在不远的街巷口开了一家包子铺。"

"哦！陈家包子铺，陈大伯？"

"对！陈世善是我父亲，父亲说，你是我们的老乡。"

"那你是陈大伯的女儿，陈大伯在不在家？"

"我父亲和母亲都去包子铺了。"

"我在陈家包子铺吃包子的时候，怎么没见过你呢？"

"我父亲说，开包子铺是讨人饭的生计，女孩子家不能干。还说女孩子家应该学做针线。"

"我父亲傍晚就回家来了，你有什么事就问他吧。我去给你做葱花鸡蛋面了。"姑娘说完，转身去了外屋。

不一会儿，姑娘端来一大瓷碗面条放到了床旁的小桌上，葱香味扑鼻而来。龚微湖想从床上下来吃面条，可他刚坐起来，脚还没着地，就感到头晕目眩。

姑娘连忙上前扶住了他，问："没事吧？"

"没事没事，可能是我好久没吃食物的原因吧。"

"那你别下床了，我端给你吃。"

"那怎么行？我这么大个人，还需要你给我喂饭？"

"那好，我扶着你下床，你坐到板凳上自己端着碗吃吧，吃了面条，你就不会头晕了。"姑娘把龚微湖从床上扶下来，叫他坐在小板凳上。

龚微湖身子前倾，趴在小桌上吃面条，他刚吃了一口，就夸赞说：

"你做的面条真香。"

"香你就多吃点。"

"姑娘，我忘了问你叫什么名字了。"

"我叫陈浙汝。浙是浙江的浙，汝是三点水加个女的汝。"陈浙汝把自己的名字诸字分解。她以为龚微湖没上过学堂，因为在渔船上干活的没有几个人有文化，她第一次见龚微湖，还不了解他。

"陈浙汝，好名字。是你父亲给你起的名字吧？你父亲就你一个女儿吗？"

"不是，我还有两个哥哥，大哥陈浙港，二哥陈浙湾。不过，他们不在台湾，他们在浙江温州。"

"唉，又是一个骨肉分离的家庭。"

龚微湖把面条吃了个精光，抹了抹嘴角说："吃了这碗面，感觉好多了。"他起身坐到了床边。

陈浙汝收拾了碗筷，对龚微湖说："你再躺一会儿吧。我去准备晚饭，你有事可以叫我，我就在外屋。"

"好！你去忙吧，我没事。"龚微湖呆呆地坐在床上。他回想起两天前老乡们在海上遭遇狂风暴雨的情景，更想起大哥龚微河。他想起身去住的地方找一找大哥，可他没走两步小腿肚就抽筋地疼，他又退回到床边。他抽了自己一个嘴巴子：看来，自己的身体还不行，出不去，唉，自己这个样子，不成个废物了吗？

傍晚，陈世善和老伴陈刘氏提着包子回来了，陈世善先到了里屋，他看见龚微湖躺在那儿满头大汗，瞪着一双大眼，他当即吓坏了，忙呼："小老乡，小老乡！"

"大伯，你回来了？"龚微湖从床上坐了起来，擦了一把额头上的汗。

陈世善关心地问："小老乡，你没事吧？"

"没事没事。"

"小老乡，你刚才可把我吓坏了。你饿了吗？我给你带回来的包子。"

"我不饿，下午吃了一大碗面条。"

龚微湖看到陈大伯的身后站着个五十多岁的妇女，他猜想这一定是陈浙汝的母亲。陈刘氏微笑着看着龚微湖，龚微湖叫了声："陈大娘。"

陈刘氏答应了一声，有一种莫名的母爱溢满了她的心。陈刘氏久久地注视着龚微湖，她想到了自己的两个儿子。

第五章

　　晚上，饭菜摆上了桌，陈世善、陈刘氏、陈浙汝、龚微湖四人围坐在饭桌前。陈世善拿出来一瓶高粱酒，拿了两个小酒盅，他拧开酒瓶盖，先给小老乡斟上，再给自己斟满。两个男人品尝着白酒，两个女人喝着汤，不言语。

　　陈世善端起酒盅抿了一口酒，给龚微湖讲起老乡们遭遇暴风雨后的事——

　　出海的渔船中，只有姜大海的渔船躲过了一劫，另外三条渔船都船翻人亡了。龚微湖算是命大的，他在海水里漂流了两天才被救起，龚微湖被救的时候，已奄奄一息。姜大海懊悔过后，又为难了：龚微湖现在这个状况，不能再回去住那个连窗户都没有的铁皮屋了，他需要有人照顾他。

　　姜大海找到了渔船总管，可渔船总管说："对这种说死不死，说不死又像死的人，渔船厂也不管！"虽然龚微湖奄奄一息，但是他人还是活着的，不能见死不救啊！姜大海走投无路的时候，找到了陈世善，陈世善二话没说，同意把命悬一线的龚微湖带到自己家里。陈世善把他和老伴睡的里屋床铺腾出来，让老伴和女儿在外屋睡，他自己到柴房里临时支了一个木板床，他还叫女儿陈浙汝留在家里照看龚微湖。

　　龚微湖听了陈大伯讲的事情后，眼里含着热泪，他从板凳上站起来，晃晃悠悠地转到陈世善的面前，扑通一声跪下，给陈世善磕了一个头，说："陈大伯，您是我的救命恩人、再生父母啊！"

陈世善起身把龚微湖扶起来，让他坐下来，两人干了一盅酒。陈世善又起身去柴房拿来一个黑色的钱夹，对龚微湖说："这是你大哥留给你的，你打开看看——"

龚微湖当即打开了黑色的钱夹,钱夹里面有三百元整张的钱票,没有别的东西。自从这次渔船在海上出事后，渔船厂总管就对这些老乡们来了一次大洗劫，他们把三条小船上失踪人员的钱物都拿走了，说是这些失踪人员的钱物都得上交，来抵那三条渔船的钱。老乡们原来住的地方已经用木板门堵上了。姜大海渔船上的几个人都搬到渔船总管处去了，总管处也不让姜大海带渔船队了，叫他到渔业冷库看门去了。

龚微湖纳闷道："既然渔船总管处都把失踪人员的钱物洗劫了，那我大哥的钱是怎么保存下来的呢？"

陈世善说："在这次渔船事故还没有发生之前，你大哥就偷偷找到我，他把钱夹递给我，叫我替他保管，说万一自己出意外了，就把这钱夹留给你。他还说他近几天晚上老做噩梦，预感有不祥的事要发生，所以，他提前把钱夹寄存到了我这里。"

"大哥——"龚微湖强忍着悲痛，泪水却夺眶而出，"大哥，你在临走的时候，还想着我——"

"兄弟情深啊！"陈世善看小老乡如此悲痛，他心里也很难受。

龚微湖抓起酒瓶给自己倒满，仰起脖子一饮而尽。

"小老乡，酒烈，不宜猛喝。"

"此时，我多想醉死啊！追随我大哥而去。"

"小老乡，万万不可，你好好活着，这样才不会辜负你大哥。小老乡，人活着，一切才会有希望,人活着,有朝一日才能与亲人团聚。"陈世善安慰着龚微湖。他担心小老乡喝酒喝醉了，把酒瓶拿到了自己这边，"小老乡，你不能再喝了，你吃点饭吧。"

"我吃不下。"龚微湖只喝了两三盅白酒，却像是喝了一瓶白酒，心烧得厉害，吃不下饭。

陈世善叫女儿给龚微湖倒了一碗茶水，端到了他面前。

龚微湖把大哥留给他的钱，又重新装进了那个黑色的钱夹里，他把钱夹推到陈世善面前，说："大伯，这钱夹还是放您这儿保管吧，我大哥相信的山东老乡，我也相信。"

"那好吧，这钱夹我暂时给你保存着，你用时向我言语一声。"陈世善把那个黑色的钱夹又放回了原处。

龚微湖的头忽然间疼得厉害，简直坐不住了，他摇摇晃晃地站起来，说："大伯、大娘、浙汝，你们慢吃，我头疼得很，我先去休息一下。"他迈开脚步想去里屋，却险些摔倒。陈浙汝连忙扶住了他，把他扶进了里屋。

陈浙汝把刚才倒的那碗茶水又给他端了过去，才回到饭桌前与父母一起吃饭。陈浙汝的这一举动，印在了陈世善和陈刘氏眼里。他俩你看看我，我看看你，谁也没说话。他们心里明白，女儿长大了，对异性产生好感，这是人之常情。

龚微湖这一夜睡得并不踏实，时常胡言乱语。陈浙汝和陈刘氏夜里起来好几次看他的动静，还给他端水喝。

第二天一早，陈世善夫妇去包子铺，陈世善再三叮嘱女儿，这两天要照看好小老乡，要让他从困境中走出来。陈浙汝点头答应着。

龚微湖一觉醒来，太阳已经升得很高了，他走出屋子，站在院子里仰望了一会儿。陈浙汝给他端来了洗脸水。龚微湖洗了一把脸，用毛巾擦了擦，感觉眼睛亮多了。早饭，陈浙汝给他端来了一碗小米粥和馒头花卷、一小碟酱咸菜。龚微湖把一碗小米粥喝完了，馒头花卷只吃了一小半，他吃不下饭去，心里始终有个解不开的结，他要去找渔船总管讨个说法！他跟陈浙汝说了声，就出了门，陈浙汝拦也拦不住他。

龚微湖先到了他们以前住的铁皮屋，只见铁皮屋的门被一个大木板挡住了，木板被铁丝死死地拴在铁皮屋上，周围连个人影也没有。他心里带着火气，去了渔船总管处，总管没在这儿。他又问了姜大海在哪儿，有人指了指总管处的后院，说姜大海在后院冷库看大门，他去后院冷库找姜大海。姜大海胡子拉碴、目光呆滞，八月的天，他还穿着破棉袄，蹲缩在冷库门口。

龚微湖老远就看见蹲缩在冷库门口处的姜大海，他大声地喊了一声："姜大海！"

姜大海被喊声吓得激灵了一下，猛地站起来，四处张望了一下。还没等他反应过来，龚微湖就走近他喝令似的问："姜大海，你开的渔船呢？借我用一下，我去海上找找我大哥。"

"我、我的渔船？渔船早被没收了。"姜大海结结巴巴，没有一点底气，眼神也不敢正视龚微湖。他心里很内疚，他带领的几个山东老乡都葬身于大海，他也受了不小的刺激。

龚微湖一把拉住姜大海说："走，咱俩去找渔船总管，跟他们要条船，去海上找找我大哥，还有那几个老乡。"

"我不去——"姜大海虽被龚微湖拉着，却步步退缩，嘴里还嘟囔着"我可不敢去跟他们要船，总管处说了，如果再闹事就叫我滚蛋，好歹在这里能混口饭吃。我不去，不去——"

"姜大海，你还是我们的老乡吗，你一个山东男人的阳刚之气哪里去了？你怎么突然间像变了一个人呢，变得这样窝囊了！"龚微湖叫嚷着。

无论龚微湖怎么叫嚷，姜大海依旧蹲缩在那儿，面无表情地守着冷库门。龚微湖生气地走出了冷库后院，他又回到了渔船总管处，大声地叫嚷着。他说他要讨个公道，他要渔船总管处出条渔船去海上搜救失踪的山东老乡。他的叫嚷声，引来了不少人围观，可谁也不敢搭话。

这时，从人群里走出来一个年纪稍大的男子，他好心地劝说龚微湖："小老乡，不要在这儿闹事了，再闹事恐怕连小命都保不住，走吧，赶紧走吧。"

"你们吓唬谁？吓唬不了我，我不信这儿就没有说理的地方！"龚微湖一脸正气。

当龚微湖傻劲十足、慷慨激昂的时候——一个女人抓住了龚微湖的手，拽着他出了渔船总管处。

龚微湖被拽到了一个角落，陈浙汝责问他："你不想活了？你还不知道，那个地儿就是个'人肉加工厂'，你还敢在那儿闹事？你的胆子可真大！"

"那个地儿是个'人肉加工厂'？别人吓唬我，你也在吓唬我？"龚微湖不相信陈浙汝说的话。

陈浙汝生气地说："你不相信？很多人都这么说。你自己不想活了，可别拖累了我父亲，你现在在我家住着，如果你闹出事来，我们家也跟着你受牵连。"

龚微湖听陈浙汝这么一说，瞬间变得冷静了。他向陈浙汝道歉："对不起，我头脑一热就去了，我没有想到后果会那么严重。陈大伯有恩于我，我不能做对不起他的事。"

"嗯，你还算是个有良心的人。"陈浙汝这才甩开了龚微湖的手。

龚微湖朝海边奔去，陈浙汝也跟在后面。他俩来到了海边，遥望着无边无际的大海，海的远方一片白茫茫，浓烈的海腥味再一次刺激着龚微湖的鼻腔，他大声地朝大海远处喊："大哥——你在哪儿？你在哪儿呀？"他双膝跪在了海岸边，号啕大哭，念叨着："兄弟无能啊，兄弟想借个船去海上找你，却借不来。你我流落他乡本相依为命，可如今却落下我一个人。"

龚微湖的哭声，让站在他身边的陈浙汝也潸然泪下。陈浙汝担心龚微湖会想不开跳海，她拉起龚微湖，催促他跟自己一起回家，龚微湖跟着陈浙汝回到了陈家。

龚微湖吃住在陈家，他觉得自己不能老给陈家添麻烦，得找活干、找地儿住。

傍晚陈世善夫妇回到了家，龚微湖对陈世善说出了自己的想法。陈世善在其他老乡的帮助下，给龚微湖在隔壁院里租了一间房屋，房屋里的空间很小，只能放一张木板床和一个小桌子。陈世善又让龚微湖到自己的包子铺干活，每月给他工钱，龚微湖暂时解决了吃住的问题。

龚微湖在陈家包子铺干活很卖力。他小的时候跟着爷爷学过珠算，算账是把好手，陈家包子铺里的进账出账，他都算得毫无差错。陈世善发现龚微湖在经营上是块料，于是就把自家包子铺的生意托付给龚微湖经营。陈世善有了龚微湖这么一个帮手，每天也不那么操劳了。岛上气候潮湿，陈刘氏常常腰腿疼得厉害，她只好回家干简单的家务活了。

本来，陈世善夫妇想让女儿到附近的一家小纺织厂去上班。可是，陈浙汝就是不肯去，嚷嚷着要来自家包子铺干活。来自家包子铺干活，每天都能见着龚微湖，不知怎么，她一天见不着龚微湖就像丢了魂。有时候，父亲买来了点心糖果，她总会偷偷地塞给龚微湖。这一举动，让龚微湖想起了当年的马菱莲。

陈家和龚微湖住所之间，只有一墙之隔。

有一天晚上，陈浙汝偷偷地起床，她蹑手蹑脚地走到龚微湖租住的院子的墙边。墙这边，陈浙汝学猫叫了几声——墙那边没有动静。

她又用石头敲击墙面，一声、两声……

其实，龚微湖也没有睡着觉，他听到了猫的叫声，也听到了石头敲击墙的声音。可他却没回应，因为他有所顾虑：陈大伯知道了怎么办？老乡们之间，明人不做暗事。他正寻思着，却听见有一包东西扔了过来。他又想：陈浙汝又有什么好吃的，非得晚上偷偷摸摸给我？也罢，好歹是人家姑娘的一片心意，去看看扔到院子里的是什么。他轻手轻脚地走到院子里，拾起那包东西，借着微弱的月光看到是一包香脆的花生。

陈浙汝好像听到了墙那边的动静，她用石头又敲了几下墙面，龚微湖也敲了几下墙面回应。然后，墙这边和墙那边的动静都消失了，夜又恢复了沉寂。

陈浙汝的一举一动都被父母看在眼里，父亲陈世善问女儿："浙汝，你是不是看上了龚微湖？看上了就跟父母说嘛，女孩子家不要偷偷摸摸的，不论嫁给谁都得堂堂正正的。"

"父亲，我……"陈浙汝不知怎么答，她低着头，揉搓着衣裳边，"我觉得这个小老乡很有学问，我偷偷找他是向他学学问的，他教我《弟子规》和四书五经，还有唐诗宋词呢。"

"丫头，你还嘴硬？你要是看上了他，哪天我跟小老乡说说，看看人家是怎么想的。"女儿的终身大事，他必须考虑周全了。

陈浙汝听父亲这么一说，心里默默乐开了花。她为了讨好父亲，就给父亲捏肩捶背。她还嗲声嗲气地对父亲说："父亲，明天傍晚你就叫龚微湖来咱家，让他来陪你喝上两盅，你好借机问问他，我和母亲给你俩炒上两个小菜做酒肴。"

"瞧瞧你，多没个出息！"陈世善瞪了女儿一眼，可他马上又叹了一声，"闺女长大了，由不得爹娘喽！"

陈世善邀请龚微湖来家里吃晚饭，陈浙汝和母亲在家早已备好了酒肴。四个人像往常一样围坐在小饭桌前，陈浙汝和母亲在一旁不言语。陈世善和龚微湖喝着小酒，陈世善试探着问了龚微湖一些家事。龚微湖向陈世善如实说了他在老家早已与定了娃娃亲的马菱莲结为夫妻的事，还特意掏出长命锁，以示证明。

陈世善喝了一小盅酒，用平和的语气说："原来小老乡在家乡早已有了家小。我本觉得小老乡与小女挺般配，罢罢罢，有缘有分方可天长地久，有缘无分莫要强求。"

"陈大伯，我觉得浙汝是个好姑娘，她聪明伶俐、心地善良，她会找个好人家的。"龚微湖给坐在一旁的陈浙汝夹了一筷子菜。

陈浙汝哼了一声，又把菜夹了回去。

陈世善连忙为女儿解围："上个月就有两个老乡给小女说亲，对方是当地人，家庭条件都不错，可浙汝就是看不上人家，她说自己的终身大事自己做主。我考虑到在这儿我们都是'外省人'，我想从老乡里找个女婿，等以后，好举家一起回山东老家。"

"陈大伯，您也是一个漂泊他乡，对家乡、亲人有着深深眷恋之情的人啊。"

"山东人，故土难离啊！"陈世善意味深长地喝了一小盅酒。

第六章

　　龚微湖之所以没应诺陈家的这门亲事，更主要的一点是他深知自己目前的处境，自己现在一贫如洗，拿什么让陈浙汝嫁给自己，又拿什么让陈大伯一家跟着自己过上好日子？

　　陈世善并没因小老乡对此事的回拒而变得冷漠，他依旧态度随和可亲。他觉得面前的这个小老乡是个诚实可靠、值得托付的人。

　　陈家包子铺，龚微湖站在柜台前，噼里啪啦地拨动着算盘珠子，一丝不苟地计算账本。陈浙汝今天的情绪有些不大对劲，她噘着嘴、苦着脸，干完了这个活，又去干那个活。她有意地在龚微湖的柜台前晃来晃去，不说话，也没个笑脸，和以前判若两人。

　　中午，包子铺来了许多吃包子的人，陈世善叫女儿给客人端包子，陈浙汝漫不经心，差点把两笼包子给掀翻。

　　陈世善埋怨女儿："浙汝，你干活的时候用点心好不好？"

　　陈浙汝对父亲说的话，似听见又似没听见，脸上始终没有表情。龚微湖放下手里的活，赶紧去帮陈浙汝给客人端包子。忙活了一中午，吃包子的人逐渐散去，陈世善要回家午休。

　　包子铺里只剩下龚微湖和陈浙汝两个人，龚微湖见陈浙汝一上午都没个笑脸，心想：陈浙汝苦着脸，究竟生了谁的气？他凑到陈浙汝的跟前，小声问："浙汝，你今天怎么了？没个笑脸，也不说话，是谁惹着你了？"

　　"谁惹着我了，你不知道吗？"陈浙汝反问龚微湖。

龚微湖丈二和尚摸不着头脑，他问："难道是说我，是我惹着你了？如果是我惹着你了，你就狠狠地捶我一顿吧，也好解解气。"

陈浙汝当场就冲着龚微湖的后背狠捶了几下，哭着说："龚微湖，我哪点不好，哪点配不上你？"

"浙汝，你误会了，不是你配不上我，而是我配不上你。你也知道，我现在穷成这个样子，要什么没什么，像一条流浪狗。我、我拿什么来娶你？假如你真的嫁给了我，你日后跟着我享不了什么福，反而会跟着我受很多的苦，你说你这又是何苦呢？"

"我愿意，我愿意跟着你一起受苦，终身大事是我自愿的，今后日子过得好孬都怨不着别人。"

"浙汝，你是个好姑娘，你对我的好，我心里都记着，你越是对我好，我心里就越愧疚。我说过我在山东老家有个明媒正娶的媳妇，你要是跟了我，在名声上你就是个二房。"

"你山东老家有媳妇，你现在就回去和她团聚呀？可现在的形势你是回不去的。你现在在这儿有个病有个灾的，是谁照顾你？是我，是我照顾你呀，你说的什么名声上的二房、三房，你看看那些从山东过来的，不都是大陆那边有一个家，台湾这边又有了一个家。没办法，有什么办法呢，不是想回去就能回得去的，但是他们在这儿也得生存下去啊！忍耐也好，煎熬也罢，是人总得活着吧！"

"浙汝，我要面壁思过！你说的话震撼了我的心灵，触及了我的灵魂。"

"得了得了，什么灵啊魂啊的，我的学问可没那么高深，不过我说的都是大实话。"

"浙汝，我相信你说的都是真的。浙汝，我发现你思想进步了，学问提高了，我教你的总算没有白教。"龚微湖和陈浙汝真情实意的交流，化解了陈浙汝心底的怨气。

　　夜里，龚微湖躺在硬板床上，他摇着一个纸糊的扇子，翻来覆去总是睡不着。他的耳畔回响起陈浙汝说的那几句戳他心窝子的话："你山东老家有媳妇，你现在就回去和她团聚呀？你现在在这儿有个病有个灾的，是谁照顾的你？""是人总得活着吧！"此时，他又想起了山东老家的媳妇马菱莲，想起他和马菱莲从一起上私塾到结婚的时光，马菱莲至纯的笑容又一次浮现，他感叹："菱莲真是个好女人，可我却辜负了她。"他又想到了陈浙汝，想到从来了台湾岛到在海上遇难，山东老乡陈世善一家对他的无私帮助。他感叹："陈浙汝也是个好姑娘。两个好女人怎么都让自己摊上了？这真是俺老龚家祖坟上烧了高香。"

　　龚微湖对陈浙汝的态度发生了很大变化，平时关心得也多了。在包子铺，他见陈浙汝干重活，都是抢着去干，有时还买些她爱吃的糖果哄她开心。

　　九九重阳节，龚微湖带着陈浙汝出去登高，他给她买了一个茱萸香袋，茱萸的香气透过香袋溢满了他俩的手心。他俩来到了一座小山丘下，爬上去登高远眺。龚微湖站在山丘的高处，向着远方朗诵起了一首诗——

独在异乡为异客，每逢佳节倍思亲。
遥知兄弟登高处，遍插茱萸少一人。

　　陈浙汝站在龚微湖的身边，听着他朗诵这首诗，她知道龚微湖思念亲人的惆怅，她也知道诗中"遍插茱萸少一人"，指的是龚微湖的大哥龚微河。她声音低沉地问："微湖，你又想起你大哥了？"

　　"是啊！我唯一的亲人，我的大哥葬身在异乡的茫茫大海里，至今连个尸首也找不到。唉！大哥的离去已成了我的心病。"

"唉！过去的事就让它过去吧。人站在高处，眼睛要向远处看。"

"是啊！眼睛要向远处看，可是，泪水却模糊了我的眼睛。"

"多愁善感的人哪，你能抗争得过命运吗？"

"我无力抗争命运，命运却改变了我。"

"应该说，命运改变了你也改变了我，也改变了那么多山东老乡。"

"命运很会捉弄人哪，世事变迁、骨肉分离、妻离子散。不幸啊！如今我被命运捉弄得身心憔悴，有时简直活不下去了。"

"在这个世界上，被命运捉弄的人不止你一个，今后有了我，你还怕什么？"

"浙汝，你的出现，彻头彻尾地改变了我的命运，你就是我的命运女神！"

"微湖，你看——远处的枫叶红了。"

"枫叶红了，秋天真的来了。"

龚微湖和陈浙汝从小山丘上下来，两人手牵手回到了家里。龚微湖脱去了那件曾被风吹雨淋、被汗水泪水渗透的衣裳，换上了一件崭新的粗布、棕黄色秋装，秋装对开襟，纽扣是用粗布拧成的结。这件衣裳是陈浙汝的母亲为龚微湖量身缝制的。

这天，陈家父女和龚微湖在包子铺忙活，送货的车来了，车上装了面粉和做包子用的各种食材，送货的急着卸货，说要在天黑之前去送另一家。以前包子铺里卸货的都是两个伙计，可是今天他俩都不在这儿，卸货的活儿只能陈家父女和龚微湖干了。陈家父女卸货只能卸分量轻一些的货，重的货全由龚微湖搬了。龚微湖把袋装的面粉扛到肩上，一趟扛上两袋，一袋面粉重五十斤。搬到最后两袋的时候，他踮起脚尖，想把肩上的面粉袋子甩到面袋堆上，由于使的劲太大，身体惯性向后踉跄了一下，后背正好斜倒在墙上。墙上钉着挂物件的铁钩子，只听"刺啦"一声，他后背的衣裳被刮了一条长口子。陈家父女听到响声，赶紧过来——

"小老乡，怎么这么不小心，摔着了吧？"陈世善问龚微湖。

陈浙汝表现得更明显，她听到声响冲进来，大呼小叫："怎么了，怎么了？"她心疼地把龚微湖扶起来，拍了拍龚微湖身上的尘土，然后又惊叫了一声："啊，微湖，你后背衣裳上刮了个口子！"

"没事没事，可惜新衣裳刮了个口子。"龚微湖扭头看向背后。

陈浙汝查看着龚微湖的后背，嘴里嘟囔着："我看看你后背受伤了没——啊，你后背上刮了一个血道子。"

"不碍事，不太疼，我干活太莽撞了，没事了，没事了。"龚微湖担心陈浙汝再大呼小叫，他咬牙忍着疼，装得没事似的。

陈浙汝又对龚微湖说："我明天去买块布料，再给你做件新的。"

"不用，缝补一下，一样穿。"龚微湖对陈浙汝说。

陈世善接过话来说："等会儿回去了，让浙汝的母亲给你把衣裳缝补一下。"

回了陈家，龚微湖脱去衣裳，背上露出来一道血印。

陈世善吩咐女儿说："浙汝，你快端半盆温水来，再拿条毛巾，我给小老乡擦洗一下，再给他上点消炎药。"

陈浙汝忙端来了半盆温水，拿了一条干净的毛巾。陈世善把毛巾浸泡在盆里，捞出来双手拧干，给龚微湖擦洗后背。

龚微湖还觉得有些不好意思，他小声对陈世善说："陈大伯，我哪能再劳您老人家为我擦洗，我自己来吧。"

"别动别动，小老乡，你还跟我客气啥？后背这儿你自己擦也够不着呀，我给你擦洗一下，再上些消炎药，免得感染了。"

"陈大伯，在您这儿，我感受到了久违的父爱。我很小的时候，父亲就去世了，小时候磕着碰着了，都是爷爷奶奶、母亲来给我疗伤。"

龚微湖感受到这无私的爱，也因此想起了自己的童年。

陈世善的老伴在为龚微湖缝补衣裳，灯光下，她戴着老花镜，正一针一线地在刮了口子的衣裳上缝补。龚微湖看着灯光下的陈大娘，他又想起了母亲，小时候，他的衣裳破了洞，都是母亲为他缝补。他忍不住朗诵起了一首诗——

> 慈母手中线，游子身上衣。
> 临行密密缝，意恐迟迟归。
> 谁言寸草心，报得三春晖。

龚微湖刚朗诵完《游子吟》，陈浙汝就为他热烈鼓掌，说："微湖，你朗诵的诗真好。我第一次听你朗诵这首诗。"

"小老乡，你是个有学问的人哪。"陈世善也夸赞他。

陈世善已把龚微湖的背擦洗干净，他从抽屉里拿出一小瓶消炎药水，把药水涂抹到龚微湖背上。龚微湖疼得龇牙咧嘴。陈世善为龚微湖上完了药，又把药放回了抽屉里。

陈世善问龚微湖："小老乡，我看你跟着我整天在包子铺卖包子，会不会大材小用？"

"陈大伯，让你见笑了，我可不是什么大材，我只是爱好几首古诗罢了。"龚微湖很谦虚地说。

这时，陈刘氏已把龚微湖的衣裳缝补好了，陈浙汝拿起来给龚微湖穿上。

龚微湖受恩于陈家，陈家的女儿还无条件想嫁给他。龚微湖想：我可不能再辜负人家姑娘一片真情了。我要正式向陈浙汝求婚。等明年开春了，有了积蓄就让陈家包子铺扩大经营，在原来门店的基础上再开个鲁菜馆！他把自己想的说给了陈家父女听，陈家父女听了连连点头。

这一天，秋高气爽，风和日丽。龚微湖拉着陈浙汝的手说："浙汝，我今天带你去县城金店，给你买个金戒指。"

"还买什么金戒指，还得花钱，你不是说要存钱开个鲁菜馆吗？"

"呵！陈浙汝，你可真会给我省钱，你嫁给我连个戒指都不肯要吗？你说你图我个啥呀！"

"我图你这个人呗，图你对我好就行呗！"

虽然陈浙汝不要金戒指，但是龚微湖还是偷偷去金店给陈浙汝买了一枚戒指，他又为自己的长命锁换上了一根新的红丝绳。

龚微湖和陈浙汝的婚期定在了小年那天，这是陈世善找人选的好日子。因为小年那天，正好是山东老乡会，每年小年这一天，就有一大帮山东老乡聚集在一起过小年。陈世善考虑得比较周全，在女儿婚礼这一天，可以邀请一帮山东老乡来参加。身处异乡，没有其他的亲朋好友，山东老乡们就是自己的亲人。

陈世善夫妇为女儿陈浙汝准备了一些简单的嫁妆，还给女儿又租赁了一个独门独院。院里有两间朝阳的大堂屋，堂屋两边是院墙，正面是个大铁门。

小年这天，龚微湖和陈浙汝举行了一个简单的婚礼，有二十多个山东老乡前来贺喜。龚微湖和陈浙汝都穿着红绸缎棉袄，棉袄是陈母亲手为他俩缝制的。龚微湖把事先准备好的金戒指给陈浙汝戴上，两人一起向父母跪下，磕头叩拜。龚微湖当场改口叫了父亲、母亲，陈世善夫妇高兴地答应着。

陈世善把一个鼓鼓囊囊的红包交给了龚微湖，亲切地对他说："微湖，今天，我把女儿交给你了，希望你一生一世都关爱她、保护她。今天，我也把我陈家所有的家当都交给你，希望你以后在生意上能越做越好。我相信你事业和家庭都能兼顾——因为你是个山东汉子！"

"父亲，母亲。"龚微湖捧着那个装有陈家所有家当的红包，"请二老放心，二老的嘱托，我会牢记在心，请相信我，相信我是个顶天立地的山东汉子！"

第七章

春天来了，花草从泥土里伸出头来，开始迎接风雨。鸟儿在树枝上叽叽喳喳，开始歌唱。

陈浙汝怀孕了，龚微湖开的鲁菜馆也试营业了。鲁菜馆营业当天，陈世善邀请了好多山东老乡为龚微湖捧场。鲁菜馆替代了陈家包子铺，在原来的位置上又扩大了规模，楼上楼下、左右包间、大客厅装饰一新。招牌上用金黄色的瘦金体写着"鲁菜馆"。门两边分别写着：有朋自远方来不亦乐乎，好客山东鲁菜馆欢迎您。鲁菜馆的菜肴大部分是鲁菜中的传统名菜，例如：孔府喜寿宴第一道菜——八仙过海闹罗汉、葱烧海参、九转大肠、爆炒腰花、漕溜鱼片等。鲁菜馆还有一些其他菜系的菜，供不同需要的食客享用。鲁菜馆的厨师都是龚微湖从山东老乡中聘请来的。

龚微湖掌管着整个鲁菜馆的经营大权，他每日神情斗志昂扬、脚步稳健有力。他每天在鲁菜馆忙活到很晚才能回家，妻子陈浙汝对此并没有半句埋怨。这些天，陈浙汝妊娠反应很厉害，老想吃酸的，龚微湖就让鲁菜馆里的厨子专门做了一道酸菜鱼，他抽了个空，提着酸菜鱼菜盒，骑着破三轮车给妻子陈浙汝送过去。

"浙汝，你不是想吃酸菜鱼吗？我给你弄来了，快吃吧。"龚微湖从盒子里倒出酸菜鱼端到陈浙汝的面前，"你慢慢吃，菜馆那里挺忙的，我得赶紧过去。"

"微湖，你看你忙的，还想着给我弄酸菜鱼。"

"浙汝，菜馆一忙起来，我就顾不上你了，你别生我的气啊。"

"我生你的气了吗？我不生你的气，我理解你。"

"理解万岁！老婆万岁，万万岁！"

"好了，别贫嘴了，快回菜馆忙去吧，我有母亲照顾着，你不用挂心。"

"那好，我去忙了。"龚微湖又骑上那个破三轮车回菜馆了。

龚微湖为了鲁菜馆有更好的发展，每天起早贪黑，不辞劳苦。辛勤的付出终得到了回报，他开的鲁菜馆经营了半年，就挣了不少钱，他把挣来的钱拿回家，特地让妻子点数过过瘾。陈浙汝数着一张张钱票，乐得合不拢嘴。

龚微湖用鲁菜馆挣来的第一桶金再投资，专门培养了一批烹炒鲁菜的厨子。他的鲁菜馆在台湾高雄县开连锁门店的同时，双喜临门——陈浙汝生了个大胖小子。龚微湖喜得儿子，陈世善夫妇喜得外孙。家里家外，都洋溢着喜庆的氛围。

龚微湖对家人说："等孩子满月了，就请山东老乡们来喝满月酒，到时候，就到自己家开的鲁菜馆办酒宴，酒宴上让厨子们专门做山东名菜——八仙过海闹罗汉。"陈世善夫妇连连说好。

龚微湖和陈浙汝的儿子满月了，满月酒在鲁菜馆办的。鲁菜馆里来了一大波山东老乡，老乡们这个来了说贺喜，那个来了也说贺喜。

陈世善和龚微湖爷俩抱拳回应。

有一位名叫曹鸿运的老乡，对大家说："在台湾，咱们山东老乡中又喜添了一名小老乡。"

"咱们山东老乡后继有人哪！"山东老乡们又给龚微湖和陈浙汝贺喜。

在龚微湖的老家微山湖，有一句顺口溜："大小子，找媳妇，找个个儿高的，臀肥的。个儿高的能干活，臀肥的能生娃。"

这几年，陈浙汝一连给龚微湖生了三个儿子，大儿子取名龚大阳，二儿子取名龚二阳，三儿子取名龚三阳。

龚微湖有了三个儿子，肩上的担子也重了。这几年，鲁菜馆门店又增了几家，总收益不错，他也积攒了不少钱。他把在基隆县城租赁的房子退了，在高雄县城买了一处独门独院的二层小楼。楼上是龚微湖夫妇的卧室，还有一间龚微湖的书房；楼下是陈世善夫妇的卧室和三个孩子的卧室；还有敞亮的大客厅。

龚大阳、龚二阳、龚三阳都是由外公外婆和母亲陈浙汝一起带大的，身为父亲的龚微湖陪三个孩子的时间少了许多。他为了一家老小，不得不在外奔波，偶尔有空在家，他总要教三个儿子学习《弟子规》和《论语》，让三个儿子从小就学习老祖宗留下的文化瑰宝。

随着年岁的增长，龚微湖的经商理念日趋成熟。他用老练的投资眼光发现了能够挣大钱的机遇——台湾至大陆的航空业不是很发达，而船泊、码头、海上运输发展得很快。他与几个在高雄的山东老乡商议了合伙投资的方向。龚微湖这些年投资的产业逐渐拓展到造船厂、海上运输业。在造船厂、海上码头都有他风吹日晒的身影，一不怕苦二不怕难的精神，在这个山东汉子的身上体现得淋漓尽致。他心中有一个梦想：建成一座人工桥，一座从台湾至大陆的人工桥，让海峡两岸早点实现统一。

岁月峥嵘，时光变迁，龚微湖步入了不惑之年。他在自己的书房，朗诵起了诗人余光中的《乡愁》——

小时候，

乡愁是一枚小小的邮票，

我在这头，

母亲在那头。

长大后，

乡愁是一张窄窄的船票，

我在这头，

新娘在那头。

后来啊，

乡愁是一方矮矮的坟墓，

我在外头，

母亲在里头。

而现在，

乡愁是一湾浅浅的海峡，

我在这头，

大陆在那头。

《乡愁》这首诗，是他从一个山东老乡那里读到的，他很快背诵了下来，还把这首诗朗诵给岳父母和妻子听。

陈世善夫妇已到了古稀之年。由他们帮着带大的三个外孙也已上了大学，龚大阳、龚二阳、龚三阳在大学里所学的专业都是管理学。龚微湖期待三个儿子学业有成后，能接手自己庞大的事业。

龚微湖在家里召开了一次家庭会议，对三个儿子宣布了一条家规：三兄弟在大学里的谈恋爱找对象，女方家必须是山东籍的。三个儿子谁也不敢违背。龚大阳找的媳妇杨梅，祖籍是山东济南的；龚二阳找的媳妇李娟，祖籍是山东临沂的；龚三阳找的媳妇尹娜，祖籍是山东青岛的。三兄弟先后结婚成家，先后又各生一子。

龚微湖做爷爷了，他感觉自己在商海中拼搏已力不从心了，决定退下来，由三个儿子接管他的产业。三个儿子也不负使命，分工上阵，接管了父亲名下的造船厂、海上运输、鲁菜馆。

龚微湖退下来后，他觉得是时候弥补一下自己的家庭了，他想多陪陪妻子，还有耄耋之年的岳父母。近两年，陈世善夫妇的身子骨不太好，行动不方便，需要人照顾了，龚微湖和妻子陈浙汝一左一右伺候着二老。

没过几年，年迈的陈世善躺倒在病床上，临终前，他拉着龚微湖的手说："微湖，我死后，千万不要把我葬在这个孤岛上，我要回大陆、回山东老家，把我的骨灰带回去入陈家祖坟，到了那时，我才是入土为安，我的亲人，我的小老乡，你要记住喽！"

"我记住了，父亲。"龚微湖跪趴在陈世善的病榻前，泪流满面。

陈世善夫妇先后逝去，龚微湖把岳父母的骨灰暂时存放在了一座陵园里，等着那一天的到来。逝去的、活着的，都在等海峡两岸统一。

1987年，台湾宣布解除实施长达39年之久的"戒严"。允许民众赴大陆探亲。此消息一出，身处台湾的游子们身心沸腾，山东老乡们也奔走相告。

龚微湖递交了回大陆探亲的申请，他和老伴陈浙汝在为回大陆探亲做准备。

龚微湖激动地对老伴陈浙汝说："盼望着、盼望着，我们盼望了快半个世纪了，这次终于能回大陆探亲了。"

"这次回大陆探亲，我俩一定要带上我父母的骨灰回去，这是父母亲生前的遗愿。父母亲生前还对我说，有一天回去了，要先到浙江温州去找我大哥和二哥。"陈浙汝一提起往事就抹眼泪。

"这次回大陆，就算是有千难万险也要把二老的骨灰带回去，好让他们回到山东老家入土为安。"龚微湖安慰着老伴。

就在龚微湖要启程回大陆的头几天，他晚上突然做了一个奇怪的梦——梦里出现了一片浩瀚的大海，汹涌的海浪此起彼伏。突然从海浪中跳出来一条鱼，这条鱼竟然会说话，它对龚微湖说："兄弟，我的亲人，我终于等来了这一天，你回大陆的时候，千万别忘了把我也带回家。我的身体与灵魂都落在了海水里，我的魂魄就是一个亮点。你用一个透明的玻璃瓶子，在我葬身的海域灌上一瓶海水，当你看到有一个亮点飘进瓶子里时，我的魂魄已留在了瓶子里。兄弟，照我说的这么做，你就能把我带回山东老家了。"鱼说完话，消失在海浪中。

龚微湖从长梦中醒来，身上出了很多冷汗，他自言自语："大哥龚微河显灵了！"

"微湖，你在说什么呢？"陈浙汝睡得迷迷糊糊地问龚微湖。

龚微湖回答说："我做了一个很奇怪的梦。"

"你又做梦了？"

"我睡不着了，我去书房看看书。"龚微湖穿着睡衣来到了书房，他抽了一支雪茄，泡了一杯茶，呆呆地坐在那儿寻思：大哥的魂魄怎么还在外边漂着呢？曾听老家的老人们说过，人的灵魂能穿越时空隧道。都这么多年过去了，大哥的魂魄怎么还没有回到老家呢？梦中那条鱼说的话，分明就是大哥的魂魄托鱼说的。无论怎么着，我都要按着梦里的那条鱼说的去做，好把大哥带回山东老家。

第二天一大早，龚微湖就去了小百货市场。他在一家玻璃瓶门店，选好了一个玻璃瓶。他又到门店让师傅做了个木盒子，把玻璃瓶装进了木盒子里。

龚微湖抱着那个装有玻璃瓶的木盒子回了家，到家后，他又把昨天晚上做的那个奇怪的梦给老伴陈浙汝嘟囔了一遍。

陈浙汝听了，埋怨地说："微湖，你看你年纪一大，整天变得神经兮兮的了。"

"我变得神经兮兮的了吗？我难道是个疯老头了？"龚微湖反问着陈浙汝，他催促老伴，"赶紧的，带上香和香炉，陪我去基隆。"

"去基隆干啥？你看你昨晚没睡好，眼圈都黑了。非得今天去吗？明天再去吧！"

"不行，今天必须去，不然，我今晚上还得做梦，还得睡不着觉，你不忍心看着我受折磨吧？"

"嗯，我犟不过你，咱今天去基隆哪个地方？"

"去基隆码头。"

龚微湖抱起那个装有玻璃瓶的木盒子就急着向外走，陈浙汝拿着香和香炉跟随其后。夫妇俩从高雄乘车到了基隆。基隆，这个让龚微湖既熟悉又陌生的地方，他站在码头停顿了一下，把那个玻璃瓶从木盒子拿了出来，找了个海岸边的石台阶，趴在那儿用玻璃瓶灌了多半瓶海水提上岸。

陈浙汝不解地问龚微湖："你怎么没把瓶子灌满？"

"你糊涂呀，瓶子灌满了水，那大哥的魂魄还有空间安放吗？"龚微湖把盛有海水的玻璃瓶放在地上，敞着口，点燃了三炷香，朝大海的西南方向弯腰拜了三次，然后把三炷香插到香炉上，站到海岸边朝大海远处高声呼唤："大哥——龚微河——兄弟龚微湖在呼唤你，你听见了吗？你听见了，你的魂就过来哟，你的魂过来了，兄弟好带着你回咱山东老家了。"喊完，他拿着瓶子蹲在海边，将瓶口朝向海水。

突然间，海面上浪花溅起，有个晶莹闪亮的东西慢悠悠地向瓶子飘过来，又一股风似的漂进了玻璃瓶内。那个亮点浮在瓶内，亮晶晶的。

龚微湖见状，赶紧用木塞塞住了瓶口，他嘴里嘟囔着："嘿嘿，大哥，我终于把你唤回来了，你想跑都跑不掉啦！"他的诡异行为，让站在他一旁的陈浙汝感到头皮有些发麻。

龚微湖捧起那个玻璃瓶，对老伴说："浙汝，快过来看看。你看见瓶子内有个亮点了吗？"

"哪儿有啊？"陈浙汝仔细观察着玻璃瓶问龚微湖。

龚微湖嫌弃地对老伴说："你什么眼神？瓶子里明明有个亮点，你却看不见？行了行了，大事办完了，回家。"

龚微湖夫妇带着那个盛有龚微河"魂魄"的玻璃瓶回家了。在龚微湖的老家有一种说法，人的"灵魂"装进盒子里后务必要放在屋子高处，不能放在低处。龚微湖把那个装着玻璃瓶的木盒子放到了书房的书架上，他对着木盒子说："大哥，你先在我书房歇息歇息，过几天，我就可以带着你回大陆了，回咱山东微山湖了。"

过了几天，龚微湖夫妇背起父母的骨灰和大哥的"魂魄"，一同踏上了回祖国大陆的归程。

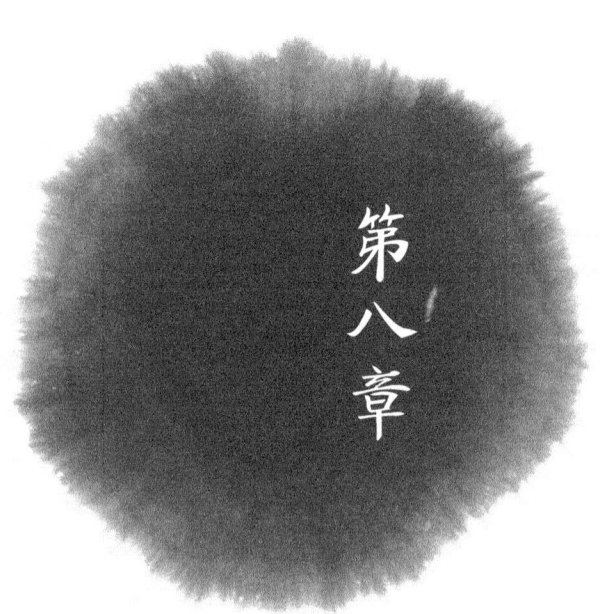

第八章

改革开放的好政策，让沉睡已久的中国大地发生了翻天覆地的变化，城市和农村，万物复苏。

龚微湖这位与大陆阔别了四十余载的游子，在重新踏上陆地的那一刻，他俯身跪下亲吻大地，泪流满面，仰天长啸："祖国母亲——儿子回来了！"这位归来的游子，在温州码头上的这一举动，让人为之动容，码头上干活的装卸工们都立足观望。陈浙汝把老泪纵横的老伴搀扶起来。夫妇俩站在码头想搭乘出租车到温州市鹿城区。

这时，有个出租车司机主动上前询问："老乡，租车吗？想上哪儿，保证一站送到。"

"我们想到温州鹿城区。"陈浙汝先搭话，她把家里的门牌号说给出租车司机听。

龚微湖和陈浙汝背着行囊上了出租车。约二十多分钟，出租车到了鹿城区，按照陈浙汝说的住址，也算是找到了旧址。可是，这里的房屋都变了，建起了一排排新楼房，出租车在这附近转了一大圈，也没有找到陈浙汝所说的门牌号。

司机对龚微湖和陈浙汝夫妇俩说："老乡，你们想找的那个地址门牌号早就换了，你们还有其他的地址吗？"

陈浙汝失望地叹了一声，不知该怎么再找下去。

出租车司机想了想，说："老乡，你们要想找到原来的住址门牌号，就应该去鹿城区派出所查户籍。"

"也好，麻烦您把我俩送到鹿城区派出所吧。"龚微湖说。

出租车把龚微湖和陈浙汝夫妇送到了鹿城区派出所大门口，夫妇俩背着行囊，走进了派出所大厅。龚微湖向一位警员说明了来由，这位警员热情地把他两带到了二楼户籍科，户籍科的陈警官认真地帮他们查找原地址上面的信息。陈警官还询问了陈浙汝原来家人的有关信息，陈浙汝告诉陈警官她两个哥哥的姓名。陈警官在老户籍簿上查到了陈浙港的地址、电话。

陈警官按地址上的电话号拨打了过去，电话接通了，一个女人的声音传了出来："喂——"

"你好，是陈浙港家吗？"陈警官与对方通话。

"是啊，你是哪里？"

"我是鹿城区派出所的。"

"啊，派出所的？"听筒那边的女人惊叫了一声，以为出了什么事，她紧张地唤家里的男主人。

陈浙港接过电话，先喂了一声，说："我是陈浙港，派出所找我？出什么事了？"

"陈先生，没出什么事，就是有两位老人从台湾来寻亲，找您。"

"从台湾来的要找我？我们家在台湾没有什么亲戚呀？"

"一位名叫陈浙汝的您认识吗？"

"陈浙汝？"陈浙港听到这个名字，愣了半天，他突然间想起来，"我曾经有个妹妹名叫陈浙汝，不过，她和我父母四十年前就与我失联了，您说这个名叫陈浙汝的莫非是我的亲妹妹？我的亲妹妹她还活着？我的亲人们还活着？"电话那边声音颤抖，他激动地询问："我的亲人们现在在哪儿？我这就过去找他们。"

"两位现在在鹿城区派出所二楼户籍科接待室等着您呢。"陈警官回答说。

　　鹿城区派出所大门口，一辆黑色的上海大众停下来，陈浙港和陈浙湾兄弟俩急急火火下了车，直奔二楼户籍科接待室。兄弟俩与妹妹陈浙汝相见了，却谁也不敢认谁。彼此向对方慢慢走近，用期待的眼神搜索着对方，那曾经熟悉的脸型轮廓，那血脉相连的亲情，兄妹仨抱在一起，抱头痛哭。

　　陈浙汝先叫了一声："大哥、二哥——"

　　"浙汝，妹妹！"陈浙港擦去了妹妹脸上的泪痕，"浙汝，你回来了，咱父亲母亲呢？"

　　"父亲母亲早些年已过世了。"陈浙汝含泪哽咽着，"二老的骨灰，我们已经带回来了。"

　　龚微湖站在那儿，胸前抱着陈世善夫妇的骨灰盒。

　　陈浙港和陈浙湾看到父母的骨灰盒，兄弟俩面向骨灰盒扑通一声跪下磕头，念道："父亲、母亲，儿子不孝啊！没能给二老养老送终。"

　　陈浙汝扶起悲伤的大哥和二哥，向大哥二哥介绍了丈夫龚微湖。

　　陈浙港从龚微湖那里接过了父母的骨灰，双手捧在胸前，沉痛地说："父亲、母亲，儿子接你们回家。"

　　陈浙港捧着父母亲的骨灰，徒步回家，陈浙湾、陈浙汝、龚微湖跟随其后。

　　陈浙港的家是连排复式楼，一楼前面有个单独的小院，院内种有蔬菜花草。他把父母亲的骨灰盒放到了家门口的高桌上，念道："父亲母亲，到家了。"他让二弟给在温州的亲属们挨个打了电话，又让妻子给妹妹妹夫收拾了一个房间，暂时休息一下。

　　龚微湖先到了房间，他把那个装有大哥"魂魄"的木盒子放到了高处。

　　陈家上上下下，一片哀痛，不断有亲友前来吊唁，陈家子孙为故去的陈世善夫妇守孝三天。陈家兄弟想为父母在温州陵园买一座公墓——

　　陈浙汝对两位兄长说："父母生前的遗愿，是回山东青岛老家入陈家祖坟。"

　　"那咱们按父母的遗愿做吧。"陈家兄弟说。

　　经过陈家兄妹商量，陈家兄弟俩送父母的骨灰回山东青岛老家入祖坟，陈浙汝随丈夫龚微湖回山东微山湖。

　　龚微湖和陈浙汝从济南机场转乘至微山县的大客车，又从微山县坐船才到南阳镇。龚微湖站在码头上感慨，这是他儿时、少年时充满了欢声笑语的地方——南阳湖，微风习习，湖水清澈、波光粼粼，湖面上漂着几叶小舟，一排排整齐的青砖灰瓦房升起袅袅炊烟。

　　龚微湖想找到四十年前的家，可是却认不出来了，他叹息道："我这个游子离家太久了，竟然连自家的家门都找不到了。"

　　这时，走过来几个年轻人，龚微湖上前，用乡音同他们打招呼，并询问："这儿哪个门是龚微湖家？"

　　"龚微湖？龚微湖是谁？这个村里没有人叫这个名。"一个年轻人回答说，几个年轻人用异样的眼神打量着龚微湖这个"外乡人"。

　　"哦。"龚微湖这才反应过来，心想：这几个年轻人，哪能知道四十年前这个村有个叫龚微湖的。他又转问："这个村有个叫马菱莲的吗？"

　　"马菱莲，你是找马老师家吗？东边那排房，东边的那个门就是。"年轻人给龚微湖指了指东边的那个方向说。

　　龚微湖带着陈浙汝朝几个年轻人指的那排房走去。到了家门口，家里两扇大门敞开着，院里没人，很安静。

　　龚微湖站在大门口，扯起嗓子朝院里喊："有人吗？家里有人吗？"

　　"谁呀？"马菱莲从堂屋蹒跚走出来，走近了一点又问，"你们找谁呀？"

马菱莲完全没有认出站着的这个人是谁，而龚微湖却认出了她。虽然马菱莲已不是当年那个俊俏的小媳妇，但是，她布满皱纹的脸庞、佝偻瘦弱的身躯，都隐约带着她年轻时的影子。

龚微湖顿时眼含热泪，他唤了两声："菱莲，马菱莲——"

马菱莲听到这个声音，心里咯噔了一下，这个声音四十年前常在耳畔响起，而四十年后的今天怎么突然又响起了呢？她多年前患了眼疾，看人的时候，只有近距离才能模糊看清对方。她没有看清站在大门口的龚微湖，对方既能叫出自己的名字，那肯定不是外人了，她一边想着一边说："你们来找我的？进来吧，到堂屋里坐坐吧。"她把龚微湖和陈浙汝引进了堂屋。

龚微湖进了堂屋后，先把装有大哥"魂魄"的木盒子放到了正对门的桌子上。然后，他走近马菱莲，一把抓住了马菱莲的手，让她摸了摸自己脖子里戴的长命锁，问她："菱莲，你摸摸这个东西，你熟悉不？"

"长命锁！"马菱莲脱口而出。

"对，是长命锁，是当年定娃娃亲时，你们马家送给我的，我一直戴着它。菱莲，你知道我是谁了吧？"

"你、你是我的丈夫，龚微湖？"马菱莲仰起头，靠近龚微湖的脸庞，使劲地睁大眼睛。瞅了好一会儿，她扑倒在龚微湖的怀里放声大哭起来。

龚微湖搂着马菱莲也号啕大哭起来。年近六旬的马菱莲在丈夫的怀里显得那么弱小，这个把青春熬成蹉跎的女人，耗尽了光阴独守了空房大半辈子。这对年少时的夫妻，事隔四十年后终于重逢了。

陈浙汝看到夫妻团聚的场景，也为此感动，她上前说："微湖、菱莲姐，你俩不要太难过了。"

龚微湖想向马菱莲介绍一下身边的陈浙汝，可马菱莲对陈浙汝不理不睬，一直靠着龚微湖。

马菱莲拍了一下龚微湖的胸脯，说："微湖你还活着？活着就好、活着就好，总算把你等回来了。"她愣了一会儿，又问："微湖，你回来了，那咱大哥呢？"

"大哥也回来了。"龚微湖说话的语气稍显沉重，他走到桌子前摸了摸那个木盒子。

马菱莲听龚微湖说话的语气不大对劲，她连忙说："我去叫大嫂来，住得不远，就在前院。"

马菱莲到前院叫来了大嫂李玉秀。不一会儿，屋子里、院子里都站满了龚家的人，有二哥龚微水及儿子龚东明，大哥龚微河的儿子龚东阳。

李玉秀问龚微湖："微湖，你回来了，你大哥怎么没回来？"

"我大哥也回来了。"龚微湖语气沉重地说，他从木盒子里拿出那个玻璃瓶，"大哥的'魂魄'就在这瓶子里，大哥也回来了。"

龚微湖话音刚落，李玉秀及龚家的其他人都哭成了一片。

龚微湖控制了一下自己，他拔开玻璃瓶的木塞，对着玻璃瓶说："大哥，到家了，你也该出来透透气了，你看看，咱龚家老老少少都来看你了。"

龚微湖说完后，看见那个亮点从瓶内腾空而起，飘在空气里逐渐消失了。

龚微湖惊愕地对家里人说："看看，都看到了吗？刚才那个亮点就是我大哥的'魂魄'，大哥的'魂'终于回家了。"

龚家的人中，有的说看到了，有的人说没有看到。

龚微湖拿着木塞说："这个木塞不能再塞上了，瓶口要敞着，到入坟的时候用个莲叶遮挡住瓶口就行，这个玻璃瓶就是大哥的躯体。"

龚微湖说的这些话，年长的老人们都能听得懂。龚微湖拿出来不少钱给大哥的儿子龚东阳，叫他给他父亲办丧事，龚东阳给父亲披麻戴孝、摔盆。龚微河的丧事惊动了大半个村子，左邻右舍都来帮忙。办完了龚微河的丧事后，龚家的至亲们都围坐在一起，与龚微湖聊起这些年家里发生的大大小小的事。

二哥龚微水对龚微湖说："自从你和大哥离开家后，好多年都没有你们两个的音讯，家里人都以为你俩不在人世了。后来，爷爷奶奶、婶母、我父母，都先后病故了。"

龚微湖听着二哥龚微水说的事，早已热泪盈眶，他说："二哥，这些年来，家里老老少少、大大小小的事都让你操心受累了。"

"当年，你和大哥都没了音讯，家里的事，我不操心谁操心呀。"龚微水吸了一口烟说。

三天过后，龚家的人去祖坟祭祖，在爷爷的坟前，龚微湖跪下磕头，他也替大哥龚微河给爷爷磕了一个头。

第九章

晚上，龚微湖让两个媳妇同住一个屋，他独自去了另外一个屋。

微山湖的夜晚，时而静悄悄，时而有不知名的虫儿呢喃，时而有湖塘里的青蛙谱曲吟唱。夜深了，马菱莲和陈浙汝还没有入睡。

"菱莲姐，你一个人在这个院里住吗？"

"不是，大嫂也住这儿，你睡的床是大嫂的床。"

"菱莲姐，你一个女人家，这么多年是怎么熬过来的呀？"

"唉，慢慢熬呗！"

"这些年来，你就没想过改嫁吗？"

"当初，我娘家人都劝我改嫁，劝了我好多次，可我总觉得微湖他还活着，这不，微湖他还是活着回来了。"

"他是回来了，可他又带回来一个媳妇，你恨他吗？"

"不恨，他当初肯定也有他的难处。"

"你俩没有孩子吗？"

"当初，微湖走了之后，我怀孕了，但我干了些重活，不小心流产了。"

"菱莲姐，你也不恨我抢了你的丈夫吗？"

"浙汝，我哪能恨你呢，我应该感谢你。在我丈夫走投无路的时候，是你的家人救了他，你给了他一个安稳的家，让他有了生存下去的希望，如果没有你，他也许活不到今天，那四十年后的今天，我也等不来他了。"

"菱莲姐，你真是个心地善良的好女人，怪不得，这么多年来，微湖他对你一直念念不忘。"

"浙汝妹妹，你也是个好女人，微湖他后来找了你，真是他的福分啊！"

两个女人心与心的对白，仿佛黑夜里点亮了一盏灯，普照了彼此心灵的每个角落。黑夜过后迎来了黎明。

由于一路奔波，陈浙汝病倒了。龚微湖叫侄子龚东阳去请了南阳镇上的大夫，大夫说病人患了风寒感冒，应注意休息，还给陈浙汝开了两副中药。李玉秀从邻居家找来了瓦罐为陈浙汝煎熬汤药，龚东阳的媳妇也来帮着照顾小婶子。

陈浙汝在龚家有人专门照顾。龚微湖对马菱莲说要去看望一下马老师和师母。在过去，龚微湖不称马菱莲的父母为岳父岳母，而是称呼他们老师和师母。龚东阳骑来三轮车，拉着他俩到了马家大门口，龚东阳把叔叔和婶子扶下三轮车。

马菱莲对龚微湖说："你先在外面等一下，我先进去给父母打个招呼，这么多年没见你了，我怕他们乍一见你精神上会受刺激。"

"也好，也好。"龚微湖提着两盒老年营养麦片和一袋水果，站在门外等候。

马菱莲走进了父母家，年过八旬的马孝贤夫妇正在听收音机，收音机播放的是京剧《沙家浜》选段。马孝贤戴着老花镜，半坐半卧在竹藤椅上哼唱着，他一见闺女来了，即刻关小了收音机的音量。马菱莲贴近父亲耳边说了几句话，马孝贤把收音机关了。他朝女儿摆手示意，马菱莲这才去叫站在外面的龚微湖进家门。

龚微湖一进屋门，就跪倒在马孝贤膝下请罪。

马孝贤坐起身子来，忙说："你、你这是干啥？快起来，快起来说话。"

"马老师、师母，我是求你们恕罪来了，我是个罪人，我对不起你们，更对不起菱莲。"龚微湖长跪不起。

马孝贤此时也很激动，嘴唇颤抖着，还不时有口水从嘴角流出来。

师母马王氏却在一旁埋怨开了："龚微湖，你这四十年都跑到哪里去了？你可把我闺女害苦了，自从你走了之后，一年一年的没个音讯，我闺女天天哭，哭得快把眼睛哭瞎了，你这不是造孽呀！"

"母亲，你少说两句吧。"马菱莲劝说母亲。

马王氏责备女儿："他把你害成这个样子，你还护着他？"

马菱莲没听母亲的埋怨，她把龚微湖扶了起来，让他坐下来与父母一起说说话。龚微湖向马孝贤夫妇讲述了这四十年在外漂泊流浪的经历，马孝贤听着，不住叹息，一句话也没说。

龚微湖讲述完自己离家后的经历，向马孝贤夫妇承诺说："请马老师和师母放心，无论花多少钱，我也要把菱莲的眼疾治好。"

太阳照到堂屋门口，马孝贤夫妇留女儿、女婿在家吃晌午饭，龚微湖以龚家家里有诸多事要等着处理为理由，没留在马家吃饭。

在回家的路上，马菱莲回忆过去，对龚微湖说："自从你离开家，我每天都是盼星星盼月亮盼着你回来，可是，盼了好多年也没有把你盼回来，那些年，我老是得病，不是这病就是那病，简直是个病秧子了。我父亲说这都是每天心情不好惹出来的病。他去找了当时南阳镇上的学校校长，叫我教小学一年级。过了两年，学校教育组推荐我上了济宁师范学校，上了三年的师范，我又回到了微山湖，在咱南阳镇，我又当上了一名人民教师。后来，我的眼睛看东西越来越模糊了，我到县医院去看，医生说我的眼睛看不清楚东西不是白内障，而是一种奇怪的眼病。当时县医院眼科没有治疗设备，建议我到市里的大医院去治疗。这不，我一直拖呀拖的，眼睛就越来越严重了。"

"那明天我带你到济宁的大医院去治疗。"

"哎哟，那得花多少钱啊？"

"你不要疼钱，只要能把你的眼睛治好，花多少钱都值得，我现在有的是钱。"龚微湖安慰着马菱莲。

第二天一早，龚微湖安排好陈浙汝，便带着马菱莲到济宁的大医院去看眼疾，侄子龚东阳陪同。他们从南阳湖乘船至济宁市西郊的八里庙大桥码头下船，下船后，雇了一辆面包车到了市区的医院。眼科专家给马菱莲的眼睛做了仔细的检查。龚微湖对医生说，给马菱莲做手术要最好的主刀医生，用最先进的医疗设备，用最贵的药。

经过严谨规范的治疗，一个星期后，马菱莲康复出院了。马菱莲摘下纱布第一眼先看到的是龚微湖，她仔细端详着丈夫的脸，笑了，龚微湖也笑了。

马菱莲回到了家，和大嫂李玉秀在院子里支起鏊子烙起饼来。

马菱莲一边烙着薄单饼一边说："想当年，微湖最好吃这烙饼卷芝麻盐。"

龚微湖从鏊子上拿起了一张刚烙好的薄单饼，卷上芝麻盐，先吃了起来。他一边吃着一边说："我现在牙口还行，嚼出了当年的味道。"然后，他又拿了一张薄单饼卷了芝麻盐，递给陈浙汝，说："这种薄单饼是俺微山湖的吃头，你没吃过，好吃着咧！"

陈浙汝吃着卷了芝麻盐的薄单饼，连连说："好吃、好吃。"

龚微湖吃了晌午饭，说要自己出去走走消食。他在村里附近转悠了一会儿，又来到了村西边的状元桥。状元桥西邻长着一棵老柳树，长长的柳枝被风吹拂到了状元桥的桥梁上，桥梁上的石栏杆让柳枝扫得铮亮。大柳树旁，有八九个人正围桌下棋，他走近，立足观望。这些棋友中有几个与龚微湖是同龄人。他们下完一局，有人扭头看了看龚微湖。

其中一个棋友，多看了龚微湖一眼，操着当地的方言问："你是哪来的客？"

龚微湖笑呵呵的没有回答，他向棋友们朗诵了一首诗——

少年离家老大回，

乡音无改鬓毛衰。

儿童相见不相识，

笑问客从何处来。

当龚微湖朗诵完了，其中一个人认出了龚微湖，他叫了龚微湖儿时的外号："湖子，你是湖子！"

龚微湖也叫他："耕子，你是耕子对吧？"他又对另外一个小伙伴说："你是犁子对吧？"

其他人也都认出了龚微湖，他们一同站起来，拉住龚微湖的手。

龚微耕问龚微湖，说："湖子，这么多年，你上哪儿去了，连家也不回了？"

"我看湖子是在外面发财了，把微山湖这个的穷家破院给忘了，老多年都不回来了。"

龚微犁这话，无疑是在挖苦龚微湖。

龚微湖听了,微笑着掏出一包烟分给大家，龚微犁一伙人接过烟，却没敢抽，而是翻来翻去地看着。

龚微湖一看，笑了，他自己先点着了一支，抽了两口，对他们说："这是进口烟，你们放心抽就行。"

"从来没抽过。"龚微耕冲着龚微湖笑笑说，他点着抽了两口，"嗯，不错不错，好抽。"

"给你们一盒，慢慢抽吧。"龚微湖掏出烟放到了桌上。

龚微犁又招呼着龚微湖，说："湖子，你也来下上一局吧？"

"不了，你们玩吧，我去那边再转转。"龚微湖说完，沿着路向南走，他来到了钱庄的附近——那个大磨盘还在那儿。儿时，奶奶和母亲经常带着他来这儿磨面：高粱、玉米、谷子、小麦……奶奶和母亲总是把磨好的细粮留给爷爷和他吃，她们两个吃粗粮，儿时的记忆历历在目。

龚微湖在微山湖停留了一个月，临走时他留给马菱莲及家里人不少钱，他再三叮嘱侄子龚东阳，要替他照顾好马菱莲，等他以后再回来，会给龚东阳一个大大的奖励，龚东阳高兴地答应。

分别时，最伤心的、恋恋不舍的是马菱莲，她说："微湖，你好不容易回来了，怎么又要走了呢？"

"菱莲，我还会再回来的。"龚微湖拉着马菱莲的手，"等有一天，国家政策允许了，我再回到咱微山湖，那个时候我就不走了。"

"微湖，我等着你回来，我等着你，等着你——"马菱莲眼里装满了不舍与期待。

马菱莲等人把龚微湖和陈浙汝送到了南阳镇码头，龚微湖和陈浙汝上了船，船渐渐离开了码头，驶向了远方。

龚微湖和陈浙汝从山东济南飞往浙江温州。温州，陈浙港夫妇已为陈浙汝夫妇收拾了一个干净的房间，让他们有个安身之处。陈浙港全家为给陈浙汝夫妇接风洗尘,举行了一次特别的家宴。家宴上，陈浙港夫妇及儿子陈郝、儿媳钱佳、女儿陈丽、女婿褚忠，陈浙湾及儿子陈郴、儿媳卢婷、女儿陈娇、女婿程全，一大家子人同时举杯庆贺这久别的亲情。

陈浙港开车带着妹妹妹夫游了杭州西湖，又去了浙江义乌小商品批发市场。回到温州，又带妹妹妹夫考察了温州多家民营皮鞋厂，还有他经营的港都房地产。他对妹妹、妹夫说："当年，我们兄弟俩是靠开民营皮鞋厂起家的，赚了不少钱，因此，我们组建了自家的港都房地产公司。"

龚微湖跟着大哥考察了温州的多家民营企业。龚微湖感叹说："这次回大陆，来温州考察，真是让我大开眼界。我在台湾自以为自己是个很成功的商人，可与大哥相比，我是小巫见大巫。我看到大陆经济发展日新月异，更让我这个身在异乡的游子惊叹。我多想带着全家早点回大陆，与故乡同呼吸共命运！"

"微湖，你的心情，大哥能理解！耐心等待国家政策出台，到时候，你们全家就可以回大陆定居。"陈浙港宽慰龚微湖。

陈浙汝对陈浙港说："大哥，你看看微湖这个人，一天到晚跟我念叨想回大陆。现在，他的精神越来越不正常了，好像快成精神病了。"

"我这几年确实有些异常，人越老越想家了。如果再过几年还回不了大陆，我下半辈子也许是在台湾的精神病院里过了。"龚微湖这句话真把陈浙汝吓着了。

陈浙汝有些生气了，她对大哥说："大哥，你听听微湖说的话，气人不？唉，气人归气人，我还真担心微湖他得病。大哥，你帮帮微湖吧。"

陈浙港安抚着妹妹妹夫的情绪，对妹妹说："浙汝，我是你大哥，你的亲人，再大的困难，有大哥我顶住！等两年，国家政策一出台，大哥我想尽一切办法！也让你们一家回大陆定居。"

第十章

没过几年，陈浙港听说国家出台了相关政策，符合条件的台胞可以回大陆定居。他把这个消息及时通知了妹妹陈浙汝一家。龚微湖把相关材料邮寄给了陈浙港，委托大哥办理回大陆定居的相关手续。

龚微湖在台湾进行财产处理，他把造船厂、码头、鲁菜馆股份低价转让给了山东老乡，唯有他住的二层小楼委托给了一位名叫曹鸿运的老乡。

龚微湖回归大陆的准备工作基本就绪，他高兴得像个孩童，对妻子说："浙汝，我们终于等来了这一天，多亏大哥在大陆那边帮忙。"

"大哥是我的亲哥哥，为了亲人们能早日团聚，大哥会不遗余力帮我们的。"陈浙汝说。

为了让妹妹妹夫一家回大陆后有安身立命之所，陈浙港思来想去，决定把他名下注册的港都房地产和港步鞋厂两家企业，转到龚微湖的名下，使龚微湖成为两家企业法人，在大陆有自己的产业。这样，妹妹举家十多口人方能更快适应大陆的生活。

陈浙港虽是一家之主，但他的这个决策须经过其他家族成员的同意，他先找来了弟弟陈浙湾。

陈浙港对陈浙湾说："浙湾，关于浙汝一家回归大陆的事，我事先也跟你提起过，按现在的国内形势，浙汝一家在大陆没有资产，这样的话，他们回大陆之后的生活就有了困难。我想过了，我想把咱兄弟俩名下的两家企业过户到龚微湖的名下，也只有这样做，浙汝一家回归大陆后才能顺利定居。在这个世界上，什么钱呀、企业呀都是身外之物，唯有亲人血脉相连，我们不能再让妹妹一家在外漂泊流浪了。"

"大哥，让我想想。"陈浙湾犹豫不定，但还是勉强同意了，"我个人倒是没什么意见，不过，你也得征求家里其他成员的意见。"

"明天，我召集家里主要成员来商议此事！"陈浙港对弟弟说。

陈浙港把家里主要成员召集到董事长办公室，他向大家说明事由，大家各抒己见。

陈浙港的儿子陈郝首先发言："爸爸，你这么做，是否考虑到了所有人的利益？"

陈郝的媳妇钱佳说："爸爸，你这么做，不就是明摆着把陈家的'江山'拱手让给龚家了吗？"

陈浙港的女儿陈丽好言劝说父亲："爸爸，你和叔叔历尽艰难、白手起家创办的企业，来之不易，法人更名，还需要慎重考虑。"

陈丽的老公褚忠说："人不为己天诛地灭！舍己为人的事，今天居然在港都公司碰到了。"

陈郴愤愤不平地说："大伯，你这么做，我坚决反对！你牺牲整个陈家的利益来成全龚家，值得吗？"

陈郴的媳妇卢婷拐弯抹角地说："大伯，就算是牺牲自己成全别人，你都活到这么大岁数了，我们还年轻，得依靠家族企业来生存，不然，我们连饭碗都没了，都被饿死了，我们怎么办？"

陈娇疑惑地说："大伯，我都长这么大了，从来没听说有个姑姑，突然间却冒出个姑姑来争抢陈家的家产，谁知姑姑是真是假，竟然想一下子把陈家洗劫一空，这也太不可思议了！"

家族成员七嘴八舌的讨论，早已惹怒了陈浙港，他嘭地一拍桌子站了起来，指着他们一伙人说："瞧瞧你们一个个的嘴脸，亲情在金钱面前变得一文不值了吗？可是，在我心里，我与妹妹血浓于水！想当年，父亲母亲、妹妹失联后，我和浙湾寝食难安，我们两个到处打听亲人们的下落，可就是一无所获。还好，四十年过去了，我的亲人、我的亲妹妹还活着，她没有忘记我们，她来寻找我们了。久别重逢的亲人啊！每日每夜叫我牵心挂肠的亲人，突然有一天又站在了我的面前，全了我多年的心愿！如今，妹妹一家思乡心切，想回大陆定居、与家人团聚，我作为大哥，我要不遗余力地帮助妹妹一家，来完成亲人回归大陆的夙愿。"陈浙港饱含热泪的陈述，让在场的家族成员们鸦雀无声。

陈浙港又说："咱们之前说过，无论什么事，都要以举手投票的方式来表决，我同意，我举手。同意的请举手。"

陈家的成员们，你看看我，我看看你，都没有举手。陈浙港叫了一声弟弟的名字。陈浙湾这才回过神来，他左顾右盼地看了看，犹豫过后勉强举起来手。

陈浙港喊："有两票通过，还有吗？"

陈家成员们一片沉默。过了一会儿，陈丽、陈娇也举起了手，陈浙港又喊："又有两票了，还有吗？"

在场的其他成员变得死一般沉寂。陈浙港当场宣布："这次家族会议通过举手投票的方式，已有四人投票，原则上来说，结果是少数服从多数。不过，这次会议是特殊意义上的家庭会议，必须是多数服从少数。我是企业法人代表，我说了算。四票通过！谁不服就单独找我！今天的会议到此结束。"他语气强硬、态度霸道，雷厉风行地结束了会议。

龚微湖一家有了陈浙港的帮助，顺利地回归大陆定居。陈浙港和陈浙湾每人开了一辆车，到温州码头来接陈浙汝一家。客轮停在温州码头，龚微湖带着一家十几口人下了轮船。

陈浙港和陈浙湾兄弟俩走向码头迎接他们。陈浙港上前拥抱了妹妹陈浙汝，然后依次拥抱妹夫、外甥等其他亲属。

龚微湖驻足温州码头，眺望远方的海，他这次回大陆不同于第一次，心情无比敞亮，脸上带着久违的笑容。他对家人说："我们终于回到了大陆，一家人都回来了。我上半辈子每天睡的都不是囫囵觉，从今天起，我可以睡个安稳觉了。"

龚微湖紧紧抓住陈浙港的手，感慨万千，重复道："多谢大哥相助！"陈浙港回道："咱一家人不说两家话，帮助你们是大哥应该做的。"

陈浙港在码头附近又租了一辆小货车，让人把龚微湖一家随身的零碎物件搬上车，他对其他人说："上车，都上车，每辆车坐上几个。"

龚微湖和陈浙汝上了大哥的小轿车，去往温州市区。坐在车上，陈浙汝对陈浙港说："大哥，你为我们一家想得这么周到，让大哥受累了。以后，我叫你三个外甥好好孝敬你。"

"我说浙汝，你又拿大哥当外人了不是，我不是也对微湖说过了吗？咱一家人不说两家话，以后，我那三个外甥孝敬我这个做大舅的也是应该的。再说了，我这个当大舅的是搞房地产的，送给三个外甥每人一套房，也是应该的嘛。"

车开到了港都花园大门口，陈浙港兄弟俩和陈浙汝一家都下了车。

陈浙港指挥着大家说："大阳、二阳、三阳，带上你们的媳妇、孩子和行李，跟着你二舅各回你们的小家，每套房子家具都布置好了，就等你们拎包入住了。"他又回过头来对妹妹说："浙汝，你和微湖拿上行李，跟我走。"他带着妹妹和妹夫两人朝小区的别墅区走着，他一边走一边介绍："咱们一大家子住的都是一个小区，前面的那几幢是别墅区。这个小区的楼房、别墅，都是咱港都房地产开发的，是咱温州城最高端的花园小区，你们尽管放心住。浙汝，我给你俩安排了一栋小别墅，离我住的别墅不远。"

陈浙港带着妹妹妹夫来到了一栋小别墅门前，他掏出钥匙打开大门，和妹妹妹夫一起走进了院内。院子里光秃秃的，只长着零星的野花野草。

陈浙港幽默风趣地对妹妹说："浙汝，你俩看看，这个院里空荡荡的，是专门等待它的主人来美化它呢。"

"大哥，以后我住这儿了，没事就种些蔬菜花草的，增添一些生活上的乐趣。"陈浙汝对陈浙港说。

龚微湖也接着陈浙汝的话说："浙汝，你说得对，以后咱俩可以在小院里种上些花草，这样也陶冶情操、充实生活。"

三人在小院里停留了一会儿，陈浙港又掏出钥匙打开房门，别墅上下两层都设计装修得很精致，床铺、家具布置得一应俱全。

陈浙港安排好妹妹一家的住所，又在大酒店安排了一桌酒席，为妹妹一家回归大陆庆贺。酒店内，陈浙汝一家都来了，她还给自己的嫂子、侄子侄女们准备了见面礼。然而，陈家的其他成员却没有来，只有陈浙港和陈浙湾兄弟俩到场。

陈浙汝纳闷地问："大嫂二嫂，还有侄子侄女他们怎么没来呢？"

"哦，你说他们呀。"陈浙港心里比谁都清楚其他人不来的原因，可他不能直接对妹妹说，他还是得编个谎言，"大伙儿都忙呗！今天不来就不来呗，以后大家有的是时间见面，都理解一下！这不还有我和你二哥为你们一家回归大陆表示祝贺！"

即使陈浙港未说出陈家其他成员没出现的原因，龚微湖及三个儿子也能猜出来个所以然。他们爷仨心里明白，为了他们一家能顺利回到大陆定居，陈浙港做的一切，肯定得罪了陈家的其他成员。陈浙港顾全亲情，顾全大局，这让龚微湖一家感激不尽。

龚微湖把变卖家产得来的钱兑换成支票。他拿着支票，带着三个儿子来到了陈浙港的面前，说："大哥，你已经把你的两家企业过户到了我的名下，我现在成了两家企业的法人。希望大哥相信我，我只是借助大哥名下的企业，只求一个过渡期，等我一站稳脚跟，我立马将大哥的企业归还给大哥您。"

"微湖，这钱是你们所有的家底，你先留着，日后还有用得着的地方。我还有一小部分流动资金。你说得很好，大哥相信你，相信你身为一个商人的诚信！大哥还相信你，在不久的将来，你们龚氏企业能重振雄风，开创属于龚家的商业帝国！"陈浙港鼓励的话、信任的眼神，给了龚微湖足够的勇气。

龚微湖坚信地点着头，他对三个儿子说："大阳、二阳、三阳，你们三个也向你大舅表个态吧。"

龚大阳带头对陈浙港说："大舅，我们哥仨日后在大舅您的英明领导下，将不负众望、破釜沉舟、积极创新，争取开创出属于龚家的商业帝国！"

"好！大阳、二阳、三阳，大舅我很看好你们的商业魄力！相信你们在温州能雄鹰展翅、创造辉煌！哪天我把我的人脉资源介绍给你们，为日后拓宽你们的商业圈打好基础！"陈浙港鼓励着三个外甥，也向他们传授着公司运营的经验。

陈浙港带着龚微湖几个人先来到了港都房地产公司，他给三个外甥讲解了各个楼盘的模拟结构、户型规划。一行人在港都公司内外考察了一大圈，又到了港步鞋厂考察。这次，是二舅陈浙湾做讲解，他讲解了近几年温州的经济现状，温州整个民营皮鞋产业链的兴起、发展，鞋皮革的进货渠道、鞋厂的营销模式，及港步鞋厂的出口。

龚微湖几人认真地听着、观察着，他们在汲取大陆的经商理念，以图打破过去陈旧的经商观念。

龚微湖等人初回大陆，商业圈子还没有拓展开，只能暂时依靠陈家的两家产业照应。他们到了陈家的两家企业，熟悉环境及工作流程，以此作为开创龚氏商业帝国第一块基石。

第十一章

　　龚微湖一家人重新办理了居民身份证。陈浙汝住在大哥赠予的别墅里，日子过得很悠闲，她在院子里种上了茄子、辣椒、黄瓜、西红柿等蔬菜。

　　陈浙港推选龚微湖到港都和港步两家公司任命董事长职务，他又让三个外甥到公司任经理与副经理职务。

　　港都房地产公司经理室，陈郝穿着花格子衬衣半躺在办公椅上，两条腿跷到办公桌上，嘴上叼着一支烟，还不时吐出几个烟圈。

　　陈浙港带着龚微湖等人来到了经理室门口，他推开了经理室的门。见到儿子那副做派，他有些生气，因为身后还跟着妹夫和三个外甥，他克制住了，他喊了声："陈郝！今天你姑父和三个表弟都来公司任职了，你姑父代替我董事长的职务，你三个表弟协助你做好总经理的职务。"

　　陈郝无精打采地扫了大家一眼，用轻蔑的语气说："来了，都来了？"他把腿放了下来，斜眼看了一下这几个亲戚，只见龚家四个人，面带微笑，衣着整洁，稳重大方。

　　龚大阳、龚二阳、龚三阳异口同声地叫了一声："表哥。"

　　陈郝懒得答应，也懒得多看他们一眼，他站了起来，把烟狠狠地摁灭在烟灰缸里，胡乱地收拾了一下办公桌上的材料，怒气冲冲地说："你们都来了，我也该下岗了！"

　　"陈郝，你表弟他们是来协助你工作的，你这是什么态度？"陈浙港火气上来了,憋都憋不住,"你看你这个样子,哪像个高层领导?"

"协助?"陈郝冷笑了一声,"到底谁协助谁呀?现在,港都公司已经改名换姓了。没想到,我这个陈家的继承人,今天会沦落成一个打工仔。"

"陈郝,你误会了,虽然公司法人更换了我的名字,但是,港都公司永远是你们陈家的产业。"龚微湖连忙向陈郝解释。

陈郝把收拾好的纸质材料气愤地摔到办公桌上,又冷笑道:"得了,你们不要侮辱了我的智商!我爸他是个老糊涂,可我不糊涂,公司法人更名是老糊涂干的!我说,更名后的董事长先生,其实你们就是一帮子强盗!"

"陈郝,你怎么跟你姑父说话呢?"陈浙港责问儿子。

陈郝向父亲一摆头,甩出来两句话:"我懒得与你这个老糊涂理论。我走,我走还不行吗?"他从人缝中溜了出去。

陈浙港喊了两声:"陈郝,陈郝!你上哪儿去?看我回家怎么收拾你!"

陈郝的言行,深深刺痛了龚微湖的心,他觉得都是自己一家拖累了陈浙港,导致陈家父子之间产生矛盾。他心里很是愧疚,他想对大哥陈浙港说些什么,可又不知如何开口。

陈浙港看出妹夫和三个外甥的尴尬,他强颜欢笑地对他们说:"别理他,随他去吧,都让我给惯坏了,四十岁的人了,还像个毛头少年,一点也不成熟。"他又转脸对三个外甥说:"你们三个,不要因为你表哥的言行影响了你们对工作的热情,你们三个各就各位,该干什么干什么!既然陈郝不想干了,那好,我调遣公司的副经理杨哲栋来接替陈郝的位置。大阳、二阳、三阳来接替杨哲栋的位置,你们三个齐心协力协助好杨哲栋的工作。走,我带你们见一下杨经理。"他带着几人到了杨哲栋的办公室。

　　杨哲栋跟随陈浙港已有二十多年。从小型皮鞋厂到今天的港都房地产公司，他任劳任怨、不谋私利，是陈浙港最赏识的经营伙伴。

　　陈浙港一行人进来，杨哲栋起身，恭敬地称呼陈浙港："董事长。"

　　"现在，公司里真正的法人、董事长是这位龚微湖先生。"陈浙港笑呵呵地介绍。

　　杨哲栋向龚微湖鞠躬："龚董事长。"

　　龚微湖上前与杨哲栋握手示好。陈浙港接着说："我作为港都公司的元老级领导宣布：从今天开始，副经理杨哲栋来接任总经理陈郝的位置。副经理将由新上任的龚大阳、龚二阳、龚三阳接任。我和龚董事长年纪大了脑筋也迟缓了，在公司会议决策上，我俩只能在幕后做你们坚实的后盾了。以后公司所有事务全仰仗你们这一届领导层，希望你们能肩负起公司重托、不负使命。"

　　"是！董事长。"杨哲栋等人异口同声地回答。

　　港都花园，陈浙港家楼上楼下，大灯小灯都亮着。大老远就能听到陈家父子的争吵声。

　　陈浙港抽着一支烟，坐在沙发上。

　　陈郝满脸狰狞地咆哮着："陈浙港，你还是我爸爸吗？我要与你断绝父子关系！我早预料到了，公司法人一更名，我就会像个皮球一样被踢出来！现在，龚微湖一家掌管了整个公司的财政大权，他们凭什么掠夺陈家的产业？我看龚微湖一家就是一帮混蛋、强盗！"

　　"陈郝，你给我闭嘴！不许你侮辱你姑姑一家，我看你那三个表弟比你强多了。"

　　"哦，陈浙港，原来你早有打算！你自己的儿子你不管不问，却待外甥比你亲儿子还亲，你是天下少有的好舅舅啊！"

　　"陈郝，就算你是我亲儿子，我也不会袒护你，我早就看你不是这块料了！公司财务向我反映说你这几年从公司财务上暗箱操作弄走了不少资金，又是赌博，又是花天酒地，你就是个寄生虫，寄生在港都公司内部，吸食港都人的血汗钱，照你这样挥霍下去，公司早晚得完蛋！"

"陈浙港，你会说话吗？怎么叫挥霍呀，我这是正常消费，整个公司都是我陈家的，我在公司挪用一小部分资金去消费，有什么大惊小怪的？"

"整个公司是陈家的？过去是，可现在不是了，现在公司的法人是龚微湖，而不是我陈浙港，以后，你甭想在从公司私自弄走一分钱！"

"哈哈，你们合起伙来，是想断我财路啊？"

"陈郝，你不是要与我断绝父子关系吗？断就断吧！我到老到死也不指望你了！"

一旁的钱佳一听公爹说出这话，当场拉下脸来说："爸，这话你说得有点过了，你老了，儿孙不管谁管你？指望那些外人靠得住吗？现在公司更名给外人，我们想用钱救救急都难了，你孙子想出国留学却拿不出钱来。"

"出国留学？出什么国留什么学，国内有那么多的名牌大学，我觉得在国内上大学也行。"陈浙港对孙子出国留学一事不置可否。

钱佳数落公爹说："你是老思想、老脑筋，年轻人需要接触国外的新鲜事物，赶上时代的新潮流！"

陈浙港的妻子一看儿子儿媳都跟丈夫吵起来了，她这边压火，那边劝说。她对儿子陈郝说："陈郝，你不要再气你爸爸了，气死你爸，没你们的好果子吃。"她又劝说丈夫陈浙港："老陈，你不要再与儿子争吵了，当初，孩子们不是已经做出让步了吗？为了浙汝一家，你把两家企业都过户到了龚微湖的名下，现在孩子们有些情绪也很正常嘛。"

"唉！养不教父之过，我身为一个父亲，我也有失职的地方，在过去，只顾着经商赚钱，却没顾得上儿女们的教育，放纵了他们的懒惰。唉！现在想想，人没有文化有多可怕啊！"陈浙港向家人做自我检讨，他肚子里的气也慢慢消了。

陈郝与钱佳听了父亲的自我检讨后，也不脸红脖子粗地跟父亲嚷嚷了。陈郝在父亲面前，耷拉着脑袋，不知是惭愧还是懊悔。

陈家父子的口舌战争，在这个寂静的夜里暂时谢幕了。

陈家的战争一波将息，一波又起。陈郝去了港步鞋厂，三番五次调唆堂弟陈郴从港步鞋厂辞职，说是陈家人要联合起来对付龚微湖一家。

陈郴对陈郝说："郝哥，咱这么做，不叫窝里斗吗？自家作践自家人呀！"

"谁跟他们那一帮强盗是自家人！我看你是脑子进水了！咱哥俩的家产都叫那两个老糊涂转给别人了。日后，咱哥俩的苦日子可怎么熬啊。听哥的话，只要你和哥一样，从公司辞职，哥立马给你安排一个更体面的经理位置，哥在社会上混了那么多年，也是个有头有脸的人物，谁跟那帮强盗称兄道弟的，到时候，咱就给他们一点颜色看看。"陈郝怂恿陈郴从公司辞职。

陈郴经不起陈郝糊弄，也从公司辞职了。陈郴从公司辞职，陈浙湾极度不满，爷俩也因此吵了起来。陈浙湾父子不如陈浙港父子争吵得激烈，这与陈浙湾的性格有关，陈浙湾性格比较温和，而陈浙港脾气暴躁，在家说一不二。

"陈郴，你怎么能随随便便从公司辞职呢？这么大的事，也不跟我商量商量！"

"郝哥找过我好几次了，他说两家公司都不是我们陈家的了，我俩在公司只能算是个打工的。"

"你听他瞎吃喝？"

"我不听他吃喝，那我听你们老哥俩吃喝？陈家的产业白白给了龚家，我和郝哥就弄不明白，你们老哥俩怎么能做那么糊涂的事呀？"

"可我们换得了亲人们的团圆。"

"你们英明，可英明者的决策也有他的可恨之处，你俩这么做，牺牲的不光是你们老哥俩的利益，也涉及整个陈家的利益。"

"你用'牺牲'这个词，严重了些，我们只是把两家企业法人暂时更名而已，有个过渡期，等情况有所好转了，企业法人资格还会物归原主的。"

"我和郝哥一致认为肉包子打狗一去不返！郝哥说了，我俩不能为龚氏企业打工了，我们倒想看看，他们抢走了我们的饭碗，会有什么好下场！"

"亲戚之间，干吗弄得你死我活的？要同心协力、共谋发展！"

"郝哥还说了，我们两个辞职就是让港都和港步两家企业群龙无首、自生自灭！"

"你俩高估了自己的能力，你俩以为你们能呼风唤雨啊？"

"郝哥还说了，我俩要另谋他路，杀出一片天地来！"

"你不能光听你郝哥胡说，听他的会害了你，你们离开了自家的企业会走投无路的。"

"不听郝哥的，听你和我大伯的？其实，你们是在变相害我，过去，我在公司里有一个小金库，小金库里私房钱足够支撑我每月的开支。可如今，法人一更名，我所谓的小金库也被锁住了。你说我心烦不心烦？"

"没小金库，就少花点，避免大手大脚的。"

"你说得倒挺好听，我本来过着富足的生活，瞬间让我变成流落街头的乞丐，这差别也忒大了吧？"

"好了好了，我不与你争论了，你愿意这么着就这么着吧！"

陈浙湾也说服不了儿子，他与儿子不欢而散。陈郝和陈郴分别从自家的两家公司辞职，这事对两个家庭有着不小的影响。陈浙湾赶紧去找大哥商议此事。

陈浙湾对陈浙港说："哥，你知道吗？陈郝从港都公司辞职了，陈郴也从港步公司辞职了。"

"陈郝从公司辞职我知道，陈郴也从公司辞职了？陈郴辞职肯定是陈郝调唆的。"陈浙港对弟弟陈浙湾说。

陈浙湾说："他们兄弟俩穿一条裤子了。"

"两个混账东西！他们两个这么做，不明摆着让浙汝一家难堪吗？"

"哥，你说这事咋整？我担心，陈郝和陈郴他俩去别的地方惹出乱子来。"

"你担心什么？他俩都是中年人了，在外面做事总有个尺度吧，哪像在自家公司逍遥自在，他们两个自以为是，还动不动就辞职，那就让他们两个自谋生路去吧！"

"港步鞋厂也缺一个经理的位置，你那儿有合适的人选吗？"

"有，我把龚二阳从港都调遣到港步，接任陈郴的位置。"

陈浙港和陈浙湾兄弟俩一拍即合，把公司的问题解决了。

陈家两对父子闹不合的事，传到了陈浙汝耳朵里，这让她心神不宁，她想回娘家劝说一下，可总觉得回去也不是，不回去也不是，她心里很矛盾。

这天清晨，陈浙港在别墅区外的绿草旁晨练，陈浙汝提着饭盒出去买早点，路过这儿，她走近大哥陈浙港，叫了声："大哥。"

"哦，浙汝，你去买早点？"

"是，大哥，我、我——"

"浙汝，你想说什么只管说，干吗吞吞吐吐的？"

"大哥，这几天，我听说你和侄子在吵架？大哥，我知道，你们吵架都是因为我，我对不起咱们陈家，是我拖累了咱们陈家。"

"浙汝，你这是想到哪儿去了，父子之间小吵小闹很正常嘛，过两天就会好了。"

"大哥，我心里很愧疚，我不知该为咱们家做些什么？"

"浙汝，你的心要放宽了，你不用考虑为咱们家做些什么，当前，你应考虑的是，怎么样能把妹夫和外甥们照顾好，尽职尽责做好一个贤妻良母。"

"大哥，你说得对，这不，我一大早就去给微湖买早点。"

"浙汝，我记得你小时候最爱喝豆腐脑对吧，你二哥小时候也爱喝豆腐脑，那时候你们两个是一伙的。"

"大哥，我记得你最爱吃的早点是油条和豆浆，我给你买一份回来。"

"浙汝，不用给我买早点，我现在年纪大了，消化不太好了，不敢吃油炸的食品，所以，你大嫂每天清早专门给我煲粥、做花卷。"

陈浙港和陈浙汝回忆起童年的趣事，这对兄妹面对面笑逐颜开。

第十二章

港都房地产有限公司，龚微湖主持召开董事局会议。

出席这次会议的还有港都房地产公司的高层领导、业务骨干杨哲栋、龚大阳、龚二阳、龚三阳等人，原董事长陈浙港因身体欠佳未出席。会议上，大家针对公司目前存在的困难各抒己见。

杨哲栋说："公司现在账面实际资金只有原有的一半，主要原因是公司内部管理漏洞大、缺少资金循环渠道、缺少新项目建设等一系列问题。"

龚大阳说："根据公司财务处彻查，公司现在基本上是一个空壳公司了。"

龚二阳说："港步鞋厂，缺乏创新型技术人才，生产流水线机器老化，产品营销与国际出口挂不上钩。"

龚三阳说："港都和港步两家公司，属于同盟企业，企业人要团结拼搏、务实高效、开拓创新、与时俱进，只要有了胜不骄、败不馁的企业人精神，企业发展才会立于不败之地！"

龚微湖听了发言后，略有沉思，说："港都和港步之前好好的吗？怎么现在出现了这么多的问题？杨哲栋你是公司的老员工，你能来解说一下吗？"

杨哲栋解说道："这几年，董事长与副董事长很少参与公司内部事务。主要主持工作的是陈郝和陈郴两位经理。据公司财务反映，两位经理从公司挪用了不少资金去投资炒股，他俩还在公司另设了个人小金库。这几年来，公司一直没有上什么新项目，两位原董事长也不知晓两家企业濒临绝境。"

"哦。"龚微湖恍然大悟，叹道，"没想到公司内部还存在这么多问题。不过，两家企业在未更换法人前，好歹还存在着；更换法人后，我更有责任不让公司在我的领导下倒下，要让其发展壮大起来！我们新一届领导班子，开动脑筋、集思广益，闯出一条新路子来！我带头闯、带头干！"

现如今龚微湖接手的两家企业成了个烂摊子，但是他没有退缩，他给大家打气鼓劲。

"董事长，您是老将出马一个顶俩！我们相信，在您的领导下，公司前景会一片光明！"杨哲栋也给董事长龚微湖鼓劲。

龚微湖问杨哲栋："目前，公司有新的项目吗？"

"有啊，鹿城区有个项目，准备建一商一住。只是我们公司资金条件达不到，新项目拿不到手。"杨哲栋回答说。

龚微湖又问："那咱们公司如果想拿到该项目，有突破口吗？或者说，有更有效的办法吗？"

杨哲栋沉思。

龚大阳抢着回答说："有、有，杨总肯定有办法。"他接着对父亲说："董事长，你要相信，杨总有统揽大局的能力！还有一件事，你还不知道吧，杨总祖籍也是咱们山东的，他还是我媳妇杨梅的亲堂哥。"

"哦，杨哲栋是杨梅的堂哥？以前我怎么没听杨梅说起过？我只知道杨梅祖籍是山东的，竟不知杨梅在山东老家还有至亲，看看看，我这个老头眼有多拙，都在一起工作那么久了，我还不知道杨哲栋是俺的老乡。"

"董事长，在公司您是我的领导，在私下里，您是我的长辈，是我的老乡。"

杨哲栋给龚微湖讲起了自己家的故事——

山东济南大明湖边有一户人家，主人杨之礼携妻儿居住在此，杨之礼和妻子育有两子，大儿子杨义平，二儿子杨义安。杨义平是杨哲栋的父亲，杨义安是杨梅的父亲。杨义平留居济南，杨义安却去了台湾，育有一儿一女。当年杨义安离开山东济南后，与家人失去了联络，后来，他给山东济南的亲人们写过几封家书。再后来，杨义安病逝于台湾，他们便再次断了联系。杨哲栋和杨梅堂兄妹俩相认，也是近几天的事。

在一次公司举办的晚会上，龚大阳和杨梅与杨哲栋坐在后排的座位上，晚会没开场之前，他们聊了一会儿。杨梅说她祖籍是山东的，在山东济南，她有个大伯名叫杨义平，她还有三个堂哥。当杨梅说起这些人时，杨哲栋的心仿佛跳了出来，他一把抓住了杨梅的手，久久不愿松开。万水千山怎能隔开亲人与亲人之间的距离，杨哲栋和杨梅这对堂兄妹，在浙江温州相认了。

龚微湖听了杨哲栋的故事，感慨万分，他连连说："好好好，杨哲栋，咱们这些老乡可真是亲上加亲了。"他又笑容可掬地说："言归正传，谈谈公司上新项目的事。"

龚微湖一说到公司上新项目的事，杨哲栋就有些犯头，他沉默不语。

龚大阳打破了杨哲栋的沉默："三哥，不，是杨总，你不要老保持沉默呀，公司的新项目，相信你会有自己的独特见解，你说一说呗？"

"是啊，哲栋，你可以发表一下你的见解，我想听听你的意见。"龚微湖说。

杨哲栋沉思了一下，说："我倒有个好的建议，现在以港都公司的经济实力，想上新项目困难重重。实力薄弱的企业可以借助兄弟企业，来逐渐壮大，我想借助咱山东的齐众房地产公司。山东齐众房地产公司，是我大哥杨哲齐的企业。让他的企业来浙江温州投资，按投资金额分成。目前，初步预算得需要四个亿的资金。如果两家企业能合作拿到此项目，让山东齐众房地产全额投资也是不现实的。那么，山东齐众房地产投资一部分，其他的港都房地产可以到银行搞信贷资金。不过，这种形式的房地产信贷，有的银行放贷，有的银行不放贷。"

"杨哲栋，你提的这个建议很好很客观。"龚微湖想到公司信贷的事，心里犯愁，忍不住给自己点了一支烟，"公司和齐众房地产合作投资新项目，我看行。公司的信贷资金可能有困难，怎么解决呢？"

"前段时间的浙江企业峰会，有来自全国各地的企业界名流，其中，有个姓王的老乡在银行做信贷经理。不妨，找一找他，看看他能不能帮上忙？不过，像我们这些年轻的企业中层领导去找他拉信贷，是门也没有。据说，那个姓王的老乡，人很怪，看人很犀利、处事很严苛！一般企业人，从他那里都搞不到信贷。也许，您这把年纪的企业人去可以，董事长，也只能劳驾您了。"杨哲栋向龚微湖提供了不少信贷的信息。

龚微湖道："我义不容辞。为了公司未来的发展，我这张老脸舍出去了，我去银行，去找、去求那个山东老乡。"

龚微湖说做就做，他整理了港都房地产的主要资料，装进一个档案袋里，问清那个姓王的老乡所属银行的地址，一个人去了银行。

银行大厅，龚微湖走向工作人员，说要找信贷经理。

银行办公处的工作人员说："王经理今天去市区总行开会了，你改天再来找他吧。"

龚微湖第三天再去银行，银行办公处换了一个人，他问龚微湖："你来找王经理，与他预约时间了吗？"

龚微湖连着一个星期去银行找那位老乡，腿都跑断了，连个面也没见着。他回到办公室一个劲儿抽烟，暗暗寻思：现在上银行找个人都那么难，连连碰壁。碰壁碰得鼻子都扁了。他正愁眉不展地想着，杨哲栋、龚大阳、龚二阳、龚三阳敲门进来了。

杨哲栋问龚微湖："董事长，信贷的事怎么样了？"

"别提了，我去银行跑了一个星期了，还没见着那个老乡的人影。不过，好事多磨，下星期，我再去银行找他，我就不信这个邪，见个老乡的面，还那么难吗？"

"董事长，要不下星期我们陪你一起去银行。"

"暂时不用，你们忙公司的事吧。我这个做董事长的连这点事都办不了，还做什么董事长呀！"龚微湖坐在董事长的位置上，表现出领导者的非凡气度。

杨哲栋、龚大阳、龚二阳、龚三阳相互递了一个眼神，龚微湖看到了，问："你们还有别的事？"

"是，我有事。"龚三阳从中间站了出来，"董事长，我想从港都公司辞职，我想在温州开个鲁菜馆。"

"三阳，你怎么在关键时候掉链子？现在公司正处于危难之时，你却提出辞职？"龚微湖有些生气。

龚三阳说："董事长，请允许我辞职，港都公司副经理这一职位不适合我，我要发挥我的特长，我要干餐饮业，我准备在温州城开个鲁菜馆。在这里我纯粹就是耗时间、耗青春，我不想再耗下去了。"

"三阳，你这是说的什么话呀？什么叫耗时间、耗青春？"龚微湖问。

龚三阳没有回答父亲。杨哲栋、龚大阳、龚二阳都站出来说："我们都完全支持龚三阳的辞职请求。"

"好啊！你们是不是都串通好了？"

"不是串通好了，是我自己提出的辞职。"

龚微湖沉思了一会儿，说："好吧，我尊重你的选择，也同意你的请求。"

龚三阳当即对父亲说："爸，我在温州城准备开两家鲁菜馆，一家主店，一家分店。两家门店需要家里的资金支持。"

"三阳，咱家里的钱是从台湾带回来的。当初，刚回来的时候，我想给你大舅用呢，你大舅没用着。家里的钱是全家人的共同财产，你想用家里的钱投资开鲁菜馆，那你得问问你大哥二哥同意不同意。"

"我同意，二阳也同意，同意三阳开鲁菜馆。"龚大阳抢先说，他接着说了几句玩笑话，"我和二阳说了，如果，我和他都混不下去了，准备跟三阳去混饭吃呢。"

"好吧！既然你们都商量好了，我也没什么可多说的了，你们各自努力！"龚微湖对儿子们的职业选择表示尊重。

星期二上午，龚微湖又去了一趟银行，他到了银行的服务大厅，一个胸前挂职牌的工作人员很热情地上前询问："先生，您办什么业务，需要帮您吗？"

龚微湖想：去银行跑了一个星期，想找个人这么难？他想出了一个办法，琢磨这么做十有八九能见到那个山东老乡。

龚微湖摆出财大气粗的架势说："我这里有一大笔企业存款，想存放在你们银行。我与你行里的经理王数恒是老乡，我委托给他比较放心。"

那位工作人员一听有企业存款送上门，他态度很积极，高兴地说："先生，您要找王经理，请跟我来。"他把龚微湖引荐到了一个办公室，叩开了房门，叫了声："王经理，有位先生想找您。"

"请进。"王数恒请龚微湖进了办公室，又说了声，"请坐。"龚微湖坐到了客椅沙发上，王数桓起身到了饮水机旁，接了一杯水放到了龚微湖的面前，又回到办公桌前坐下。

龚微湖连声说谢谢，他环视了一下办公室，眼神落到王数恒的身上，他发现这个叫王数恒的山东老乡，眼神举止有些怪怪的。王数恒表现得不冷不热，他瘦脸、尖下巴，戴着一副小框近视镜，一双锐利无比的小眼睛正在观察龚微湖。

龚微湖没等王数恒问他，先用山东方言自我介绍了一番，希望以山东老乡的身份来与他拉近距离。

王数恒也沉稳地用山东方言问龚文湖："您是山东哪个地儿的？"

"我是山东济宁微山湖的。老乡，您是山东哪个地儿的？"龚微湖问王数恒。

王数恒眯了一下眼睛，回答说："我是山东济宁鱼台县的。"

"山东鱼台县是出了名的鱼米之乡，鱼台县和微山县距离很近呀。"龚微湖还是想与王数恒套近乎。

王数恒还是一脸严肃，他问了句："您找我办什么业务？"

龚微湖赶紧打开带来的档案袋，拿出一沓纸质材料，放到了王数恒的桌面上。王数恒眼睛扫了一下资料，问龚微湖："现在你是这家公司的法人？"

"是的，我们港都房地产有限公司，需要来咱们银行办理信贷。老乡，不，王经理，您看、您看在咱们是山东老乡的分上，您能不能同意港都公司的信贷？"龚微湖再次与王数恒套近乎，可是，王数恒偏偏不吃这一套。

王数恒嘴角露出一丝冷笑，说："山东老乡的分上？你以为银行是单为某个人开的？银行是国家的，不是谁说了算的。银行每一笔信贷业务，都有严格的审查程序。前几年，这家公司有个叫陈郝的来找过我，我们银行早就调查过这个公司的资质，经济实力不够信贷的资格。"

龚微湖一听，却吸了一口冷气。他急中生智，对王数恒说："您看，我们港都房地产与山东齐众房地产合营，这样能不能从银行信贷？"

"山东齐众房地产？如果山东的这家房地产公司，能与你们公司合营做担保，银行这边是可以考虑的。到时候，你再来找我。"王数恒终于给了龚微湖一颗定心丸。

第十三章

龚微湖马不停蹄地回到公司,他把杨哲栋叫到了董事长办公室,商议公司上项目之事,他催促杨哲栋与山东那边的公司联系,争取早日运行这个项目。

杨哲栋笑着对龚微湖说:"董事长,心急吃不了热豆腐,联系山东那边的公司得需要时间。"

"杨哲栋,你说得对,那你尽快与他们联系吧。"

"是,董事长,我尽快去办。"

"等等,还需要我再做些什么吗?"

"现在不需要您做些什么,现在需要您休息,这些天,您太劳累了,今天您早下班回家。公司的一切事务,交给我与龚经理来处理。"

"好吧,辛苦你们了,我期待山东合作方的佳音。"

龚微湖下班回到家,身心疲惫地躺在客厅的沙发上。陈浙汝端上饭菜。吃完了晚饭,他对妻子说:"浙汝,你给我烧壶热水,我得泡泡脚,这几天,跑路跑多了,脚上都磨出泡来了。"

陈浙汝把烧开的热水倒进木盆,还放了不少金银花,等热水降到了适宜的温度,才把洗脚水端到了龚微湖的面前。

龚微湖把双脚放进木盆内,他觉得有些疼咬着牙对妻子说:"水热了点吧,脚烫得这么疼。"

"水温正好。脚能不疼吗?你看你脚底板上磨出来的泡,也不知道你整天忙些啥。"

"我在忙公司的项目。"

"项目的事，让他们年轻的经理们去跑呗。"

"那你的意思是，我这个做董事长的就应该坐享其成，天天坐在办公室里喝茶抽烟？"

"你看你，我一说话你就和我抬杠。我们回来一年多了，你也没回山东老家去看看马菱莲。"

"我已经给东阳打过电话了，叫他告诉他婶子，说我已经回大陆了，暂时定居在浙江温州，等以后有条件了再回家。"

"那马菱莲不埋怨你吗？"

"埋怨也好，不埋怨也罢。我相信菱莲是个通情达理的女人，相信她能够理解我。"

龚微湖泡脚泡了一刻钟的时间，陈浙汝拿来毛巾，给他擦了脚。

龚微湖换上了一双拖鞋，说："泡泡脚舒服多了，天天泡脚有助于睡眠。"他打了个哈欠，又说："困了，睡觉吧。"

龚微湖和陈浙汝躺在床上，陈浙汝突然问："微湖，在你心里，是我重要还是马菱莲重要？"

"你们两个都重要，我的心，分给了你一半，也分给了她一半。"

"咱们都活了大半辈子了，你还惦念着她？"

"是，菱莲因为我一直没改嫁。因为我，她耗尽了自己的青春年华。"

"马菱莲一辈子也没生个孩子，是个苦命的女人啊！"

"是啊！她是个苦命的女人啊！我以后再弥补她吧。"

"也许，是时候该把你还给马菱莲了。"

"也许个啥，快睡觉吧。"龚微湖没有听出陈浙汝话里有话，他困极了，一侧身，就打起了呼噜……

第二天清早，陈浙汝却不像往常一样早起出去买早点。

龚微湖起床后，见妻子还懒在床上没起来，他觉得不大对劲，问："浙汝，你是哪儿不舒服吗？"

"我肚子有些疼，可能昨晚我凉菜吃多了。"陈浙汝捂着肚子，慢慢地从床上坐了起来，"微湖，你给我倒杯水喝。"

龚微湖给陈浙汝倒了杯热水，扶着她慢慢地喝了几口。陈浙汝喝了水后，感觉好多了。

龚微湖对她说："浙汝，我带你上医院去看看。"

"上什么医院，人有点小病很正常。"陈浙汝穿上衣服，从床上下来，"你看，我这不好了吗？"

"浙汝，你可不要吓我，你可是我龚微湖的天！如果天塌了，那我也完了。"

"你干吗说得那么邪乎？我这就去给你买早点。"

陈浙汝想出去买早点，龚微湖却拦住了她："浙汝，今天我想吃你做的葱花鸡蛋面，我来帮你一起做。"

葱花鸡蛋面是陈浙汝最拿手的。在厨房，她指导着龚微湖做葱花鸡蛋面。

老两口吃过了早点，陈浙汝对龚微湖说："这些天，我听说大哥身体不太好，咱俩去看看他吧？我先给大哥打个电话。"

"行，咱们带上果篮、蜂蜜，儿媳妇刚拿来的。"

龚微湖和陈浙汝两人提着礼物来看陈浙港。虽然回来一年多了，但这还是他俩第一次登大哥家的门，两人心里有些忐忑。陈浙港知道妹夫龚微湖爱喝铁观音，特地用紫砂壶泡了一壶上等的铁观音。

陈浙汝摁响了大哥家的门铃，开门的是大嫂张玉娥。张玉娥开门相迎，却没有笑脸，也没接过他们的礼物，而是冲着客厅方向喊了声："老陈，来客人了！"

龚微湖和陈浙汝尴尬地迈进家门，将礼物放到了客厅。

陈浙港笑着说："浙汝，你俩来就来呗，还带这么多礼物。来来来，到这边坐下喝茶，我专门给微湖泡了一壶铁观音。"

陈浙港家里的茶几是木雕式的，极显高档。茶几上放着一个紫砂壶，配有六个小而精致的茶碗。陈浙港、陈浙汝、龚微湖三人围坐在茶几旁喝茶。

陈浙港的妻子张玉娥从一旁走过来，她没好气地嘟囔："看看，因为一件事，家里上上下下闹腾得鸡犬不宁，儿子不知跑到哪里去了，老陈也被气病了。"

张玉娥明显是说给龚微湖两口子听的，龚微湖和陈浙汝此时只能低头无语。

陈浙港却不愿意了，他怒视着妻子张玉娥，说："去去去，你该干什么干什么，别一天到晚唠叨！没看见我们在三个在品茶聊天吗？"

张玉娥哼了一声，转身上了楼。

陈浙港、陈浙汝、龚微湖三人继续品茶。

陈浙港突然问妹妹："浙汝，我看你的脸色不太好啊？"

"哦，我这段时间，晚上老是失眠，睡眠不太好，没事。大哥，你不用担心我，你也要保重身体。"陈浙汝对陈浙港说。

陈浙港喝着茶水，说："我这属于老年病，高血压、冠心病的。"

陈浙港问龚微湖公司目前的状况，龚微湖把公司要上项目的好消息简述了一下。

陈浙港听了直点头，说："微湖，这段时间，我身体欠安，公司所有的事务有劳你了。"

"我现在是公司的法人，我有责任让公司发展壮大起来。"龚微湖自知法人应尽的责任和义务，他话锋一转，"大哥，等这个新项目做成了，我会找个适当的时机，把港都公司的法人代表的位置早日归还大哥。自公司法人更名以来，我心理上就产生了一种莫名的压力，我更知道，大哥在精神上也承受着很大的压力。是微湖一家拖累了大哥，拖累了整个陈家。"

"微湖，你这么说可看低咱们的亲情了。你不要有太重的包袱，不用着急，慢慢来，一切都会好起来的！"陈浙港安抚着龚微湖。其实，他也承受着来自整个家族的压力，但他为了妹妹一家，把家族带给他的双重压力，隐藏于内心。

龚微湖和陈浙汝两人在陈浙港家坐了一会儿，便起身要走。临走时，陈浙港兄妹俩还相互叮嘱对方保重身体。陈浙港把两人送出门。

龚微湖和陈浙汝走在花园小区的石子路上，龚微湖对陈浙汝说："浙汝，我今天带你到医院去查查身体吧？"

"查什么身体，你看我这不是好好的吗？你赶紧去公司忙你的吧，争取公司快上新项目，赚到钱早日把公司还给大哥，咱们不能再拖累大哥了。我能看得出来，他承受了很大的压力，只是他不肯对咱们说罢了。"

"你一个人在家行吗？要不，我给你请个保姆，帮你做个饭，拾掇拾掇家？"

"不用不用，你赶快去公司吧，我回家了。"陈浙汝和龚微湖在路口处分开。

龚微湖回到了公司，着手研究项目注册、招标之事。杨哲栋对龚微湖说，齐众房地产杨哲齐一行人，准备这个星期六来温州考察并落实项目计划。龚微湖纠结他们一行人的食宿安排，龚大阳提议说龚三阳的鲁菜馆星期六试营业，他们一行人的食宿可以正好安排在鲁菜馆。龚微湖点头表示同意，还夸赞龚三阳办事效率高。

龚三阳的鲁菜馆在繁华的温州市中心。菜馆内分上下三层：一层是普通食客就餐的大厅，客厅中央悬挂一幅书法，上书"民以食为天"；二层是大包间，专门承接会议、宴请；三层是食客住宿。鲁菜馆的主门店，由龚三阳担任总经理。鲁菜馆分店设在几家民营皮鞋厂附近，由龚三阳的妻子尹娜和龚二阳的妻子李娟管理经营。

鲁菜馆主店试营业当天，龚微湖、龚大阳、龚二阳、杨哲栋等人还有一些民营企业的山东老乡都来为鲁菜馆捧场。下午，龚微湖、龚大阳、杨哲栋、杨梅四人去机场接杨哲齐、杨哲众等人。

杨哲齐和杨哲众及两个秘书，一同走出机场。龚微湖、龚大阳、杨哲栋、杨梅在机场出口已等候多时了。

杨哲齐身穿一件棕色夹克，身材不胖不瘦，高高的个头、刚毅的眼神、矫健的步伐，彰显出这位山东男人的性格。杨哲众与杨哲齐相比，身材胖了一圈，他在山东是专业做饮食的，衣衫穿着朴实而不落俗。兄弟俩各带了一个秘书，一个手提着牛皮密码箱，一个手提行李箱。

杨哲栋对杨梅说："看！大哥二哥下飞机了，正朝这边走来——"

杨哲栋拉住杨梅的手，冲到拥挤的人群前面。虽然杨梅从来没见过两个堂哥，但是，血缘的吸引让杨梅一下认出了大哥、二哥，她张开双臂搂住了两个堂哥，与他们相拥而泣。杨哲栋也跟了上来。

杨哲齐擦着杨梅脸上的泪水，说："小梅，我们终于见面了，你伯父听说你从台湾回到了大陆，定居在温州，他可高兴了，他这次也想一同来，考虑到他年纪大了，心脏不太好，就没有让他一起来。"

"我想念我伯父，我想念山东老家的亲人们。"杨梅又止不住地流泪。

杨哲众也安慰着堂妹杨梅，他说："小梅，不要哭了，以后有机会回济南了，你就能见到你伯父，见到山东的亲人们。"

"嗯！"杨梅擦去泪水，破涕为笑。

杨哲齐早就看到站在不远处的龚家父子俩。杨梅回过头看了一下，对杨哲齐说："后面的那两个人，一位是我公爹，一位是我丈夫龚大阳。"

杨哲齐和杨哲众同时走向龚微湖道："龚叔，杨家兄弟，向您问安。"

龚微湖伸出手来，与杨家兄弟紧紧握手。龚大阳也与两位兄长握手。龚大阳接过秘书提着的行李包，引领大家上了辆面包车。

晚宴在鲁菜馆二楼包间内，主陪龚微湖，副主陪龚大阳，主宾杨哲齐，副主宾杨哲众。包间内坐的都是山东老乡，也都有着千丝万缕的亲戚关系。龚微湖以东道主的身份，给杨哲齐兄弟敬酒，杨哲齐兄弟俩起身回敬。杨哲齐让秘书拿出了山东本地产的烟。

龚微湖抽着一支大鸡牌香烟，说："嗯，好烟，烟丝不错，家乡的味道。"

龚微湖和杨哲齐等人一同品味菜肴，一同畅饮红酒，一同聊家事。正当大家互敬互饮时，龚三阳特意过来敬酒，他与大家互碰酒杯，互相祝福。

龚微湖对儿子说："三阳，你鲁菜馆的菜肴味道很地道，味色俱全。你请的当地厨子厨艺不差，也能烹炒出如此美味的山东鲁菜！"

"哪儿呀，我鲁菜馆请的厨师都来自山东。这要感谢咱又是老乡又是亲戚的杨哲众，哲众在济南就是做饮食的，他开有多家连锁酒店，是他把山东顶级的厨师推荐过来的。"龚三阳又特意敬了杨哲众一杯。

龚微湖举起酒杯，一饮而尽，感叹："咱山东老乡，亲戚帮亲戚，身处异乡，也能凝聚力量，为促进经济发展尽一份力，为社会为家乡增光添彩！"

第十四章

酒过三巡，菜过五味，龚微湖才向杨哲齐说起公司项目的事。杨哲齐当场表示，他会不惜余力帮助港都公司走出困境。龚微湖抱拳向杨哲齐致谢。

第二天，龚微湖、龚大阳、杨哲栋带领杨哲齐考察了新项目招标情况。龚微湖一行人回到港都公司商议项目预算等事宜。

龚微湖带领杨哲齐一行人去银行找王数恒，王数恒审阅了山东齐众房地产公司的资质。

王数恒说："港都公司与齐众房地产合作，两家公司的资质完全够资格从银行信贷，但还得等几个工作日，等上级审批。"

"还得等待银行上级的审批结果？那我们到底需要等上多少天？"龚微湖心里有些焦虑，他本以为跑这一趟就行，他觉得王数恒是在故意拖时间。

杨哲齐看出了龚微湖的焦虑，他说："王经理，我们山东齐众房地产，现在做的实业属跨省项目，为了推动山东民营企业的发展，特与兄弟企业合作发展。"

"您是杨总对吧？您说话的腔调够高的，您是山东哪个地方的？"王数恒抬起眼看了一下杨哲齐。

杨哲齐用方言回答："俺是山东济南的。"

"哦，济南的？济南是山东的省会城市，省会城市的房地产行业实属山东经济龙头产业。"王数恒是金融行业的，他也非常了解当前的经济行情。

杨哲齐又说："企业诚信，诚实企业人，是山东企业人的坚持。"

"好！说得好！"王数恒对杨哲齐竖起了大拇指，"就冲着这诚实诚信，我也得积极为你们办理信贷业务。请稍等，我马上给尹行长打个电话。"他拨通了办公电话，又给大家补充了一句："尹行长，也是咱山东老乡。"

办公电话接通了，王数恒问清尹行长现在有时间之后，让两家房地产公司的法人带上材料，亲自把他们引荐到了尹行长办公室。

尹行长名叫尹仕建，是山东青岛人。他在金融行业摸爬滚打多年，年近五十升迁到了行长的职位。

王数恒向尹行长引荐了这几位山东老乡。龚微湖和杨哲栋把材料又呈上去，供尹仕建审阅。

尹仕建简要审阅了相关的材料后，问王数恒："两家公司的资质你都审查过了？"

"审查过了，今天两家公司的法人也都来了。"王数恒回答说。

尹仕建看了一眼这帮人，发现这帮人里面年纪最长的两位气场比较强势。他虽然是行长，但出于对长者的尊敬，他还是站起来说："山东人叱咤四方，山东企业人雷厉风行！港都公司和齐众公司，可以马上与本行签订信贷协议，两个工作日内银行放贷。"

尹行长的一席话犹如泉水涌进了龚微湖和杨哲齐的心田。杨哲齐让秘书从密码箱里拿出公司公章，以公司法人、担保人的身份在银行合同书上签字盖章，龚微湖一方也在合同书上签字盖章，尹仕建代表银行方签字盖章。合同书一式三份，各自留存。龚微湖、杨哲齐、尹仕建、王数恒四人亲切地相互握手。

山东老乡会的成员新增了不少，增加了龚微湖、杨哲齐等人。山东老乡在浙江的队伍逐渐壮大起来。

港都公司的信贷资金到位，与齐众公司合作的项目工程已启动。项目所在地周围垒了围墙，大门口一左一右挂着两家公司的牌子。两家公司的牌子上方各竖有两面小红旗，迎风飘扬。门墙内建了个二层小楼，当作临时的工程指挥部。

三月中旬，南方气候变热，这为工程基建，开挖地槽创造了有利条件。

工程指挥部有着严格的管理规定：凡是进入工地内的人员，必须遵守纪律，务必戴上安全帽。龚大阳任工程指挥部领导小组副组长；龚微湖任副组长，杨哲齐任工程指挥部总指挥，亲自坐镇指挥工程进展情况。他的秘书和二弟杨哲众因公司事务回了山东。

一大早，龚微湖就来到工地替儿子的班。他戴上安全帽，在工地周围转悠了几圈。

杨哲齐每天准时到达工地指挥部，他一见到龚微湖，便说："前辈，你每天起得这么早来工地，不要累着了。"

"没事，累不着，我每天起得早习惯了，人老了，觉也少了。"

"前辈，你要是累了，可别硬撑，该休息的时候休息。这里有我、哲栋、大阳，我们三个人轮流值班。"

"我知道，如果我有事，我会向指挥部请假。"龚微湖做人做事态度很认真，这是他的一贯作风。

这天，龚微湖很晚才回家，陈浙汝埋怨道："微湖，你不想要老命了吗？你身子是铁打的吗？哪能还跟年轻人一样，在工地上加班加点的。"

"看你说的，干自家的活，哪有偷懒的道理。"龚微湖回应妻子。

陈浙汝又对龚微湖说："昨天，我二哥给我打电话了，他说我大嫂送她孙子去杭州上大学了。大哥家里只剩他一个人了，我和二哥得去陪陪他，给他做饭。微湖，你也去吧，咱俩一块再去看看大哥。"

"好吧，我得请个假，我正好也想向大哥汇报一下项目的进展情况。"龚微湖道。

龚微湖和陈浙汝到超市买了些新鲜的蔬菜鱼肉，两人来到了陈浙港家。陈浙湾已经先到了。陈浙汝把买来的蔬菜鱼肉放到厨房，准备一会儿做中午饭。陈浙港让陈浙湾泡了一壶茶，还是龚微湖爱喝的铁观音，四个人围坐在客厅茶几旁一起品茶。龚微湖汇报了项目工程的最新进展。

陈浙港夸赞龚微湖："微湖，你现在是港都公司的大功臣啊！你一上任就做了个那么大的工程项目，这下好了，港都公司有得钱赚了，公司员工有了更优厚的福利了。"

"前人栽树，后人乘凉。"龚微湖接着说，"今天的成果是离不开大哥您的基础建设的，要论大功臣，大哥在先，我在后。"

"微湖，你说得好，论功臣大家都有份儿，喝茶、喝茶。"陈浙港高兴地说。

当陈浙湾提起陈郝和陈郴的时候，陈浙港的脸一下冷了下来。陈浙湾说陈郝和陈郴兄弟俩在与一帮朋友炒股票、开夜总会，想着一夜发大财。他又对大哥说："你说这两个孩子都是中年人了，心智怎么还不成熟呢？他俩与社会上的一帮子狐朋狗友混在一起，不上当才怪呢！"

"唉！让他俩混去吧，混成什么样就什么样吧！每个人有每个人的活法。"陈浙港一脸无奈。

中午，龚微湖和陈浙汝下厨做了四菜一汤。龚微湖和陈浙湾喝白酒，陈浙汝和大哥陈浙港喝红酒。因为听说红酒对心脑血管有疏通的作用，陈浙港近段时间，只喝红酒，不喝白酒，也不抽烟了。吃过中午饭，龚微湖又去了工地指挥部。

有弟弟妹妹陪伴着，陈浙港的心情好多了。一直等到陈浙港的妻子张玉娥从杭州回来，陈浙湾和陈浙汝兄妹俩才放了心。

这天，陈浙湾回到家，刚一进门就吓了一跳："哦，吓了我一跳，我还以为是小偷进来了呢。"

"爸，你说的这叫啥话，我是小偷吗？我是你儿子。"陈郴和卢婷突然出现在家里。

卢婷在一旁补充了一句："爸，你看你老人家，自己的儿子都不认得了。"

陈浙湾没搭理儿媳妇，反问儿子："今儿个你怎么有空回家了？"

"爸，这是你的家，也是我的家呀，我哪能不回来呀。"

"我没说不能呀。"

"爸，吃饭没？"

"没呢。"

"那好，我俩给你做饭吃。"

"冰箱里有鱼也有肉，拿出来先解解冻。"陈浙湾走到冰箱跟前，想自己动手拿东西。

卢婷眼疾手快，说："爸，你老人家先坐下歇会儿，做饭的活儿交给我俩吧。"

"儿子儿媳给我做饭吃喽，太阳从西边出来喽。"陈浙湾高兴地坐在沙发上，喝水歇脚。

陈郴和卢婷两口子在厨房忙活起来，卢婷从冰箱里拿出鱼肉到厨房解冻。她突然关上了厨房的门，一手拉过陈郴，神神秘秘地对他说："老公，我想告诉你一个秘密。"

"秘密，什么秘密？卢婷，瞧你神经兮兮的。"

"我告诉你这个秘密，你千万不要告诉别人，千万不要告诉郝哥。"

"什么破秘密，还能惊天动地？"

"咱郝哥的媳妇红杏出墙了。"

"钱佳红杏出墙了？就她那酸不拉唧的样儿，还红杏出墙？谁要呀。"

"酸不拉唧？可有男人好这口，萝卜白菜各有所爱。"

"我宁可相信我们男人爱吃萝卜白菜，也不相信有人爱吃那酸掉牙的杏。"

"爱信不信，可千万别说是我说的。"卢婷边摘菜边说。

陈郴也故意神秘地对妻子说："过来过来，我也有个小秘密告诉你。"

"什么秘密？"卢婷把耳朵凑过去。

陈郴压低声音说："今晚，我要去捉贼——"

"哪儿有贼，你去哪儿捉贼？"

"去郝哥家里捉贼。"

"陈郴，就你爱管闲事！我早知道不把秘密告诉你了。"

"瞧你说的，我这哪是管闲事，有人给我郝哥戴绿帽子，我知道了，能袖手旁观吗？我倒想看看那个贼是何方神圣，老婆，你陪我一起去。"

"我不去。"

"卢婷，你是我老婆不？是我老婆，今晚就跟我一起去捉贼！"

陈郴和卢婷陪父亲一起吃完了晚饭，又陪着父亲一起看电视，他俩觉得要晚点去捉贼，时间早了，贼不可能出现。

陈浙湾看完了晚间新闻，见儿子儿媳这么晚了还不回家，他随口问了句："这么晚了，你俩咋还不回去，要在这儿住下？"

"哦，我们在等、等一个人。"陈郴心不在焉地道。

陈浙湾问儿子："等谁呀？"

"啊，不等谁、不等谁。"陈郴怕自己说漏了嘴，"爸，你早点睡吧。我和卢婷想看接下来的电视剧，今晚大结局，等看完了大结局，我们再回去。"

"你俩在这儿看吧，我去睡觉了。"

"爸，你去睡觉吧，去睡觉吧。"陈郴还特意把父亲扶进了卧室。

客厅墙上挂着一个石英钟，石英钟分针一点一点旋转。约莫着快到点的时候，陈郴和卢婷关电视和灯，蹑手蹑脚地出了门。他俩悄悄地来到了陈郝家的别墅区，躲在灌木丛旁观察，陈郝家的灯还亮着，有个人影在窗帘后晃动了几下。

陈郴拉了一把卢婷说："你看你看，郝哥家有个高个子人影在晃。"

"哪儿呢，哪儿呢？"卢婷伸长了脖子。

陈郴一手把快站起来的卢婷摁下，悄声说："我明明看见了，你怎么没看见？唉，我就不明白了，咱在这儿蹲点守着，没发现有人进去呀。"

"你死脑筋呀，说不定，人家早就潜伏在郝哥家了。"

"那人胆儿够肥的，他把我郝哥当死人了？不行，我得上去看看。"

"不行，你不能上去，万一捉奸捉个空，大嫂可不是个好惹的主儿。走走，回去，过几天再来，看看是否能锁定目标。"卢婷拉着陈郴走出了别墅区。

陈郴埋怨妻子："喂，你怎么不叫我上去捉奸呢，如果捉到就就地暴打他一顿！"

又过了几天，陈郴和卢婷像往常一样跟父亲一起吃饭，一起看电视剧。这次两人熬到了半夜，潜伏在离陈郝家不远的地方。两人蹲得腿都麻了。今晚，窗帘后没了人影，灯却还是亮着的。正当两人灰心丧气的时候，小区的不远处，突然走来一男一女。那一男一女好像都喝醉了，相互挎着对方的胳膊，有说有笑地向这边走来——

躲在暗处的陈郴和卢婷正嘀咕着什么，卢婷眼尖，拉了一把陈郴说："目标出现了，你看，那个女的不是钱佳吗？她身边还跟着一个男的。"

钱佳显然是喝醉了，嘴里叽里咕噜不知说些什么，那个男人搂着她的后腰，摇摇晃晃地走进了别墅内。

陈郴想冲上去，被卢婷一把拽住了，陈郴想甩开她，可卢婷却死死地拽着他。

陈郴莫名地问妻子："你拽我干什么？贼出现了，我要去捉他——"

"你捉个屁！出轨的是钱佳，又不是我，这个贼理应是郝哥去捉，你去了会打草惊蛇。"

"关键时刻掉链子！"

"走走，咱回家。"卢婷又拽着陈郴走出了小区。

秘密的黑匣子，终究被打开了。陈郴这两夜都睡不好觉，他在琢磨钱佳出轨的事是否该告诉陈郝。他很矛盾。

第十五章

陈郝和一帮朋友合伙注册了一家多产业金融公司，年底每个股东按份额分红。陈郝是这家公司的老总，一天到晚应酬繁多，陈郴是陈郝的办公室助理。

陈郴一上午都没见到陈郝，他在办公室里坐立不安。中午过后，陈郝回到了办公室，他一身酒气，说话都大舌头了。

陈郴上前问："哥，中午你又喝酒了？"

"嗯，今朝有酒今朝醉，有酒不醉是浪费。"陈郝一屁股坐到了沙发椅子上。

陈郴连忙给他倒了一杯水，说："哥，你喝口水，醒醒酒。我、我出去干点别的事——"他有意躲着陈郝，他怕心里藏的秘密会不小心脱口而出。

陈郝此时还算清醒，他看出了什么，问："郴弟，你今天怎么想躲着我呢，哥亏待你了？"

"哥，我知道，你已经很照顾老弟了——"

"陈郴，我看你心里有事，怎么，有事还瞒着哥？"

"我、这——"陈郴不知是说还是不说。

陈郝站了起来，身子晃悠了几下，猛地一拍桌子，说："陈郴，你什么你，说个话还磨磨叽叽的，还像个男人吗？有话快说——"

"哥，你回家看看吧，家里出事了。"

"家里出什么事了？"

"嫂子、嫂子她、她给你戴绿帽子了。"

"哦，我还以为什么事呢，原来是你嫂子给我戴了绿帽子，哈哈、哈哈哈……其实，我对她早腻歪了。女人对我来说就像衣服，想穿就穿，想脱就脱！"陈郝点了一支烟，他把打火机摔到了桌子上。

陈郝虽看上去对老婆给自己戴绿帽子的事满不在乎。实际上他的内心像被万马踩踏过一般。自中午喝了酒，他晚上又去接着喝酒，肆意透支着自己的身体与精神。他想忘掉老婆对他的背叛。

陈郝与朋友们在夜总会一直玩到半夜两点，才尽兴散去。他叫司机送他回家，他好久没回家了。司机开车把他送到了港都花园大门口，陈郝下了车，一个人从侧门进了小区。小区里的路灯都亮着，别墅区的灯也亮着。他到了家门口，掏出钥匙开门，门却在里面被反锁了。他用力捶门、踹门，折腾出的动静都惊动了邻居。

钱佳穿着一件单薄的睡衣开了门。

陈郝一头冲了进去，站在客厅里大声地吼："出来！给我出来——"

"陈郝，你吼什么吼，深更半夜不怕影响左邻右舍吗？"钱佳闻到陈郝满身的酒味，上前捂住他的嘴不叫他吼。

陈郝还是不停地吼："出来！出来！赶快给我滚出来！"

"你还吼，哪有人，叫谁滚出来？"钱佳装得一无所知的样子。

陈郝没有理睬钱佳，他敏感地嗅到了另外一个男人的气味。他在屋里四处乱找，最后，在衣柜前站住了。他猛地拉开衣柜的门，一下子把藏在里面的人揪了出来。他提溜着那个男人的衣领，把他推倒在钱佳面前。钱佳当场无语。那个男人吓得浑身哆嗦，语无伦次地说："大爷，不、大哥，对不起！我走错门了。"

陈郝一句话没说，也没发火，直勾勾地瞪着他，情绪相当平静，他表现得越平静，这个男人心里越不安。

男人当即给陈郝下跪，再次强调，说："对不起！我走错门了。"

陈郝还是不说话，突然，他转身朝厨房方向走去。

男人偷瞅了一眼，他以为陈郝到厨房去拿菜刀或什么家伙，吓得趁机推开房门，连滚带爬地跑了。

陈郝是去了厨房方向，但他不是到厨房拿菜刀，而是去了厕所。等他回来，那个男人却不见了，他问："人呢，他人呢？"

"跑了。"钱佳回答。

陈郝冷笑了一声，说："跑了，怎么能叫他跑了呢？我还想请这位老兄喝个酒哪，我要感谢他送了我一顶特大号的绿帽子。"

钱佳此时已经坐在了沙发上，一言不发。

陈郝突然像一头猛兽一样一把拽起钱佳，扇了她两记耳光。

钱佳捂着被打的脸，带着哭腔说："陈郝，你敢打我？"

"敢背着我在家养汉！胆也忒肥了！你把我当死人呀！"

"我这样都是你逼的！你整天在外面灯红酒绿不回家，我一个人在家不孤独、不寂寞吗？"

"一个人在家孤独寂寞？你说出这话也不嫌害羞！说我在外面灯红酒绿，我在外面混不也是想挣大钱吗？"

"你挣的钱呢？一分钱也没拿回家，家里没钱，你让我一个人在家吃什么喝什么？"

"过去我陈郝有钱的时候，你穿名牌、挎名包，跟我享受。现在我穷了，你却忍受不了孤独寂寞？这是你养汉的理由对吧，钱佳，你也配住在我们陈家的别墅里？我看咱们的婚姻已经名存实亡了，干脆离婚吧！"

"离婚就离婚，谁怕谁呀？这穷日子，我是没法过了！"钱佳也不示弱。

陈郝和钱佳协议离婚了，两人到民政局领了离婚证。陈郝没有把离婚的事告知父母。他一直生父亲陈浙港的气，更对姑父龚微湖怀恨在心，他认为陈家今天这个局面，都是龚微湖一家惹出来的，他准备去找龚微湖闹个底儿朝天。

陈郝在港都公司内部安插的眼线告诉陈郝，现在港都公司上了一个新项目，项目刚刚启动，现在去闹，时机不成熟。等到项目完成，回笼了资金再去闹，才是要回陈家产业的最佳时机。

陈郝收到眼线反馈过来的信息后，仔细想了想，觉得很有道理。何不静待时机，到时把龚微湖和他的人一网打尽。虽然陈郝现在的公司没挣到大钱，但是维持平时的吃喝没问题，更何况他现在光棍一个。陈郝守株待兔，等待收网的那一天。

1997 年 7 月 1 日，香港回归祖国，普天同庆。

港都公司的项目，早已经竣工。负责这个项目的总会计师杨梅，对两家公司资金分红做了详细的计算，港都公司原注册资金翻了一倍还多。

龚微湖心里压着的大石头终于落地了。他要把这个起死回生的公司还给大哥，归还给陈家。龚微湖去了大哥家，正巧陈浙湾也在。龚微湖把港都公司法人更名的有关事宜向陈浙港和陈浙湾说明了一下。

陈浙港近两年来身体状况一直不好，他已经没有精力再接任了。考虑到现在陈家还真的没有更合适的人选，陈浙港对龚微湖说："微湖，现在公司换法人，没有多大的意义，你看我现在的身体状况，还能继续接手公司吗？目前陈家还真没有更合适的人选。"

"大哥，属于陈家的公司，我龚微湖一定要归还，不然的话，我的心不安。"

"微湖，都什么时候了，你还与我分得那么清楚？"陈浙港咳嗽了几声，竟然咳出了血丝。

龚微湖看到大哥的身体状况，更加坚定了他归还的决心。他说："大哥、二哥，我考虑过了，我不能再长期霸占港都的法人职位了，过去，陈家有恩于我龚家，现在，我龚微湖必须要把一个实力雄厚的新港都，归还给你们。"

港都公司法人再次变更的消息不胫而走，陈郝安插的眼线第一时间就把此消息传给了陈郝。陈郝觉得时机已经成熟，该收网了。他紧锣密鼓地邀请陈家所有人，到了陈浙汝家。陈浙汝和龚微湖恰好这天都在家。

陈郝见到姑姑姑父，表现得与以往像是换了一个人。他在龚微湖面前点头哈腰、谦逊至极，他说："姑父，如今在您的领导下，公司利润大幅增长，陈家所有成员倍感荣幸。港都公司，是父亲和叔叔艰苦拼搏出来的。如今理应是我和堂弟来接任，我现在社会圈子拓宽了，人脉甚广。我保证接任公司后，带领陈家其他人团结一致、奋发图强，创造出一个更美好的港都。"

陈家的其他人早已被陈郝收买，他们一致认为陈郝是港都公司法人最合适的人选。龚微湖和陈浙汝见陈郝表现得很好，同以往像是换了一个人。在陈浙汝的劝说下，龚微湖也勉强答应了。

龚微湖对陈郝说："陈郝，如今，我把一个鲜活的新港都还给你们，希望你接任后，不要辜负了整个陈家对你的期望！"

"姑父，您老人家放宽心吧，我绝不会辜负大家对我的期望！"

"好吧，明天大家都去公司，到时双方一起开董事会，公司法人决议后交接。"

"好的，姑父，明天我们公司见。"陈郝带着陈家其他成员回去了。

港都公司董事会、法人交接仪式在会议室举行。龚微湖、龚大阳、杨哲栋等高层坐在首席，陈郝也带领他的人马浩浩荡荡地来了，坐在对面。

龚微湖上台简短致辞。

龚微湖宣布更名决议后，公司全体员工中一半在鼓掌，一半没鼓掌。此次法人更名还特意请了两位律师做公证人。

陈郝衣着整洁、神采飞扬，与整日醉成酒鬼的他判若两人。也许，他接任了公司后，真的能不负重托，能撑起一片天——

陈郝接任港都公司法人后，是新官上任三把火。他成为公司董事长，权力在手，一手遮天，开始一步步实施他的计划——

他把港都和港步两家企业，一分为二。港都房地产归他，港步鞋厂分给了陈郴。港步鞋厂的利润不如港都房地产。显然，陈郝占了大头，陈郴占了小头。陈郴对于这次"分家"，是哑巴吃黄连，有苦难言。

陈郝又把港都和港步两家企业里龚微湖的人马一律裁掉，像龚大阳、龚二阳、杨哲栋等人，全部被赶走。

"陈郝再把那些所谓的自己人"——社会上的朋友们，全都安排到了企业内部，从而使陈郝在港都和港步两家企业中，变成了一个"独裁者"。

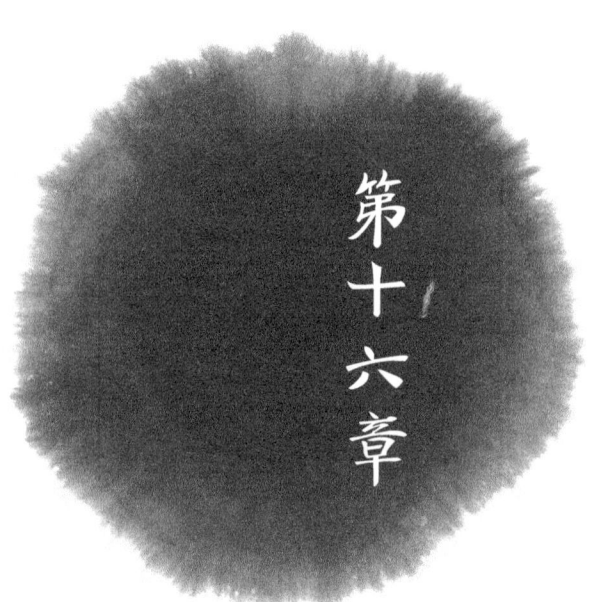

第十六章

陈郝的一系列计划，击溃了龚微湖的精神防线。龚微湖对陈郝的行为感到震惊，他自叹自己风雨六十载，却防不胜防栽倒在一个后生手里。可他又想到是陈浙港的帮助，才使自己一家顺利定居大陆，那么，今天能把一个鲜活的企业归还给陈家，也等报答了大哥的恩情。虽然，这几年对港都的付出付诸东流，也不应有任何怨言。

龚微湖稳住了自己的情绪，他还要稳住龚大阳、龚二阳、杨哲栋的情绪，他怕年轻人火气大，去找陈郝算账。他赶紧联系了杨哲栋他们，邀请他们到龚三阳的鲁菜馆。包间里，龚微湖和三个儿子与杨哲栋等人一起坐下来商量接下来该何去何从。

龚大阳先站了起来，一拍桌子说："我真没想到，陈郝是那副嘴脸，完全不顾亲戚脸面。这几年，我们为港都付出了那么多心血，挣了那么多钱，说踢我们出来就踢我们出来了，没那么容易！叫他把我们的血汗钱，还给我们。"

"对！叫陈郝把血汗钱还给我们，我们要用这笔资金，注册属于自己的产业。"龚二阳也愤愤不平。

龚微湖想压住两个儿子的火气，他说："坐下、坐下，都坐下，情绪都别这么激动。"

"爸，这几年，我们挣的血汗钱，凭什么都属于港都公司？到头来，我们一分钱也没捞着。"龚大阳越说越生气。

龚二阳接着说："爸，还是三阳有远见，早就全身而退，自谋生路，开起了鲁菜馆。不然，我们兄弟三个，连个退路也没有了。"

"爸、大哥、二哥，我早就说过，如果你们在那边混不下去了，可以到我这里来，这话，还真让我说准了。"龚三阳笑嘻嘻地说。

龚微湖叹了一口气说："大阳、二阳、三阳，你们都不要再埋怨爸爸了，也不要再去找你表哥计较了。想当年，是你大舅把他名下的两家企业放在我的名下，我们一家才能顺利站稳脚跟。人要知恩图报，如今把挣了钱的企业还给陈家，也算是了却了我的心愿。你大舅现在的身体状况一天不如一天，港都公司得有个人来接管，陈郝是你大舅唯一的儿子，由他接任最合适不过了。再说了，我们一家住的房子，陈郝他们也没提过收回或要钱的事，这也算他还顾及亲情，没把我们一家赶到大街上去，还让我们有个住的地方。多念亲戚们的好处，为他人、为自己留一丝余地吧。"

龚微湖的一席话，让三个儿子火气渐渐消了，三儿子又安慰起父亲来了。

龚大阳说："爸，你别气馁，你有三个儿子，我们是你的后盾。"

龚二阳说："爸，留得青山在，不怕没柴烧。"

龚三阳说："我的鲁菜馆也是属于爸爸、大哥、二哥的，当初鲁菜馆的投资资金，我用了咱家里的钱。那么，现在鲁菜馆的所有资产也是属于我们这个大家庭的。"

龚微湖听着三个儿子的话，发自内心地笑了——三个儿子是他最大的骄傲，他又问三个儿子："大阳、二阳、三阳，你们对未来有没有什么计划？"

龚大阳说："爸，不瞒你说，我们早就想好退路了。齐众公司与杭州的一家公司将合作上一个新项目。双方代表聘请杨哲栋为该项目高级监理，我是他的助理。"

龚二阳说："爸，我准备创办一家新型民营皮鞋厂，鞋厂的名字已取好了——'步天下'鞋业有限公司。三阳的鲁菜馆为我新开的鞋厂做担保信贷。"

龚三阳说："爸，我的鲁菜馆即将扩大经营范围，我也打算跟着齐众公司，到杭州再开两家门店。"

"好啊，你们三个臭小子，办事真够迅速的，背着我各有各的打算，都想大展宏图啊！想法赋予行动，以后看你们的了。我是老了，不服老不行了。"龚微湖高兴地斟了一杯酒。

杨哲栋这时才站出来说："龚老，你有三个优秀的儿子，三个儿子是你的骄傲！"

龚微湖听杨哲栋夸他有三个好儿子，做父亲的自豪感让他成了一个话痨，他说："大阳、二阳、三阳之所以养成这样的性格，与我对他们小时候的品德教育是分不开的。还记得，在他们三个小的时候，我一回到家，他们三个就争先恐后地给我背诵《三字经》《弟子规》和《论语》。我还故意考问他们：'大阳、二阳、三阳，你们三个是哪儿人？'他们三个异口同声地回答说：'我们是山东人。'山东人优秀的品质和观念根深蒂固地扎根在他们三个人的心中。"

龚大阳兄弟三人端起酒杯共同给父亲敬酒，感谢父亲对他们的谆谆教诲。

龚微湖想去陈浙港家把公司法人更换后所发生的事告诉他，陈浙汝却阻止了龚微湖，说："我听二哥说大哥这段时间的身体状况不是很乐观，如果你把更换法人后的事告诉他，我怕他会生气，还是不告诉他了吧。"

"也行，那我给二哥打个电话吧。"

陈浙湾在电话那头连连替侄子道歉，他说他已经听儿子说了此事，还说会抽个适当的时候，把此事的真相告诉陈浙港。

过了几天，陈浙湾去了陈浙港家，他见大哥精神头不错，于是他就把港都更名前后发生的事简明扼要地说给了大哥听。陈浙港一听，当时就火了，他让陈浙湾陪他去找陈郝理论。陈浙湾拗不过大哥，兄弟俩来到了港都公司。

港都公司董事长办公室，陈郝换上了笔挺的西装，系上了领带，一本正经地坐在办公桌前审阅文件。

到了办公室门口，陈浙港没有敲门，直接推门进去了。

陈郝一见父亲和叔叔来了，站起来，笑脸相迎说："哟！二老，大驾光临，所为何事？快快请坐。"

陈浙港没有落座，而是怒视着儿子，问："陈郝，我问你，公司法人更名于你，经过我同意了吗？"

"爸，公司本来就是陈家的，咱父子爷俩，还分什么你的我的？"

"陈郝，我再问你，你为何把龚大阳、杨哲栋等人踢出公司？"

"我现在是公司法人代表，我要为整个公司的发展着想，能者上庸者下！我之所以把龚微湖等人踢出公司，原因是他们都没有什么真才实学。其次，他们还不遵守公司的规章制度。现在，我聘用了一批具有经济实力的客商，他们身价高着呢。"

"我再问你，龚微湖等人上项目赚的钱，为何不分给他们？"

"钱还分给他们？哈！龚微湖等人占了公司那么多年，才为公司赚了这么点利润。要不是他们霸道占有，说不定公司在我的带领下，这几年赚的钱早翻好几倍了。"

"陈郝，你太高估你自己了，你糊弄了他们，我对你的花花肠子可清楚得很！"

"爸，你怎么连自己的儿子也不相信呢？"

"我相信我自己还没有老眼昏花，看你干的事，是人事吗？你竟然想把你亲姑姑一家置于死地，把亲人们踢出去，换来一群狐朋狗友。"

"嘿！你说这话，实属老糊涂了。"

"陈郝，我警告你，你整日拉帮结伙与一些不三不四的人鬼混，早晚有你后悔的那一天。"

"等到我后悔的那一天，你老人家早就驾鹤西天了。"

"我身为你的父亲、公司原董事长，我命令你，陈郝，把公司后期项目赚的钱，还给龚微湖等人。"陈浙港想以董事长的身份、父亲的威严说服儿子，但陈郝哪能听他这一套。

陈郝暴跳如雷，他对父亲口出恶言："陈浙港，你个老混蛋，你私自把陈家的产业更名给龚家。为了你所谓的亲情，却毁掉了我的婚姻家庭，这事我还没找你算账呢！你还有资格来命令我？那你干的事，是人干的吗？你是我亲爹吗？"

"陈郝，你敢跟老子叫板？我怎么生了你这么个畜生！"

"你生了个畜生是我的错吗？儿子是畜生，其父必是畜生，父子爷俩是同类物种，这都是你前世干的好事，你快去忏悔吧！"

"陈郝，老子的话，你敢不听，你存心想气死我？"陈浙港气得手不停地颤抖，他向后一个趔趄，仰面倒了下去。陈浙湾扶了一把，把他扶到沙发上。

陈浙湾嚷着："你看你把你爸气成啥样了？还不赶快打120！"

"哦、哦！"陈郝变得手忙脚乱，赶紧拨了急救电话。

昏迷的陈浙港被急救车拉到了医院，抢救了一个小时，也没挽回陈浙港的生命。陈浙港本来就有心脑血管疾病，再加上与儿子的激烈争吵，导致了他心脑梗猝死。陈浙港死亡的原因，也只有陈浙湾知晓。陈郝怕父亲突然死亡的原因走漏了风声，他给陈浙湾下跪，求他不要声张此事。这让陈浙湾痛苦不已，一边是大哥的逝世，一边是侄子的下跪求饶，他抱住侄子失声痛哭了起来。陈浙港的死亡原因，被儿子陈郝封锁了。陈家为陈浙港办了个简朴的葬礼。葬礼这天，陈家的亲朋好友前来吊唁。陈浙汝哭着要见大哥最后一面，可是，陈浙汝一家却被挡在了门外。门外站着不少虎背熊腰的人，全是陈郝的手下。龚大阳兄弟仨想冲进灵堂找陈郝理论，还差点与门口的人打起来。

龚微湖上前劝住了三个儿子，说："咱们想送你大舅最后一程，可陈郝不让，咱们的心已经尽到了，相信你大舅在天之灵会知晓，唉！咱们都回去吧，回去吧。"他让三个儿子搀扶着老伴，无可奈何地离开了。

陈浙港的突然离世，对陈浙汝产生了不小的打击。也许是悲伤过度，也许是积劳成疾，陈浙汝病倒了。当医生为陈浙汝做了全身检查后，却查出她是宫颈癌晚期。龚微湖等人不相信这个事实，先后换了两家三甲医院复查，几家医院都确诊为宫颈癌晚期。龚微湖让龚家三兄弟带着陈浙汝到北京、上海的大医院医治，还寻求了一些民间的中药偏方。龚微湖知道宫颈癌晚期是什么概念，他有时会一个人偷偷地抽烟，这突如其来的噩耗，令他险些倒下，但他还得强打起精神，每天陪伴在陈浙汝的身边，尽量让她在生命最后的时光多开心一些。

龚微湖带着陈浙汝去杭州逛了西湖，又到了大儿子龚大阳那里，看了他们公司的新项目，还去了三儿子在杭州新开的鲁菜馆，品尝了美味的山东鲁菜，最后回到温州去看了二儿子新创办的公司。

陈浙汝看到儿子们都有了自己的事业，她依偎在龚微湖怀里，感到无比欣慰。

1999年12月20日，澳门回归，普天同庆。

龚微湖搂着陈浙汝坐到沙发上看电视，他俩在看中央电视台重播澳门回归时的画面。

陈浙汝问龚微湖："香港回归了，澳门也回归了，台湾何时回归？"

"相信在不久的将来，两岸统一了，那些在台湾的老乡们，都会和我们一样，回到大陆永久定居。"

"微湖，也许我等不到台湾回归了，你就自己等吧。"

"浙汝，你要对自己有信心，让我们一起等待两岸统一的那一天。"

中央台的重播播完了，龚微湖关了电视。正午的太阳，懒洋洋地照着窗棂。陈浙汝让龚微湖开窗，说是想透透气。她拉住老伴的手，想和老伴说说话。

"微湖，咱们风风雨雨大半辈子，有苦也有甜，过去的日子，我知足了。我余下的日子可能不多了，我不能再继续陪伴你了，也是时候了，我俩来世再做夫妻。"陈浙汝说这几句话累得大口喘气，她拉着龚微湖的手，久久不愿松开。

龚微湖一会儿给陈浙汝按摩身体，一会儿给她喂水，他对她说："浙汝，你少说这些不吉利的话，来，喝口水，闭上眼睛休息一会儿。"

"我不能闭上眼，一闭眼，我就能看见我父亲、母亲和大哥，他们都在叫我——"陈浙汝一会儿清醒一会儿说胡话。

龚微湖感觉老伴今天的状态不太好，记得老人们说过，家里病人如果出现半糊涂半清醒的时候，那就是回光返照，说明病人在人世间的时间已经不多了。

龚微湖不敢怠慢，他给三个儿子打了电话。三个儿子接到父亲的电话，都火速赶到了家。陈浙汝躺在床上，目光无神，嘴唇斜动，却说不出话了。龚微湖和儿子儿媳围在陈浙汝身旁。在亲人们的陪伴下，陈浙汝慢慢地闭上了双眼。刚刚还晴好的天，却慢慢飘起了雪花，大地逐渐变得白茫茫一片……

第十七章

龚微湖和儿子儿媳们从温州回到了微山湖，把陈浙汝的骨灰安葬在龚氏家族的祖坟。

龚微湖让儿子儿媳跪下给马菱莲磕头，认了这个妈妈。

马菱莲急忙扶起他们，说："我马菱莲有儿子了，还有了三个儿子，我以后的日子有指望了，有儿子们给我养老送终了。"

龚家三兄弟在微山湖办完母亲的后事后，准备启程到济南。龚大阳的媳妇杨梅的伯父在济南，借此机会，杨梅想去探望年迈的伯父。杨哲众是杨梅的二堂哥，他负责接待龚家三兄弟。龚微湖留在了微山湖，他想多陪陪马菱莲。

腊月的天很冷，微山湖湖面冻结成冰。龚微湖穿着一件加厚的棉袄，还是觉得冷，他在南方生活惯了，乍一回到微山湖有些不太适应。

马菱莲的屋里本来有两张床，一张床是她睡的，一张床是她大嫂睡的。龚微湖回来后，大嫂就搬到儿子龚东阳家住了，两张床合到了一块。屋子里没有暖气，马菱莲已习惯了，龚微湖盖了两床厚棉被还觉得冷。马菱莲就每天先上床为龚微湖暖被窝，她把被窝暖热乎了，龚微湖再上床睡觉。

晚上，龚微湖和马菱莲躺在床上。

龚微湖说："菱莲，微山湖冬天这么冷，你一个人这么多年是怎么熬过来的？"

马菱莲说："数九寒天的冷，我不怕，生活中的苦，我也不怕。因为，我始终相信你会活着回来。我是熬过了冬天，盼春天啊！"

龚微湖说："菱莲，你是把你的丈夫盼回来了，可是，你的丈夫成了你们婚姻的叛徒。"

马菱莲说："微湖，我不怪你，你身在异乡也是身不由己。我要感谢浙汝给了你一个家，给你生了三个儿子，能让咱老龚家续了香火。遗憾的是，浙汝她走得太早了，如果生死能替代，我愿意替浙汝去死。"

龚微湖说："菱莲，你真是个傻女人，你也真是个好女人，人的生死怎能替代？人各有命，所以老天爷先让浙汝走了，唉，人左右不了人的命运啊！"

马菱莲说："微湖，想开了就好，你要好好活下去，你活着，我也能有个依靠。"

龚微湖说："菱莲，我上半辈子欠你的，我以后一定会加倍还给你。"

这一天，天空格外晴朗，太阳晒得人暖和和的，龚微湖让马菱莲陪着他出来活动筋骨。他俩牵着手来到了村西边的状元桥。状元桥下面的运河水已经冻成了一层厚厚的冰，冰面在太阳光的照射下，反射出一层亮光。

龚微湖站在状元桥上，眺望远方，此时，他想起一首诗。

龚微湖如痴如醉地朗诵完了徐志摩的《再别康桥》。

马菱莲给他鼓掌，称赞道："微湖，这么长的诗，你还能一字不落地背诵下来呢？"

"是呀，我的记忆力还不差吧？"龚微湖走到状元桥的桥头。以前经常有人在桥头边打牌，如今人去桌空。他不解地问："这儿原来有好多人打牌、下象棋，现在怎么这么冷清，他们人呢？"

"大冷的天，谁还在这里闲着打牌。村里年纪大的去城里给儿女们看孩子了，青壮年都出去打工了，一般到了春节才回家。"马菱莲对龚微湖说。

春节临近，马菱莲本想留龚微湖在家过年，可是龚微湖却因为感冒病了一场。马菱莲见龚微湖得了病，也不敢再强留龚微湖在家过年了。龚微湖的三个儿子很牵挂父亲，催促父亲到浙江杭州团聚，说已在杭州为父亲租了一个公寓，龚大阳还委托杨哲众为父亲订好济南至杭州的机票。

龚微湖对马菱莲说："菱莲，你也跟着我一起回杭州吧，那里冬天比咱北方暖和。等开春了，你想回微山湖了，再回来。"

"我现在是哪儿也去不了了，我在微山湖生活习惯了。再说了，我的老父亲都这么大岁数了，我还得伺候他。微湖，你回了浙江，以后也要常回老家看看。"马菱莲执意不去。

龚微湖给家里装了电话，还给马菱莲留了两万块钱。他又找来了堂侄龚东阳。上次，龚微湖回来的时候，承诺过要给侄子一个大大的礼物，所以，这次回来他想给龚东阳买一辆车。

龚东阳对龚微湖说："叔叔，你看咱微山湖四面都是湖，又没有桥可以直通大路，买个车，还得来回过摆渡，车在微山湖的用处不大。"

"东阳，你不要车，那我给你一张卡，你用这个钱，在咱微山湖搞点副业，发家致富奔小康。"龚微湖把一张银行卡给了侄子龚东阳。

龚微湖从济南到了杭州。龚大阳夫妇为父亲在杭州租赁了一个公寓，和父亲搬到了一起住，以便更好地照顾父亲的饮食起居。龚三阳夫妇也从温州搬到了杭州，就住在他们鲁菜馆附近。龚二阳夫妇还留在温州，他们在鞋厂附近的小区贷款买了一套房。龚家人都搬出了港都花园。那四套房产是陈浙港赠予他们的，现在他们住起来很不自在。再加上港都公司更名后，陈郝的表现，深深刺痛了龚家人的心。

龚微湖教育儿子们："做人要有骨气！人穷志不穷。"

2001 年，齐众公司迎来了新的商机。有多家外资企业对国内的企业抛出了橄榄枝。

龚微湖和龚大阳父子俩，杨哲齐和杨哲栋兄弟俩，正为公司的工程项目招商引资。有一家新加坡的公司要与齐众公司共同合作，投资杭州的两个工程项目，建造旅游公司大楼和工业园区厂房。

新加坡华裔商人曹家旺，祖籍是山东烟台。他出生在新加坡，他的父亲曹鸿鸣早年从山东烟台赴新加坡留学，他的母亲是新加坡人。

曹家旺得知杭州的两个项目是与山东人合作，他很高兴。签署协议的地点设在杭州最具标志性的五星级大酒店。

曹家旺四十岁上下，中等身材，身穿正装，戴一副金丝眼镜，文质彬彬的气质倒很像个文人。

双方各坐一边介绍自家企业的资质。

曹家旺说："我作为一个华裔商人，我想为祖国的经济发展贡献一分力量，所以，我来到中国投资兴业。我祖籍山东烟台，去年，我也曾回山东考察过，说句实话，山东的经济发展略逊浙广一带，但山东却很有人文底蕴。中国南北区域文化、经济发展各有差异。我这次投资之所以选择杭州，是因为我发现杭州的旅游业与新加坡的旅游业有共同之处。我很喜欢杭州，俗话说'上有天堂，下有苏杭'啊。"

杨哲齐说："我们公司，之所以来杭州发展，也是因为发现了南方的投资商机。咱们是老乡，在中国任何城市投资，都是在带动山东的经济发展。"

"杨先生，您说得很好，等以后有机会了，咱们再回山东投资。"曹家旺说。

这时，龚微湖说话了，他说："我经商近五十载，与华裔商人合作不是第一次了，我年轻时在台湾曾与一位曹鸿运先生合作过。"

"曹鸿运，哪个曹鸿运？您对他了解吗？"曹家旺这个名字很感兴趣。

龚微湖道："曹鸿运的爷爷是山东烟台人，哦！我想起来了，他说他也是新加坡的，在新加坡还有个哥哥名叫曹鸿鸣。"

"哦！您说的曹鸿鸣是我的父亲，曹鸿运是我的叔叔，叔叔一家现在还在台湾。您与我叔叔是如何相识的？"

"我俩相识在一次山东老乡会上。"龚微湖回答道。

曹家旺一听，即刻站起身来，隔桌向龚微湖深深鞠了一躬，说："我非常了解我叔叔的个性和为人，我叔叔早年与您是合作伙伴，可见您也是一位令人敬佩的商人。您是我叔叔的朋友，也是我曹家旺的朋友，今天能与您成为合作伙伴，是我做晚辈的荣幸！"

"曹先生，您客气了，您抬举我了，多谢！"龚微湖客气地站起来，抱拳致谢。龚微湖的往事，把双方的合作推向了一个高潮。

曹家旺说："这次与老乡的合作投资，不用迟疑，即刻签约。"

龚微湖对曹家旺这位老乡一见如故，他邀请曹家旺一起到杭州的鲁菜馆品尝家乡菜，曹家旺爽快应邀。

龚三阳在杭州新开的鲁菜馆门面很大，客流量也很大。龚微湖等人聚在一个大包间里。

龚微湖对儿子说："三阳，今天我请到的是一位新加坡来的山东老乡，你叫你鲁菜馆的厨师专门炒几道山东特色菜。"

龚三阳听了父亲的话，他叫鲁菜馆的厨师们，专门炒了一桌特色菜。鲁菜馆所用的烟酒也是从山东配送过来的。

曹家旺对菜肴赞不绝口，他说："我这次来杭州，品尝到了真正味美的家乡菜，家乡菜与众不同，菜肴里包含了浓浓的家乡味道啊。"

"曹先生，这鲁菜馆是咱自家开的连锁店，您随时都可以过来品尝家乡菜。"龚微湖说。

曹家旺向龚微湖竖起了大拇指，说："龚老前辈，您是个睿智的商人，也是个地道的美食家。"

"曹先生，您过奖了，想当年，我也在台湾开过鲁菜馆，那时候，曹鸿运和一些老乡经常到我的鲁菜馆捧场。"龚微湖给曹家旺敬酒。杨哲齐、杨哲栋、龚大阳也一同举杯酒。

杨哲齐说："曹先生、龚前辈，我有一个好提议想说一下可以吗？"

"杨总，说说看。"曹家旺说。

杨哲齐提议说："这次，曹先生来杭州投资。我们公司只能为曹先生这次的项目做基建与楼房的建设。单一的平台提供不了多个领域的合作。为了给为曹先生在杭州的项目提供更优良的合作。我已经和大阳商议过了，准备以龚前辈的名字来命名一家综合性、多渠道的发展公司——微湖综合贸易发展有限公司。齐众公司提供注册资金，成立后的新公司会涉及多个产业领域，以供更好地与曹先生的投资项目做衔接。"

"杨总的提议太好了，我们双方未来的合作潜力巨大、前景广阔。"曹家旺很赞同杨哲齐的提议。

微湖综合贸易发展有限公司注册成立了。

第十八章

浙江微湖公司，龚大阳担任公司董事长职务，龚微湖担任公司名誉董事长，杨哲齐、杨哲栋担任公司副董事长。在公司成立大会上，龚微湖、杨哲齐、等人齐聚，宣布新公司的事宜。

龚微湖首先发言："各位代表，浙江微湖公司注册成立了，这标志着一个新型民营企业的崛起！公司成立之际，感谢山东齐众公司的鼎力相助！感谢诸位山东老乡！"

杨哲齐道："龚前辈是中国民营企业人的老代表了，是我们年轻一代民营企业人学习的榜样！我们要以他为榜样做好、做强属于我们自己的企业。"

龚大阳、杨哲栋也先后发言。

龚微湖作为名誉董事长，他诚邀浙江民营企业界的山东老乡到鲁菜馆聚会。

龚微湖、杨哲齐、等人与老乡们在鲁菜馆品尝家乡菜。杨哲齐靠近龚微湖，两人促膝谈心。

杨哲齐对龚微湖说："前辈，我观察过了，大阳据有非凡的经商天赋，他在商海中已不是一只雏鸟，而是一只雄鹰，雄鹰展翅，将有更广阔的天地。"

"感谢大哥，不，应该说，感谢杨总对我工作上的支持。杨总，你是我事业的领航者，我将不负使命，奋斗不息！"龚大阳说。

龚微湖接着对杨哲齐说："哲齐，我感谢你为此所做的一切努力！

微湖公司成立，象征着龚家开启了一个新篇章。我代表龚家衷心地感谢你！"

杨梅插话说："爸，咱一家人别说两家话。"

"对对对，一家人别说两家话。哲齐、哲栋，来来来，吃菜喝酒，喝酒吃菜。"龚微湖道。

龚微湖很欣慰，三个儿子有了自己的企业。三家企业的企业座右铭，都是龚微湖为他们精心筛选的。龚大阳的微湖公司的座右铭，是摘自《论语》中的一句："三人行，必有我师焉。"龚二阳公司的座右铭，是摘自《道德经》中的一句："千里之行，始于足下。"鲁菜馆的座右铭，摘自《论语》中的"有朋友自远方来，不亦乐乎。"

龚大阳、龚二阳、龚三阳把分别把三句话装裱，挂在每个人办公室正面的墙上。

2008 年，许多民营企业崛起的同时，也有一部分民营企业迎来了退潮——温州港都公司宣告倒闭。这几年，港都和港步两家企业，在陈郝伙同公司中高层领导搞非法集资、炒股之后，两家企业资产负债近两个亿。陈家的所有房产，都被陈郝抵押了，他的母亲连个养老的地方也没了，活活被儿子陈郝气死了。就连陈浙湾名下的房产，陈郝也伙同堂弟陈郴给抵押了，陈浙湾气得一病不起，也去世了。陈家的企业就这么没了，家也没了。陈郝被人追着讨债，吓得他四处逃窜，陈郴也被牵连得居无定所，老婆卢婷也回了娘家。

就在陈郴走投无路的时候，他想到了龚家，在温州这边，龚二阳的步天下公司家喻户晓。这几年，龚二阳公司的规模越来越大，新上了六条生产线，员工也达到了六百多人。制作出的成品鞋，主要出口俄罗斯、波兰等国家。

陈郴灰头土脸地来到了步天下公司，到董事长办公室找到了龚二阳。他见了龚二阳，整个人变得战战兢兢的，结结巴巴地道："二阳，不、不对，是龚董事长——"

"郴哥，你怎么来了？是哪阵风把你给吹来了？"龚二阳念在过往的情分上，叫了一声郴哥。

陈郴没有回话，只笑了一下。龚二阳让他落座，陈郴便坐在了沙发上。

陈郴环顾了一下龚二阳的办公室，正面墙上悬挂的那副书法很引人注目，他默念了一下："千里之行，始于足下。"

"二阳，不、董事长，你的公司、办公室都很气派啊！"陈郴露出羡慕的眼神。

龚二阳说："郴哥，你别一会儿叫我名字一会儿叫我董事长的，你直接叫我的名字就行。"

"二阳，我、我是来向你讨碗饭吃的，我如今一无所有了，跟乞丐没什么两样。"陈郴说完，惭愧地低下了头。

龚二阳不解地问："你不是有鞋厂经营吗？你怎么说得这么可怜？"

"唉，我说出来，也不怕你笑话了。自从港都公司给了陈郝之后，他只想暴富，挣个几百亿，说是挣了大钱，就买架飞机到处飞着玩。结果，这几年折腾来折腾去的，账面上的资金全部蒸发没了，企业还负债两个多亿。我跟在他屁股后面做白日梦，结果，我也这么惨。"

"你们两个本事真够大的，好好的两家企业放到你们手里，结果给玩完了！"

"谁不说呢，我受了陈郝的蛊惑，我也被他连累了，我没地方住，没饭吃，我如今快年过半百了，上哪儿去找工作，人家也不要我呀。"

"你自己不长脑子吗？你说得挺可怜，没地方住没饭吃。当初，我们不是把那四套房产交给你处理了吗？你怎么说没地住呢？"

"甭提了，当初你们把那四套房腾出来后，空置了几个月。也就是我父亲他非说那四套房有陈郝的两套，叫我找郝哥来处理。结果，陈郝来处理了，他把那四套房，就连我大伯住的、我父亲住的，都统统抵押给银行了。后来，因为我与陈郝出现分歧，闹经济纠纷，大娘和父亲先后被气病，又先后去世了。"

"我二舅去世了，你怎么没通知我们？"

"我哪还有脸再见你们，你看我现在都混成什么样子了。"

"陈郝不适合做企业人。做企业要有企业人精神，陈郝没有。他是个富二代，整日衣食无忧、花天酒地。可他净耍小聪明，实际上他太高估自己的能力了，妄自尊大、目中无人、六亲不认。"

"陈郝落到这个下场，谁都不会觉得意外，很多人都了解他的本性。"

"陈郝做的事的确很可恨，可咱们毕竟是亲戚，他现在躲到哪儿去了？"

"我也不知道。我与他最后见面时，听他说他要到杭州去看儿子，看了儿子后，他就去跳海一了百了。"

"他一个人可别真的想不开了，那你不赶快到杭州找找他？"

"杭州那么大，我上哪儿去找他？"

"那咱报警找他吧？"

"可不能报警找他，他在外面欠了不少债，一报警，警察找到他，准把他逮起来。"

"那我给父亲他们打电话，让他们帮着找一下陈郝。"龚二阳当着陈郴的面，给在杭州的父亲、大哥、三弟各打去了电话。

龚大阳接了电话，龚二阳把陈郝失踪的情况，简短地说给龚大阳听。龚大阳在电话这端没有说什么，龚微湖问了句："是二阳的电话吗？发生什么事了？"

"是二阳的电话。"龚大阳没接着说。

龚微湖从龚大阳的手中接过电话，与龚二阳通话，龚二阳又把陈郝失踪的情况说了一遍——

龚微湖急切地问："陈郝失踪了，可能到了杭州？我马上通知三阳，我们一起在杭州找找。"

龚微湖沉重地挂了电话，他点了一支烟，心里很不是滋味。虽然说陈郝不顾情面，但是当年陈浙港对龚微湖一家是有恩情的，念着陈浙港的好，也得帮一下他的儿子陈郝。

陈郝到了杭州，可杭州这么大，究竟到哪儿找他呢？龚微湖带领龚大阳和龚三阳，开车在杭州转悠了一大圈，也没有找到陈郝。陈郝的失踪成了龚微湖的一块心病，他每天从住的地方到公司时，会时常留意过往的人群，希望这些过往的人群中有陈郝的影子。

有一天傍晚，龚微湖去鲁菜馆，他刚走到门口的时候，就听到不远处一家快餐店外有人在争吵，他想过去劝架，便走近了快餐店。

快餐店老板叫嚷："你个混账东西！吃饭喝酒不给钱，还在这儿闹事？我砸死你！"

"好汉，住手。"龚微湖挡住快要落下的一块木板，"有话好好说，有话好好说——"

快餐店老板把木板生气地扔到一边，不住叫嚷："一个臭要饭的，还敢来我店里闹事，小心砸断你的狗腿！"他朝着那个衣着不整、喝醉了的男子，猛踹了几脚。

那个被踹的男子嘟嚷了几声。突然，他扑倒在龚微湖的脚下，连连磕头，念叨着："谢谢好心人救我，免了我一顿皮肉之苦。"

龚微湖觉得脚下这个人很眼熟，他弯下腰，试着叫了声："陈郝。"

男子一听有人叫自己的名字，他抬起头来。认出龚微湖，他哭叫道："姑父，姑父——"

"陈郝，真的是你？"龚微湖一把把跪在地上的陈郝拉了起来，

"终于找到你了，你知道吗？亲人们都在到处找你呢。"他转身走到快餐店老板面前，抱拳致歉："老板，误会误会，他吃了多少钱，我付账。"他从衣兜里掏出钱，塞给了快餐店老板。

快餐店老板说："多了，我再找给你。"

"不用找了，不用找了。"龚微湖说完，拉起陈郝的手就走。龚微湖拉着陈郝到了鲁菜馆，绕了个弯从鲁菜馆后门进去来到了龚三阳的临时休息室，他又把儿子龚三阳找来，小声地对他说："三阳，赶快给你表哥洗个澡，换上身干净的衣裳。"

陈郝洗了个澡，换上了龚三阳的衣裳。龚微湖给龚大阳打了电话让他过来，他又让龚三阳去叫厨师为陈郝做点吃的。

龚微湖、龚大阳、龚三阳、陈郝在鲁菜馆一个小包间里一起吃了顿家常饭。吃饭时，陈郝还嚷嚷着要喝酒，龚微湖对他说："陈郝，你不能再喝酒了，再喝就把脑子喝坏了，你多吃点菜，吃点面食，养养胃。"

陈郝坐在龚微湖的身旁，他一看到两个表弟的眼神，就有些胆怯。现在，他神志还有些恍惚，看见包间窗户外有人影晃动，他吓得躲藏在龚微湖的座位下面，嘴里胡言乱语："外面有人来追杀我，有人来追杀我，姑父，救我、救我——"

"哪儿有人追杀你？陈郝，有姑父在这儿，谁敢来追杀你？不怕不怕！"龚微湖像哄孩子一样哄着陈郝。

陈郝突然起身，当场给龚微湖跪下，涕泗横流地哭诉："姑父，侄儿我知错了，侄儿我知错了，我已经遭到报应了，如今，公司没了，家也没了，父亲母亲没了，叔叔没了，姑姑没了，唯有姑父是我的亲人了。"

当陈郝念叨着亲人这个没了，那个没了时，龚微湖也难过地落下了泪。可他见到陈郝这个不争气的样子，他生气地大声训斥道："陈郝，你是个男人，是男人就要有骨气！任何困境下，都不能低三下四，你给我站起来，站起来说话。"

陈郝听到龚微湖的训斥，咕噜一下从地上爬起来，又靠着龚微湖坐下。龚微湖递给陈郝一支烟，坐在一旁的龚三阳给陈郝点着。

陈郝抽着烟，他心情平静了许多。他结结巴巴想说什么："姑父，我……"他还是鼓起勇气，说出了忏悔的话："姑父，过去是我有眼无珠，把亲人当外人，却把外人当亲人。仔细想想我过去做的那些蠢事，我恨不得抽自己两嘴巴子！"

"过去的事就让它过去吧！人非圣贤，孰能无过？过而能改，善莫大焉。"龚微湖对陈郝说。

陈郝主动给龚微湖添了一杯酒，说："姑父和三个表弟才是我的亲人。"

"是啊！俗话说'姑舅亲，辈辈亲，打断了骨头还连着筋。'希望你们表兄弟不计前嫌，重归于好。"

"姑父，你老人家说得对、说得对！不过，我如今成了'三无'人员了，你们企业能不能收留我，叫我混口饭吃？"

"表哥，过去我们在你的公司打工，现在你也可以在我们公司打工。"龚大阳说。

龚大阳明显在嘲讽陈郝，陈郝也听得出来，但他无言以对。

"陈郝，你到我们公司来干活吧，我这里包你有活干、有饭吃、有地儿住。其他的困难，以后再慢慢想办法解决。"龚微湖为落魄的陈郝打开了一扇亲情之门。

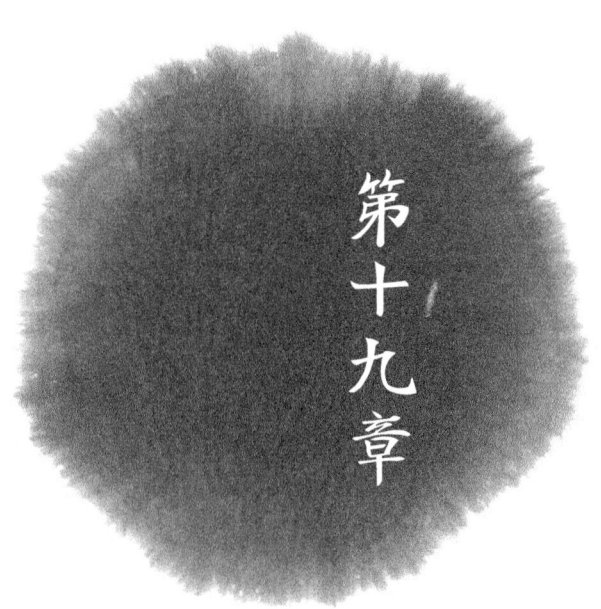

第十九章

　　2008 年年底，微湖公司搬进了新的办公楼，新的环境新气象，也迎来了新机遇、新挑战。

　　微湖公司董事长办公室今天迎来了一位特殊的客人，让龚微湖喜出望外，惊讶不已。两人一见面就热情拥抱。

　　"鸿运兄，你怎么知道我在杭州？"

　　"哈哈哈，你公司是与新加坡的哪位客商合作的？"

　　"哦，我忘了，曹家旺是你的侄子。"

　　"对！有关你的消息我是从侄子那里听到的。家旺来浙江投资的时候，给我打过几次电话。他说他在浙江的合作伙伴是几位山东老乡，其中，年岁最长的一位也曾在台湾做过商人，他的名字叫龚微湖。我一听到这个名字，我就知道是你。"

　　"鸿运兄，咱们久别重逢，来来来，请上座。"龚微湖让曹鸿运坐到了董事长的位置上。

　　曹鸿运也没客气，他说："微湖，你让我上座，享受到了回大陆的特殊待遇！哈哈哈。"

　　"鸿运兄，来，抽支大鸡牌香烟，品品如何？"龚微湖亲自为曹鸿运点着了烟。

　　曹鸿运抽了几口，品了品说："嗯，这烟，烟丝不错，你从哪儿弄的？"

　　"是老乡杨哲齐从济南来的时候特意捎给我的。"

"哦？到时候，让他们从山东也给我捎上几条，我好带回台湾去，也让在台湾的老乡们品一品咱山东的香烟。"

"好！我让杨哲齐找在山东的朋友给你弄上几条。曹兄，今天中午饭，我带你去鲁菜馆，你再品尝一下在杭州的山东鲁菜。"

"鲁菜馆？你在杭州又开鲁菜馆了？"

"是你三侄子开的连锁门店。鲁菜馆里用的厨师，全都是从山东挑选过来的，厨艺一流。"

"微湖，你这么一说，我可垂涎欲滴了！哈哈哈！"

"鸿运兄，在台湾的鲁菜馆，发展得如何？"

"唉，不太好，这些年来，鲁菜馆在台湾没有扩大门店不说，还有两家门店关门歇业了，看来，缺少你这个美食家是不行喽！哦，不过，你当初捐赠的那个独门独院的小洋楼，已经变成了孔子文化研究中心，我是负责人。"

"成立了孔子文化研究中心？可喜可贺啊！"

"研究中心在台湾成立后，迎来了来自五湖四海的文化学者，为我们研究中心的发展提供了不少帮助。微湖，你也做出了不小的贡献！大家一致推荐你为交流使者，我也以台湾孔子文化研究中心负责人的名义，特聘你为研究中心的名誉学者。欢迎你回台湾指导工作。"

"哦，我不准备再回台湾了，我的青年时代都奉献给了台湾，现在我想把我的余生奉献给我最挚爱的家乡——山东。"

"微湖，你说得好，等你哪天回山东了，我也跟着你一块回去一趟。我作为孔子文化研究中心的负责人，理应到孔子故里去祭拜，为了更好地学习、传播孔子的文化思想。"

"鸿运兄，这次回大陆，你要在浙江多停留几日，快过年了，过了年，春暖花开了，我们再一起回山东。"

"多谢微湖老弟的热情挽留，我这次回大陆，恐怕停留不了几日，台湾那边的事务繁多，现在大陆与台湾来往方便多了，你也知道，海峡两岸实现了大三通。过了年后，我再乘飞机从台湾飞回大陆！"

"也好、也好，我现在给家旺、哲齐他们打电话，今天中午一起到鲁菜馆聚餐。"龚微湖让司机把他和曹鸿运一块送到了鲁菜馆。

鲁菜馆的大包间里，高朋满座、暖气融融，龚微湖向曹鸿运介绍了杨哲齐、杨哲栋、王数恒等人。

龚大阳和龚三阳齐声叫了声："曹伯伯。"

"哦，是大阳和三阳啊！"曹鸿运认出了龚大阳和龚三阳，"二阳呢？"

"二阳现在在温州经营了一家皮鞋厂，你看，我们这些人穿的皮鞋都是二阳鞋厂的鞋。鸿运兄，到时候也让二阳送你几双合脚的皮鞋。"龚微湖翘了翘脚上。

曹鸿运连连说："好好好！微湖老弟，你这三个儿子都是你的骄傲啊！他们各自有了各自的产业，大有作为啊！"

"曹伯伯过奖了。"龚大阳和龚三阳起身给曹鸿运和曹家旺叔侄俩倒茶。

杨哲齐恭敬地问曹鸿运："曹前辈，您和龚前辈是老相识了？"

"是啊是啊！我和龚家爷四个可算得上是老相识了。早年在台湾的时候，我和微湖老弟是在一次老乡会上相识的，我们一见如故。"曹鸿运笑呵呵地说。

龚微湖接着说："我和鸿运兄成了无话不谈的朋友。我们的下一代也都成了知交朋友，像大阳和家旺。"

杨哲齐接着说："曹前辈和龚前辈是咱们民营企业人的榜样，企业精神代代相传。"

"对，曹前辈和龚前辈是咱民营企业人的榜样，企业精神代代相传。"杨哲栋和王数恒等人说。

曹鸿运说:"大家都抬举我们哥俩了。"

"我和鸿运兄愿为年轻一代的企业人开路,鞠躬尽瘁,死而后已。"龚微湖说。

年老和年轻的山东企业人们,一同喝着家乡茶,吃着家乡菜。曹鸿运每尝到一道家乡菜,就赞不绝口。

龚三阳对在座的老乡们说:"咱们鲁菜馆的鲁菜都是正宗的山东味道,烟酒也都是山东产的。"

"鲁菜馆让身在异乡的山东老乡们都能吃到正宗的家乡菜。"龚大阳说。

曹鸿运对坐在身边的曹家旺说:"家旺,我看你可以把具有山东特色的鲁菜馆开到新加坡去,让新加坡的老乡们也能吃到家乡菜。"

"叔叔,您的建议很好,我和三阳商议过了,正有这么个打算。"曹家旺对曹鸿运说。

曹鸿运说:"好,我们都期待鲁菜馆能'落户'新加坡,到时候,我和微湖老弟还有在座的各位老乡,一起去新加坡的鲁菜馆相聚。"

曹鸿运在杭州逗留的这几天,龚微湖陪同曹鸿运逛了杭州的几个著名景点。

曹鸿运满意地结束了这次大陆之行,回了台湾。他与龚微湖约定,明年春暖花开时,一起回山东曲阜,祭拜圣贤孔子。

龚微湖送走了老友曹鸿运。

这天,他在办公室泡了一杯茶,准备安排今天的日程,突然听见楼下院子里有一些人在喊口号。他打开一扇窗,伸头向下探望,只见有四五十个人聚集在院子里,拉起了白色横幅,横幅上面赫然写着几个黑字:"还我血汗钱!"院子里的口号声此起彼伏,一声高过一声。

　　龚微湖纳闷：这伙人为何在公司院子里闹事？他必须下楼制止一下。当他来到一楼院里时，人群中有人高喊："微湖公司把陈郝藏到哪儿了？把他交出来，叫他还我们血汗钱！"龚微湖一看这伙人是冲着陈郝来的，有的人拿着扫把，有的人操着木棍，情绪都很激动。他连忙向人群抱拳致歉，说："各位工友，息怒息怒，有什么话好好说，有什么事好好解决。"

　　"龚董事长，你可得为我们做主啊！我们是要家没家、要工作没工作了，一家老小都无法生存了。"说话的工友给龚微湖跪下了。

　　龚微湖连忙扶起下跪的工友，说："工友们，起来、都起来。这到底是怎么回事呀？"

　　工友们围拢到龚微湖的身边，向龚微湖诉说苦情。原来这些人，都是港都和港步的员工，公司法人更名后，他们也死心塌地跟着陈郝。后来，陈郝想一夜发大财，把两家企业折腾得七零八落后负债逃跑了。听说陈郝逃到了杭州的微湖公司，所以，员工们从温州来到了杭州，想找陈郝讨个说法，要回自己的血汗钱。

　　龚微湖听了工友们的诉说，一时间陷入迷茫中，他左思右想，最后，斩钉截铁地说："各位工友都是港都和港步的老员工了，你们为企业的发展立下了汗马功劳！请大家相信我龚微湖，给我一周的时间来解决此事，大家都请先回去吧！"

　　"君子一言，驷马难追！龚董事长，我们相信您，相信您能把我们的血汗钱讨回来。"带头的工友紧紧地握住了龚微湖的手，他转身又向人群高喊，"咱大伙都坐车回去吧，相信龚董事长能为我们讨个公道的！"他带领工友们陆陆续续地离开了微湖公司。

　　龚微湖看着那么多工友的背影，不禁长叹了一口气，心想，都是侄子陈郝惹的祸。陈郝正在公司院里不远的地方干杂活，那群工友来公司拉横幅、吵着要血汗钱，陈郝也听到了，他怕工友们会打他，早就吓得跑到了二楼办公室，像个老鼠似的钻进办公桌下面躲了起来。办公室里有个女会计还被陈郝的举动吓了一跳，她弯下腰瞅了瞅缩在桌子下面的陈郝。陈郝向她嘘了一声，示意她不要声张。直到院子里的工友都被龚微湖劝散了，他才从桌子下面爬了出来，若无其事地回到院子里干活。

龚微湖把今天上午在公司发生的事说给了儿子龚大阳听。为了解决此事，龚微湖想从公司拿钱替陈郝还债。

龚大阳一听父亲这样说，当场就反驳说："爸，您想从公司拿钱替陈郝还债？这可不是个小数目。再说了，公司不是咱个人的，是三方合作创立的。您在做出这一决定之前，需要与杨哲齐、曹家旺协商。"

"我正想与杨哲齐和曹家旺商议此事呢。"

"爸，你接受陈郝来公司上班，叫陈郝一个人搅得公司上下不得安宁，您老人家这是何苦呢？"

"我已经深思熟虑过了，替陈郝还债，不仅仅是拯救陈郝，还拯救了那些无家可归、无业可干的企业老员工，那些老员工也曾经跟随我在港都公司工作过。我想把那些下岗、失业的老员工吸纳到微湖公司来，岁数大点的，可以在公司工业园做点杂活，年轻点的，可以安排在公司内部。还有那些在港步鞋厂下岗、失业的老员工，可以到二阳的公司上班。"

"爸，看您操那么多心，我们又不是搞慈善的，哪有那么多的岗位养那么多的下岗人员？"

"大阳，你这是怎么说话呢？我这么做不是在帮助陈郝一个人，而是帮助了一大批人。"

"好吧！我尊重您的决定，您去找杨哲齐和曹家旺说吧！"龚大阳勉强听从了父亲的决定。

龚微湖给杨哲齐和曹家旺打了电话，让他们今天中午务必到鲁菜馆，有重要事情商议。

鲁菜馆里，龚微湖、龚大阳、杨哲齐、曹家旺又坐在了一起。龚微湖把今天上午公司发生的事跟大家说了一遍，他说他答应那些工友们，一周内把此事解决，给工友们一个交代。龚微湖的表情显得很难为情，他希望能得到杨哲齐和曹家旺的支持与理解。

杨哲齐首先支持龚微湖说："前辈，您这件事做得很对，您这么做，不是在帮助陈郝一个人，而是帮助了一大批下岗失业人员。您这种无私的胸怀，体现了一个老企业家的使命感！不过资金从公司走，必须有本公司代表龚大阳的签字。"

龚大阳勉强地点了一下头，表示了同意。

曹家旺向龚微湖竖起了大拇指，理解地说："龚前辈，与人为善，功德无量。"

龚微湖的决议得到了公司合作人的支持，很快，资金转到了负责处理港都公司所欠债务的管理人手中。港都公司员工们的住房保住了，员工家属也都恢复了安定的生活。原港都公司一部分员工，都来到了微湖公司上班，港步公司的一部分员工到了步天下公司上班。

新年之际，龚微湖在公司下了一个规定：凡是原港都公司的员工，一律同公司其他员工享有同等的待遇。微湖公司，在龚微湖的带领下，在新的一年继续扬帆远航。

第二十章

　　春暖花开的季节，曹鸿运和龚微湖约定一起到山东曲阜祭拜圣
贤孔子。

　　龚微湖和曹鸿运来到了曲阜，两人在当地导游的引导下，参观
了孔庙、孔府、孔林。最后，两人特别来到了孔子墓前驻足祭拜先圣。

　　曲阜市三孔旅游区经国家旅游局正式批准为国家 5A 级旅游景
区。如今的三孔旅游景区，人来人往，还有来自各个国家的外国友人，
黄头发、蓝眼睛、大鼻子，胸前还都挂着相机。

　　龚微湖站在三孔圣地，感慨万千道："作为一个山东人，还
是第一次来曲阜圣地，小的时候常常听爷爷讲起孔圣人的故事。
今朝身临三孔圣地，深刻感受到了浓郁的文化气息，孔子真是一
位卓越的文化巨人啊。"

　　曹鸿运也深有感触地说："孔子是我们中华民族文化发展史上
不可缺少的人物啊。"

　　"鸿运兄，言之有理，我们华夏子孙，都要把孔子的思想和儒家
文化发扬光大，向世界推广传播。"龚微湖道。

　　龚微湖和曹鸿运在曲阜买了一些儒学的相关书籍，曹鸿运把这
些书籍寄到了台湾。两人参观完，龚微湖邀请曹鸿运一起回老家微
山湖，曹鸿运爽快地答应了。

　　龚微湖给侄子龚东阳打了个电话，让他到南阳码头接一下。

　　南阳镇对面的码头，龚东阳摇着船来接龚微湖。

龚东阳将船停在码头边，他提起一条铁链，抛锚上岸，喊道："叔叔，我来接你们了。"

"东阳，你来接我们了。"龚微湖迎上去，拍了一下侄子的肩膀，他又对侄子介绍，"东阳，这位曹叔叔是位台湾商人，是我在台湾时认识的。这次和我一起回咱微山湖看看。"他又对曹鸿运说："鸿运兄，你还记得在台湾时，我有一个大哥叫龚微河吗？龚东阳就是我大哥的儿子。"

"哦，我听你说起过。"曹鸿运连连说。

龚东阳把龚微湖和曹鸿运扶上了船，收了船上的铁锚，船驶向微山湖南阳镇。微山湖辽阔的湖面上碧波荡漾，芦苇、蒲草等都扬起头浮出水面。

曹鸿运坐在小船上，向微山湖远处眺望，他有感而发："啊！美丽的微山湖，湖水碧波荡漾、环境优美，充满诗情画意，这幅极具美感的画面，是我在台湾感受不到的。"

龚微湖想起一首歌，他唱道："西边的太阳快要落山了，微山湖上静悄悄，弹起我心爱的土琵琶，唱起那动人的歌谣……"

"叔叔，这首歌你也会唱呀？"龚东阳一边问一边摇桨，湖水哗啦啦作响。

龚微湖乐呵呵地说："我不光会唱这首歌，我还会唱《让我们荡起双桨》，让我们荡起双桨，小船儿推开波浪……"

"叔叔，你唱得真好听——"

"这是我回大陆后，学的两首歌，唱得还不错吧？"

"微湖，你唱得字正腔圆、声情并茂，你是商人中的音乐家。"曹鸿运笑呵呵地夸龚微湖。

龚微湖也笑呵呵地说："唱唱歌，一能锻炼增强人的肺活量，二能释放人压抑的情绪。两者兼顾，何乐而不为呢？"

龚微湖乘坐着船，唱着歌。一个小时的光景，船靠岸了。龚东阳麻利地抛锚上岸，又把龚微湖和曹鸿运扶上岸。龚东阳帮着龚微湖两人背起包，三人往家里赶。

龚东阳一边走一边对龚微湖说："叔叔，你看你回趟家多不容易，又是坐车又是坐船的。不过，过上两年就方便了，到时候旱路、水路都通了。咱济宁至鱼台段的滨湖大道快要施工建设了，就在咱南阳西和大运河西岸。到时候，滨湖大道开通了，你们再回来可以从济宁坐车到丁楼码头，从丁楼码头坐十分钟的船，直线到南阳镇。"

"哦？东阳，你说的滨湖大道哪一年通车啊？这样的话，以后回南阳就会省去不少时间。"龚微湖很有兴致地问龚东阳。

龚东阳道："怎么着也要再过上三四年吧。"

龚东阳走在前面，龚微湖和曹鸿运走在后面。龚东阳一迈进马菱莲家的大门，就高声喊："婶子，我把叔叔接回来了。"

"来了，回来了。"马菱莲听到侄子的喊声，迎出了门。她见龚微湖的身后还跟着一个与他相仿年岁的老头，她不认识。

龚微湖站在家门口，向马菱莲介绍曹鸿运："菱莲，快来迎接一下鸿运兄。"

"鸿运兄？"马菱莲与曹鸿运从未谋过面，"欢迎，欢迎来微山湖。"

"菱莲，你不晓得，我和鸿运兄当年在台湾认识的，这次，我们回山东，先去了曲阜，他随我回微山湖来看看咱家乡的新面貌。"

"欢迎欢迎。"马菱莲把曹鸿运请到了家里，忙搬板凳、倒茶。

曹鸿运对马菱莲说："你是弟妹马菱莲？我们这是第一次见面，今天见过，以后便熟悉了。"

"是的，以后再见面就熟悉了。"马菱莲给曹鸿运端上来一杯茶。

龚微湖问马菱莲："菱莲，家里有什么好酒好菜来招待鸿云兄呢？"

"有有有，地锅里炖的鲤鱼，蒸的莲藕、莲子米、豆腐，还有刚蒸熟的大米饭。"马菱莲道。

"菱莲，有好酒吗？"

"有酒。"马菱莲叫侄子龚东阳上里屋把酒拿出来。

龚东阳从里屋拿出来一瓶酒，放到了饭桌上，说："叔叔，你和曹叔叔一起尝尝，纯粮食酒，是咱济宁出的，酒名叫一帆风顺。"

"一帆风顺……济宁心酒厂……"龚微湖从侄子手中接过酒瓶端详着。酒瓶设计独特，透明的玻璃瓶身，从外面可以清晰地看到瓶内有一艘玻璃晶体制作的小帆船。他说："这酒瓶内的小帆船寓意一帆风顺，设计有创意。东阳，把酒打开，我和你曹叔叔品尝一下家乡粮食酒的独特之处。"

龚东阳把酒盖打开了，他给两个叔叔分别倒了一酒盅。马菱莲去了厨房，把地锅鱼先端上了桌，龚东阳帮着婶子把其他的菜也端上来。四个人围坐在饭桌前。

曹鸿运品尝了一口酒，说好，吃着微山湖的特色菜，也说好。他吃到地锅鱼时，更是赞不绝口："咱微山湖地锅炖的鲤鱼吃起来就是香，我在台湾从来没吃过如此美味的鱼。"

"这鲤鱼是微山湖里野生的鲤鱼，是在微山湖里长大的，人工养殖的鱼和这种鱼在营养、味道方面可差远了。"龚东阳从小就在微山湖长大，他对鱼的种类、特性了如指掌。

龚微湖和曹鸿运听得津津有味。酒慢慢只剩了个瓶底。酒喝得差不多了，马菱莲给龚微湖和曹鸿运各盛了一小碗米饭。

大米饭的香气扑鼻而来。龚微湖吃了一口，问："菱莲，这大米饭真香，从哪儿买的这么好的大米？"

"从鱼台县城买回来的，咱们这里吃的大米，都是鱼台大米。"

马菱莲回答说。

龚微湖吃了一小碗米饭后，感觉不够，他把小饭碗伸过去，说："菱莲，再给我盛小半碗。"

"微湖，你的饭量不减当年啊！"曹鸿运说。

龚微湖对曹鸿运说："鸿运兄，你再来一碗？"

"我吃饱了，酒足饭饱了。"曹鸿运把吃完的空碗放到一边。

龚微湖对马菱莲说："菱莲，吃完中午饭，咱们带着鸿运兄出去溜达溜达，看看咱微山湖南阳镇的古风古貌。"他又对龚东阳说："东阳，下午你去你的鱼塘忙吧，我们有什么需要，再给你打电话。"

"好的，叔叔，明儿个我再给你们逮两条野生鲤鱼来。"龚东阳说完就去鱼塘了。

龚微湖和马菱莲带着曹鸿运在南阳古镇溜达，他们路过状元桥到了钱庄，钱庄门前的那个大磨盘还保留着原貌，只是磨盘经过风吹日晒后，表面斑驳了许多。

龚微湖对曹鸿运说："我小的时候，我爷爷在这钱庄做师傅，那时，我常常跟爷爷来钱庄，爷爷一有空闲，就教我学珠算。那时，爷爷用双手打算盘的绝活是在南阳岛出了名的。来来来，再来看这边的大磨盘，我小的时候，我奶奶和我母亲还有我大娘，都常来这里用磨盘磨高粱面、玉米面……"

"呵！这么大的磨盘，看上去有年头了，快成古董了。这磨盘可是你们南阳古镇的宝贝啊！"曹鸿运抚摸着大磨盘的石面说。

龚微湖夫妇又带曹鸿运到了钱庄西面的商业街。南阳古镇商业街，是一条从南至北的窄巷。狭长的商业街地面上铺着青灰石砖，两旁的小商铺一家挨着一家。

马菱莲像个导游，经过每处老房子前，她都解说一番。她说："现在，南阳古镇商业街两旁的老房子，都是明清时的建筑。"

龚微湖夫妇和曹鸿运三人沿着青灰石砖铺成的小路走着，四周古色古香的古建筑却充满了很浓的商业气息。再向前走五十米，便可以看到挂着硕大金字招牌的"庆三恒"糕点老店。

马菱莲又说："现在，'庆三恒'正在审批济宁市非物质文化遗产。"

龚微湖接着说："我小的时候，每到过年过节，爷爷都会带着我和微河哥、微水哥来'庆三恒'买糕点吃，我特别喜欢吃酥皮京八件。菱莲，今天咱买酥皮京八件让鸿云兄尝尝。"

马菱莲在"庆三恒"买了两包酥皮京八件，三人又穿过街巷回家。家里的碗筷都让龚东阳的媳妇刷洗干净了。她正要准备晚饭。

龚微湖对侄媳妇说："今天的晚饭就不用做了，我们年纪大了，晚饭吃不了多少了，吃点买回来的糕点就行了。"

曹鸿运吃着糕点说："这酥皮京八件还真好吃，过两天离开时带一些回去，带到台湾让其他老乡也品尝品尝。"

"鸿运兄，你人在山东，还没忘记在台湾的山东老乡啊。"龚微湖也吃着一块糕点说。

南阳镇是个小岛，没有宾馆。晚上，曹鸿运的住宿让龚微湖犯了难，家里堂屋有一张双人床，是马菱莲的床铺。外屋有一张单人床空闲着。

龚微湖对曹鸿运说："鸿运兄，今晚要不叫菱莲去外屋睡单人床，我和你咱俩睡堂屋的双人床？"

"微湖，哪能这样安排呢，你和菱莲是夫妻，你俩应该睡堂屋的双人床，我可不能把你俩分开，我去外屋睡单人床就行。"

"那就委屈鸿运兄了，咱微山湖住宿条件有限，没有什么招待所宾馆的。"

"嘿，委屈什么，有张床晚上能睡觉就可以，再说了，我一个人睡单人床习惯了，你嫂子去世几年了，这几年，我都是一个人。"

虽说到了春天，气温回升，晚上还是凉飕飕的。马菱莲抱出一床薄棉被，龚微湖忙着搬棉被、铺褥子，因为觉得热，他解开了外衣。

曹鸿运一眼看见龚微湖脖颈里常年戴着的长命锁没了，便问："微湖，在台湾的时候，我见你常年戴着那个长命锁，今天你的长命锁怎么不见了呢？"

"哦，那年我回到微山湖的时候，就把长命锁摘下来交给菱莲保存了。我想呀，等哪一天我不在人世了，要把这个宝贝传给儿孙们。"

"那个长命锁可是个传家的宝贝，菱莲，你可得替微湖把这传家之宝保存好了。"

马菱莲说："我知道长命锁是传家宝，我会替微湖好好保存的，等以后好把传家宝留给子孙后代。"

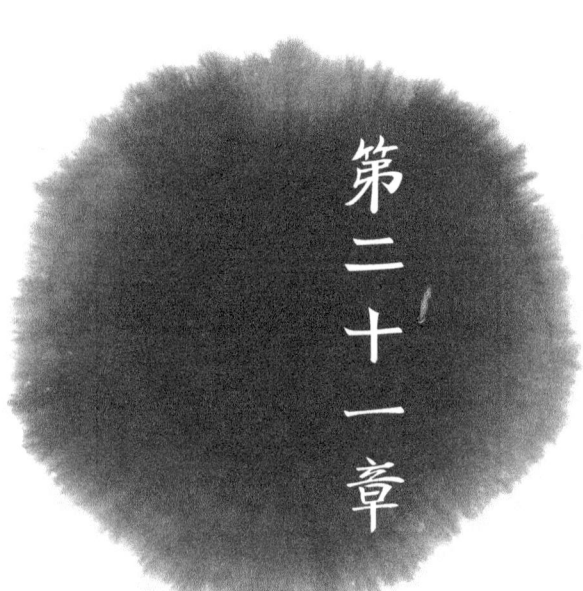

第二十一章

马菱莲买了酥皮京八件糕点让曹鸿运带着，龚微湖和曹鸿运一同离开了微山湖，两人从济南乘飞机飞到了杭州。

到了杭州，曹鸿运拿出糕点，说让在浙江的老乡们先尝为快。正巧这天，龚二阳从温州到杭州开会。

龚二阳见到了曹鸿运，亲切叫了声："曹伯伯。"两人拥抱了一下。

曹鸿运向龚二阳翘了翘自己的脚，说："二阳，瞧，我穿的鞋是你步天下出品的皮鞋，穿着它，我陪你爸回了趟山东老家。皮鞋的质量很不错，鞋底穿起来很舒服，像这种规格的皮鞋最适合中老年人穿，以后，步天下鞋厂可以大批量生产，专供国内外中老年客户穿。"

"好的，曹伯伯，我这次来杭州，就有外商预定中老年规格的皮鞋。中老年客户也是步天下鞋业发展的重要对象！"龚二阳对曹鸿运说。

曹鸿运接着说："二阳，杭州的会结束了，你可别急着回温州，你留在杭州陪我一天，我在杭州再停留两天也该回台湾了。咱爷们儿几个那么多年没见面了，见面了就要好好聚聚，我叫上家旺，叫上你爸、你大哥、三弟，还有其他的老乡，咱们一起到鲁菜馆吃饭，我做东。"

鲁菜馆大包间里，曹鸿运、龚微湖、杨哲齐、王数恒等人欢聚一堂。

曹鸿运打开一包酥皮京八件糕点，摆到桌上说："这是微山湖南阳古镇百年老店'庆三恒'的糕点，请老乡们尝尝。"

一包酥皮京八件糕点里面有花生板、黑芝麻饼、绿豆糕。曹家旺、王数恒等人品尝后，都对糕点赞不绝口。

杨哲齐说："曹前辈、龚前辈，你俩也尝一块呀，怎么光看着我们吃呢？"

"头几天我和微湖回山东的时候，已经吃了不少了。"曹鸿运说。

龚微湖说："酥皮京八件，我小的时候经常吃，我爷爷常常带我去'庆三恒'买糕点。"

"爸，您这么有口福，您小的时候就吃过这么好吃的糕点。"龚大阳说。

曹鸿运接着说："'庆三恒'的老板叫孔祥池，据说他是大圣人孔子的第七十六代孙。要说，在座的老乡们都有口福，都品尝到了孔子后代制作的糕点。"

"叔叔，你和龚叔叔回山东，还去了哪些地方？"曹家旺问曹鸿运。

曹鸿运说："我们老哥俩，这次回山东，只去了曲阜、微山湖两个地方。"

"曹前辈，您和龚前辈这次回山东，怎么没在济南停留几天呢？咱济南的名泉闻名遐迩，特别是用泉水泡制的大碗茶，解渴又解暑。"杨哲齐问曹鸿运。

曹鸿运说："这次回山东的时间有点紧，没来得及在济南停留。等下次我再回山东时候，一定会在济南停留，多走走多看看，口渴了喝碗济南的大碗茶。"

"叔叔，那你就在杭州多留几日吧。"曹家旺说。

曹鸿运笑着说："我不能在杭州再多停留喽，不然时间长了，酥皮京八件可就变成酥泥了。在台湾的老乡都等着品尝我带回去的山东特产呢。"

"叔叔说得是，早些把糕点带回台湾去，好让老乡们品尝到山东特产。"曹家旺说。

鲁菜馆内，老乡们都品尝到了山东的特色糕点，他们聚在一起有说有笑，谈论最多的还是山东经济文化的发展。老一代的山东人虽然身在异乡，但是他们没有忘根，时刻牵挂山东。新一代的山东人，正扬帆起航，为山东发展贡献自己的力量！

龚微湖借此问三个儿子："大阳、二阳、三阳，你们是哪儿人？"

"我们是山东人。"龚家三兄弟异口同声地说。

龚微湖语重心长地对三个儿子说："你们兄弟三个无论身在何处，都要时刻牢记我们是山东人，不忘本、不忘根。根系山东，情系山东。"

曹鸿运带上山东"庆三恒"糕点，乘飞机飞回了台湾。

龚微湖送走了曹鸿运，又恢复了往常的工作和生活。南方迎来了梅雨季节，整日阴雨绵绵。这一天是个难得的大晴天，微湖公司的院里聚集了一群人。龚微湖站在这群人后面，想看究竟发生了什么事。

人群最前方，陈郝站在那儿大声说道："各位工友，你们看看，太阳还是照常从东方升起！"突然，他话音一转："瞧瞧你们一个个的熊样，好像八辈子没见过钱似的，还追在我屁股后面向我讨债。就算我欠十个亿我都不怕，我是有背景的人！现在微湖公司就是我自家开的，你们一个个的还不老实，以后再不老实，我就直接断了你们的口粮！"

"陈总，港都公司没了，我们一家老小无法生活下去，迫不得已才找你讨债的。"人群里一个中年男子站出来说。

陈郝朝他呸了一口，说："放屁！我看你们都是存心找我的碴儿，存心跟我过不去！"

"不敢不敢！"中年男子连忙解释，"我们跟随陈家那么多年，没有功劳也有苦劳啊！"

"得了得了，别说那么多了，以后都给我老实点，甭动不动就翻旧账。否则，你们一个个的随时给我滚蛋！"陈郝不耐烦地恐吓他们。

人群中一个青壮年向陈郝抗议："陈郝，过去你在港都公司剥削工人的血汗钱，现在，微湖公司不是你的，你为何还剥削我们？"

"过去港都公司和现在的微湖公司，都是我自家开的，只是两家公司名字不同而已。"陈郝摆出一副盛气凌人的姿态。

青壮年接着说："难道我们又入了虎口不成？"

"我们现在每月的辛苦钱，被你陈郝扣掉一半，你陈郝就是个剥削者！"

"陈郝，你欺压员工、坑骗员工，你良心何在？"

人群中，你一声，他一语，都在责问陈郝。陈郝捂住耳朵匆匆离开了。

这时，员工们才发现，人群后面站着董事长龚微湖，大伙儿一下子都围拢过来，向董事长龚微湖诉说苦情。原来，这一部分员工是曾向陈郝追讨债务的港都员工。他们被微湖公司聘用后，龚微湖安排陈郝做这些员工的小领导，没想到，陈郝利用职务之便，扣押了这部分员工的工资。这些员工，一大早就来公司想找董事长龚微湖讨个说法，谁知先碰到了陈郝，被陈郝挡在了院里，陈郝这才有机会威胁他们。

龚微湖了解此事的来龙去脉后，向员工们保证："请工友们放心，陈郝扣押多少，就会补发多少。咱微湖公司，是人性化的企业，而不是黑企业。对陈郝，公司会严惩不贷、绝不姑息！"

员工们听了龚微湖的一席话，心里的秤砣落了地。

龚微湖想：又是陈郝，陈郝与陈浙港是父子，怎么爷俩的本性截然不同呢？唉，不为别的，为了去世的大哥，自己有责任教育好陈郝，决不能再让侄子走下坡道，要劝他走上正道。他把陈郝叫进了董事长办公室。

陈郝来到了董事长办公室，满脸堆笑地问："姑父，不、董事长，您找我有事？"

"对！我找你有事，还都不是小事呢！"龚微湖坐在办公椅上，点着了一支烟。

陈郝接着问："董事长，是不是我又犯大错了？"

"你自己犯了什么错，自己还不知道吗？"

"哦，就今早上的事吧？董事长，您可别听那伙人瞎说！他们的工钱，我该发的都已经发了，只是有一小部分奖金扣在了我这里。"

"陈郝，你为什么扣押工人的奖金？"

"我是想让他们多劳多得，所以奖金不能均发，均发奖金不能提高他们对工作的积极性，按劳分配才对。"

"你说的和你做的，都是为工人们着想吗？"

"一部分工人归我领导，我是领导，我说了算，至于奖金该发放给谁，我还做不了主吗？"

"一个企业的领导，首先要人正，事也要正，这样才是一个领导者。"

"我人不正，事不正吗？"

"我看你的所作所为，都需要纠正。"

"我是犯了什么错误？"

"陈郝，你属啥的？"

"我属狗的，狗改不了吃——"陈郝一句话没说完就捂住了自己的嘴，他意识到这是在自己骂自己。

其实，龚微湖问陈郝属啥是想提醒他，都多大年岁了，还不走正道。

龚微湖接着说："陈郝，你也老大不小了，在为人做事方面都要三思而后行。你在你表兄弟、堂兄弟之中，还是个老大哥，老大哥就要有老大哥的做派，特别是在为人处事上，要带头做好表率。你看看陈郴，他在步天下公司，已经是个中层领导了。希望你虚心进取，也能干出一番事业来！"

"姑父，不、董事长，您说得对，我应该给兄弟们做个表率，对工作尽职尽责。"

"陈郝，我老了，凡事都心有余而力不足了。过一两年，我不再担任董事长职务，我要告老返乡了，所以，我希望你能为了你自己，为了整个陈家，多一份担当，承担起应该承担的责任。"

"是，姑父，侄儿牢记在心。"

"人活着，要有一颗感恩的心，感恩父母、感恩社会、感恩世界上所有的人和事，让自己充满正能量！"龚微湖虽然开始时说要狠狠教育一下侄子，可是他说着说着，语气还是忍不住缓和下来，他希望侄子能做个心怀感恩的人。

陈郝被姑父教育后，他思想斗争了很久，对责任有了更深的认知，仿佛得了新生。

过了两年，龚微湖八十岁了，龚大阳兄弟三人说要给父亲庆八十大寿。

龚微湖婉言拒绝了，他说："我才八十岁，庆什么寿，八十岁还叫大寿？我的老师马孝贤，如今都过百岁了。我争取也活到百岁，到那时候，你们兄弟三人再给我庆百岁大寿。"

"爸，您现在已经四世同堂了，您的孙媳妇给您生了个重孙子，您给您的重孙子起个名字呗！"龚大阳说道。

龚微湖一听笑得合不拢嘴，说："大阳，恭喜你做爷爷了，我看为孙子起名的事，就交给你这个做爷爷的来吧。哈哈，时间一晃，我如今都成曾祖父了。"

"我查了新华词典，思考了老半天，给孙子起了个名叫龚平。"龚大阳说。

龚二阳接着说："大哥，你给孙子起名叫龚平，那等我也有了孙子，给他起名叫龚正。"

"你俩都给孙子起了名，我也预先给未来的孙子起个名叫龚成。"龚三阳说。

龚微湖接着三个儿子的话说："你们兄弟三人，大阳已经做了爷爷，二阳和三阳虽然还未做爷爷，但是你们都把孙子辈的名字起好了。这让我这个做曾祖父的，高兴得只管捋着胡子喝酒了。"他的脸上满满都是幸福感，他又对三个儿子说："人老了，最怕的是孤独，儿孙们各有各的家庭、事业，不可能常伴左右。我想我也该返乡了，我和马菱莲都老了，不能再天各一方了，不能再让她独守空巢了，我要回山东了。"

晚上，龚微湖给马菱莲打了电话，马菱莲在电话里告诉他，自己的老父亲已经与世长辞了，怕他听了难受所以没敢告诉他。但也有两个好消息：一个是南阳镇"庆三恒"糕点百年老店已被济宁市评为非物质文化遗产，另一个是鱼台至济宁的滨湖大道已经开通了。

龚微湖把公司全权交给了大儿子。龚二阳的步天下公司制作的鞋已经覆盖了整个亚洲市场，三儿子龚三阳现已把鲁菜馆连锁店开到了新加坡。三兄弟表示：他们名下的三家企业资产，也都是属于父亲的，父亲回山东老家后，如果有需要，三个儿子随时随地听从父亲的调遣。

龚微湖满怀对山东家乡的深情，踏上了归途。

第二十二章

杨哲齐也要回山东了，他的父亲病重，他身为长子，必须回到父亲的病榻前尽孝。他把公司委托给了三弟杨哲栋。

杨梅对杨哲齐说："大哥，我爸爸这次正好回山东，你也回山东，你爷俩结伴回去，这样我和大阳也放心。"

"我和龚前辈乘飞机从杭州直达济南，哲众开车到机场接我们。"杨哲齐说。

杨梅说："大哥，你应该称呼龚叔叔。"

"好，杨梅说得对，以后我就称呼龚前辈为龚叔叔，这样叫起来亲切。龚叔叔，咱们一起回山东，您可以在济南停留上几天，到趵突泉喝上几碗泉水泡制的大碗茶，您也可以跟我一起回家住，我家里妻子和女儿都能照顾您。如果您想回微山湖了，我可以开车把您安全送到目的地。"杨哲齐把龚微湖回山东的行程安排得妥妥当当的。

龚微湖说："谢谢哲齐为我想得这么周到。这几年，菱莲在山东算是个空巢老人了。等我回到了山东，老伴就可以陪我一起过晚年生活了。"

"龚叔叔，如果您回到微山湖不习惯，您可以和马阿姨一起到济南居住，我在济南还有空置的房子，到时候让您二老养老都没问题。"杨哲齐对龚微湖说。

龚微湖对杨哲齐说："哲齐，我回到山东后肯定会给你们添不少麻烦。人老了，手脚也不利索了。"

"龚叔叔，添麻烦这话，可把我们当外人了。"杨哲齐说。

杨梅接着对龚微湖说："爸，还是那句老话，一家人不说两家话。我大哥又不是外人，回山东有什么事，该麻烦还得麻烦他。"

"爸，我和二阳、三阳也会经常回山东看您的。"龚大阳接着说，"山东才是我们真正的家、真正的根。"

"大阳，你说得对，山东就是你兄弟仨的根，不能忘记，要时刻牢记在心。"龚微湖郑重地对大儿子说。

龚大阳接着对父亲说："爸，您这次回山东定居，衣物就不要带了，轻装回乡，减少负担，等回到山东后，衣服全买新的就可以。"

"大阳说得对，咱山东什么都不缺。"杨哲齐说。

杨哲齐订了两张杭州至济南的机票，龚大阳把父亲和杨哲齐送到了杭州机场。经过一个多小时的高空飞行后，飞机降落在济南机场。龚微湖和杨哲齐下了飞机，时间已经是傍晚了。

龚微湖这位曾经的台浙商人，终于在他耄耋之年，落叶归根，踏上了他朝思暮想的齐鲁大地。夕阳西下，秋日的晚霞像五彩斑斓的绸缎，折射出龚微湖对齐鲁大地的深情。此时此景，龚微湖想到了唐代诗人李商隐的诗句："夕阳无限好，只是近黄昏。"

北方的秋日比南方冷了许多，龚微湖收紧了衣领，身体感到一丝丝寒意。杨哲齐看了出来，他连忙脱下外衣给龚微湖披上了，说："龚叔叔，咱济南城郊这边比较凉，我扶您过去，哲众就在不远处的停车场等着我们呢。"

"咱北方的秋天比南方冷得多。"龚微湖说着，还冷得打了几个喷嚏。

龚微湖和杨哲齐一同上了杨哲众的车，在车上，杨哲众同龚微湖寒暄了几句。

杨哲众对杨哲齐说："现在五点多了，车开到市区也得六点多，正好是吃晚饭的点。我看，大哥你和龚叔一同到我的酒店吃晚饭吧，也算是给龚叔叔接风洗尘了。龚叔吃完了晚饭后，也可以住在我的酒店。"

"哲众，你带我们先到你的酒店吃晚饭，吃了晚饭，我带龚叔叔回家住，我已经给你嫂子打过电话了，叫她整理好了房间。"杨哲齐说。

龚微湖连连说："谢谢哲齐、哲众，我这次回山东，不再回浙江了，落叶归根，就在山东安享晚年了。以后，我这个糟老头，还得给你们添不少麻烦。"

"龚叔叔，您太客气了，您老人家回到山东，我们都是您的亲人，您以后在山东有什么需求，尽管说就行。"杨哲众说。

杨哲齐接着说："龚叔叔，大阳、二阳、三阳是您的亲儿子，我和哲众也是您的儿子。虽然他们哥仨没回山东，不能亲自照顾您，但是您老人家还有我们呢，在山东，我和哲众可以替他们照顾您、孝敬您。"

"哈哈，看来，我这个糟老头，回到了山东也不孤单啊！"

杨哲众开车到了济南市区，龚微湖透过车窗玻璃向外观望。济南的高楼大厦，巍然矗立，暮色笼罩了整个城市，城市里霓虹灯在闪烁。

杨哲众开车驶进了齐众大酒店，车停在酒店门口。杨哲齐和杨哲众一同把龚微湖扶下了车。三人步入酒店大厅，乘电梯上了四楼的餐厅包间。包间里，杨哲齐和杨哲众的家属们在等候。除了杨哲齐的女儿杨果及杨果的男朋友王优外，还有杨哲众的妻子郭红和儿子杨树。

杨哲众一推开包间的门，就笑了一声："杨家的家属们基本到齐了。"

"来来来，我来向大家隆重介绍一下，这位是龚叔叔，更年轻一些的可以尊称他龚爷爷,龚爷爷曾经是台浙商人。如今返乡安享晚年,各位家人多照顾。"杨哲齐向家属们介绍了龚微湖。

郭红连忙起身,道:"龚叔叔,欢迎您回到咱山东家乡,我们给您准备了鲁菜家宴。"

"龚爷爷好!"杨果、杨树、王优亲近地叫龚微湖爷爷。

龚微湖一看今天家宴上还有几个年轻的孩子,他摸了摸口袋,笑着说:"劳烦各位亲属了,孩子们叫我爷爷,我这个做爷爷的,回山东太匆忙,事先没准备红包,各位年轻的晚辈多谅解。等下次咱们再见面了,龚爷爷我一定送上红包。"

"送什么红包,他们都是大孩子了。杨果、杨树,快扶龚爷爷上座。"郭红连忙招呼着说。

杨果、杨树一左一右扶着龚微湖坐上了主宾的位置。杨哲齐和杨哲众兄弟俩各坐在龚微湖的两侧。

杨哲众问妻子:"郭红,你给龚叔叔泡铁观音了吗?"

"泡上了。"郭红回答说。

杨哲齐问女儿:"果果,你妈怎么没来呢?"

"我妈在家伺候我爷爷呢。"杨果回答说。

杨哲众对龚微湖说:"龚叔叔,这壶铁观音茶是用咱泉城的泉水泡制的,您尝尝味道如何。"

龚微湖端起茶杯,先嗅了嗅茶,接着喝了两小口,说:"嗯,好喝好喝,用泉水泡制出来的茶,与普通水质泡出来的茶,味道的确不同。"

龚微湖和杨哲众在一边聊用泉水泡茶的妙处。

杨果用胳膊肘撞了撞王优,暗示他给父亲打个招呼,王优这才主动叫了声:"杨叔叔。"

杨哲齐瞅了王优一眼,没说什么,只是微笑了一下。王优见杨哲齐表情不冷不热的，觉得有些尴尬，他坐在杨果身旁，也没敢多说话。

杨哲众叫来服务员菜，菜肴有年轻人爱吃的，也有适合老年人吃的。晚宴结束后，龚微湖跟随杨哲齐回家。

王优开车送杨哲齐等人回家，王优开的车是杨哲齐在济南时经常开的一辆黑色奥迪。王优开车把杨哲齐和龚微湖送到了花园小区的门口，杨果对父亲说她要和王优一起去逛商场。

杨哲齐对女儿杨果说："果果，不要回家太晚了。"

"知道了，爸。"杨果回应了一声。

杨哲齐带着龚微湖进了家门，开门的是杨哲齐的妻子苏玉。苏玉是一个服装设计师，中年的她，身材保持得依然很好，外貌形象与设计师身份很相称。苏玉见了龚微湖，礼貌地把龚微湖请进了家。

杨哲齐到洗澡间放了一缸洗澡水，对龚微湖说："龚叔叔，我家里有浴缸，您老人家泡个热水澡吧。"

"好，我泡个热水澡，泡热水澡能消除身体的疲劳，有助于睡眠。"龚微湖从杨哲齐的手中接过一件灰格子的男式睡衣。

杨哲齐又问龚微湖："龚叔叔，还用我来给您搓搓背吗？"

"不用不用，在浙江的时候，我经常一个人洗澡。"龚微湖拿着浴巾和睡衣进了洗澡间。

杨哲齐和妻子苏玉坐在客厅里的沙发上等候。

苏玉小声地对杨哲齐说："哲齐，你这是从哪儿又领回来一个老头？咱父亲病重，你还有心思来照顾别人家的老人？"

"苏玉，我不是给你打电话说过了吗？龚叔叔不是外人，是咱堂妹杨梅的公爹，老家是济宁微山湖的，过去他在台湾经商，后来回大陆在浙江经商，现在人老了，想着落叶归根了。这次，我俩一起从杭州回济南，在济南停留上几天，我再把他送回他老家。"

"嗯，知道了。"苏玉点了点头。

"苏玉，明天我把咱爸接过来，光靠保姆伺候，显得我这个做儿子的多不孝顺。明天，你带着龚叔叔去逛逛商场，给叔叔买几件秋天穿的厚衣服，北方的天气说冷就冷，叔叔回到北方可能不太适应，要让他注意保暖。"

"行，我知道了。"

"哦，对了，女儿找男朋友了，你知道吗？"

"知道啊，果果带他来过家里了。"

"哪儿人？"

"咱济南人。"

"今晚吃饭的时候见到了，他还开车把我们送回来的，我看小伙子长得挺英俊。不过，你这个做妈的一定要帮女儿把好关，千万不要让女儿嫁错了人。"

"女儿找对象，叫我这个做妈的多把关，那你这个做父亲的就袖手旁观吗？俗话说得好，女儿是父亲的小棉袄。"

"嘿！哪有家里的大老爷们掺和女儿找对象的事。"

"哼！你就是个大男子主义者！"苏玉哼了一声。

杨哲齐把龚微湖扶上二楼房间，打开了台灯。杨哲齐对龚微湖说："龚叔叔，今晚您好好休息，明天我让苏玉带您去逛街买点秋冬的衣服。"

"哲齐，辛苦你了！"龚微湖对杨哲齐道了声晚安。

第二天，苏玉开车带着龚微湖在市区兜了一大圈，他们在泉城路停了下来，准备步行逛街。泉城路是济南集购物、娱乐于一体的特色商圈，同时也是济南最繁华的商业街。整条路由长条石板铺成，极具特色。

龚微湖提议到芙蓉街看看，他对苏玉说："我早有耳闻，济南芙蓉街的小吃很有名，我也想去看看。"

"是的，芙蓉街里面有各色各样的小吃，我带您去看看。"苏玉带着龚微湖穿过泉城路，来到了芙蓉街。

芙蓉街是一条极具济南特色的小吃街，因街上有一名泉——芙蓉泉而得名。

芙蓉街热闹非凡，各种小吃五花八门。苏玉陪着龚微湖从南逛到北，又从北逛到南。

龚微湖感叹道："芙蓉街的小吃真是多啊！果然名不虚传！"

"有很多人都慕名而来。龚叔叔，您看您想吃些什么？"

龚微湖一边看着一边说："我想吃的挺多，不过，今天就不吃了，这么多的小吃，快把我看晕了。我得找个地方停下来休息休息，老胳膊老腿的，走多了路就不听使唤了。"

"叔叔，我扶您到对面的购物中心去，商场里面有椅子。虽然路两旁也有休息椅，我怕您坐在街上，风一吹会受风寒。"

"苏玉，你说得对，你想得还挺周到。"龚微湖对苏玉说。

苏玉搀着龚微湖来到了购物中心，在商场一楼找了座位休息。休息了一会儿，苏玉又扶着龚微湖乘电梯上了商场四楼男式服装区。

龚微湖试穿了几件上衣，最后选定了一件灰色的纯棉上衣。他翻了一下标签，心里唏嘘了一下：一件纯棉的衣服，这么贵呀！

苏玉看出了龚微湖的犹豫，她抢着到柜台结了账。

龚微湖一看苏玉帮着付了钱，他对苏玉说："苏玉，我买衣服，哪能让你掏钱，我有钱。"

"叔叔，我们给您买件衣服，这是应该的。哲齐嘱咐过我，说要给叔叔买一件保暖性强的棉衣，北方比南方秋冷得早，怕您老人家受凉。"苏玉说出的话很暖心。

龚微湖连连夸奖苏玉说："苏玉，你和哲齐都是孝顺的孩子。哲齐找了个贤惠的好媳妇，你也找了个好丈夫。我这个糟老头，跟着你们沾光喽！"

龚微湖夸奖苏玉，同时也夸奖了杨哲齐，苏玉听着很是高兴。苏玉又陪着龚微湖在商场转了一会儿，她问龚微湖还缺什么，龚微湖不好意思再买什么了，怕苏玉再抢着付钱。龚微湖走在前面，苏玉提着衣服跟着，两人出了购物中心。

苏玉开车载着龚微湖回了家，到家正好是吃午饭的点，苏玉忙着做午饭。龚微湖便到阳台休息、晒太阳。

杨哲齐从外面回家，带了一提兜吃的，他走到了厨房里问妻子："苏玉，你做午饭呢？你看，我买回来一些熟食，你再加热一下。"

"好，你先放在那儿，一会儿我再加热。"苏玉看了一眼杨哲齐，愣了一下，"哲齐，你不是说要把咱爸接回来吗？怎么没接回来呢？"

"哦，爸爸说他谁家也不去，还是自己的老窝好。我去超市给爸买了些营养品，家里有个保姆暂时照应着还行，这事过两天再说。今天你带龚叔叔逛商场买衣服了吗？"

"买了，买了一件灰色的棉衣，叔叔穿了很合身。"苏玉一边说，一边忙着做饭。

杨哲齐出了厨房，看见龚微湖在阳台上晒太阳，他走了过去，问："龚叔叔，上午去逛街了？您觉得咱济南这个城市怎么样？"

"嗯，济南这个城市还真不错，城美、泉美、人更美啊！"龚微湖为济南竖起了大拇指。

第二十三章

龚微湖在杨哲齐家住了两天后，决定回老家微山湖。杨哲齐夫妇挽留他在济南多住上几天，龚微湖却说："哲齐，我不能再给你们添麻烦了，你父亲病重，你要在病榻前尽心尽力地伺候他，百善孝为先，尽孝心是你这个做儿子应尽的义务。"

杨哲齐听着龚微湖对他的教诲，不住地点头。本来杨哲齐要亲自开车送龚微湖回微山湖的，但是杨哲齐的父亲病情突然恶化，他不得不在病榻前尽孝。杨哲齐安排杨果与王优开车把龚微湖送到微山湖。

龚微湖启程前先给侄子龚东阳打了个电话，龚东阳对叔叔说他到南阳镇西面的丁楼码头接他。龚微湖回老家之前，特意换上了苏玉为他买的新棉服。

龚微湖上了车，他担心年轻司机开车不熟悉路况，他对王优说："王优，咱们从济南回济宁，可以走京广高速，到了济宁再从滨湖大道到丁楼码头，我侄子在丁楼码头接我。"

"龚爷爷，您放心吧，我开车不岔道，咱车上有导航。"王优一边开车一边对龚微湖说。

龚微湖饶有兴致地说："嗯，现在科技是发达了，小汽车装上了导航，车开到哪儿也不会迷路了。"

从济南到丁楼码头，需要两个多小时。

龚东阳在丁楼码头等候。到了码头后，龚微湖邀请杨果和王优到南阳古镇游玩，两个年轻人平时都爱旅游，他俩很高兴地一同坐上了船，船从丁楼码头至南阳码头只用了十分钟。

杨果和王优先后跳下船，龚东阳扶着叔叔龚微湖下了船。龚微湖和龚东阳带着杨果和王优一起游玩了南阳古镇。中午龚微湖请他们吃了南阳湖的特色美食。杨果和王优离开南阳镇时，龚微湖还买了几样微山湖的特产，像莲蓬米、菱角米、咸鱼干之类的，让杨果和王优带回济南。

龚微湖和龚东阳叔侄两人走在南阳镇的商业街上。龚微湖问侄子："东阳，你这两年都干了点啥赚钱的买卖？"

"叔叔，不瞒你说，我用你给我的钱在咱微山湖里承包了两个大鱼塘，买了一辆三轮车，买了一只小型机动船。我把两个鱼塘里的鱼虾，先用船运到南阳周边的码头，再运到微山和鱼台县城的各大饭店，赚了不少钱。"

"东阳，你干得不错，靠着微山湖里的资源，也能赚不少钱。"

"叔叔，我再告诉你一个好消息，我二叔的儿子龚东明当上咱南阳镇的镇长了。"

"呵！东明他当上镇长了？咱老龚家终于出了个当官的了，可以光宗耀祖了。"

"光什么宗，耀什么祖？算是个七品芝麻官吧！"

"七品芝麻官也是个官呀！老龚家祖祖辈辈都是小商小贩出身，哪有一个能混个一官半职的？如今，龚家子孙当上镇长了，可喜可贺啊！"龚微湖得知侄子龚东明当上了镇长，他脸上也有光。

龚东阳去了他的鱼塘，龚微湖一个人沿着商业街步行回家。他在街口的地方，碰到了几个村里的老人，有的七八十岁，有的都奔九十岁了，龚微湖上前与他们交谈了一会儿。不远处有一群孩童，他们在街口处蹦蹦跳跳地玩耍。在南阳街上，很少看到有年轻人。

据镇上的老人说，近两年，镇上的中青年都外出打工了，剩下的老的老、小的小。老的都是些老弱病残的，小的都成了留守儿童。

龚微湖听了后心里很不是滋味，他想：镇上的年轻人都外出打工挣钱了，留下老弱病残的谁来管？如果在南阳镇上建一所老年公寓，可以把这些老人们都照顾起来，再在南阳镇上建一所希望小学，让这些留守儿童接受好的教育。这样，老有所养，小有所学，也解决了镇上外出打工者们的后顾之忧，等他们在外面挣了钱，可以再回乡创业。岂不妙哉！

龚微湖想着想着，就到了自己家门口。他一进大门，就看见马菱莲在院子里用干柴、旧报纸生炉子，她拿着破扇子呼哧呼哧地朝炉子里扇风。

龚微湖走近马菱莲，却被冒着烟的炉子熏得倒退了几步，咳嗽了几声。他问马菱莲："你看你生这煤球炉子干啥？"

"干啥？取暖做饭用呗，知道你要回来，怕你冷着，我得赶紧生好炉子呀！"马菱莲一边回答龚微湖，一边继续生煤球炉子。

龚微湖不解地问："取暖做饭用？现在家里还用这落后的玩意儿？不都是用电了吗？"

"啥都用电，那得费多少电钱呀，用煤球比电便宜，省一点是一点呀！"

"唉！我看你是大处不算小处算，你别再捣鼓了，你生了炉子我也没法用，我这几年气管不好，一闻到煤炭味就咳嗽。"

"微湖，我看你是越老越娇贵了。看，炉子生好了，火苗都蹿上来了。"马菱莲伸着脖子，看了看炉膛内的煤球。她从厨房里提来一壶凉水放到了炉上，"你怕闻煤球味，那就不把炉子提到屋里取暖了，留着在院子里烧热水用吧。"

"嗯！"龚微湖没再因生煤球炉的事与马菱莲较真儿，他换了个话题，"我这次回家来，家里怎么这么冷清？大嫂、二哥他们呢？"

"唉，大嫂、二哥去年都去世了。考虑到你也年纪大了，怕你听了伤心，所以没敢打电话告诉你。"

"唉！我的亲人们一个个都离我而去了。菱莲，你现在一个人住吗？没找个亲戚谁的来和你做伴吗？"

"有，咱外甥女春霞来咱家和我做伴，春霞每天给我做做饭、洗洗衣服。"

"春霞她人呢？"

"我叫她去买菜了，一会儿就回来。"马菱莲接着问龚微湖，"微湖，你口渴了吗？我给你泡壶茶吧？"

"现在咱们镇上吃的水还是微山湖里的水？"

"不是，是自来水。"

"我小的时候，吃的水都是微山湖里的水，那个时候，湖水清澈透明无污染。现在我看湖水大不如前了，水质变得浑浊了不少。"

"那是，过去湖里的水没有被污染，可现在湖周边的县区多了几家化工厂和药厂。听人说，有的化工厂、药厂的有毒废料一部分排到了微山湖里。如今，谁还敢吃湖里的水。"

"啊？这不是害了老百姓吗？这些工厂、药厂只顾挣钱，却破坏了环境，破坏了资源。"

"唉，老百姓都是敢怒不敢言，睁一只眼闭一只眼呗！反正现在也吃上自来水了。"

"我明天到镇上去反映反映情况。"

"得了得了，你这么大年纪了，多一事不如少一事。"

"嘿，马菱莲，你怎么越老思想觉悟越差了呢？"

龚微湖和马菱莲像两个老小孩，犟个不停。这时候，刘春霞挎着竹篮子，买菜回来了。

刘春霞见了龚微湖，亲热地叫了声："姨父。"

龚微湖对刘春霞说："春霞，你姨多亏你照顾了。"

"这是应该的，我在家也是一个人，正好来给我姨做个伴。"刘春霞把菜从菜篮子里拿了出来，放进厨房。她看见院子里水壶烧开了，又提起来倒进了暖水瓶里，接着给龚微湖泡了一壶茶。

龚微湖喝了自来水泡的茶，感觉味苦茶涩，跟泉水泡出来的茶简直没法比。但他没有说出来，这是他从小生长的地方，如今他自愿回到家乡，家乡的条件再艰苦，也不能怨这怨那的。

他在微山湖的生活算是安定了下来，每天有马菱莲陪着他在南阳湖到处转悠，有时坐在自家的院子里晒晒太阳。过了几天，微山湖下起了小雨，接着迎来了今冬的初雪。也许是水土不服、气候不适，龚微湖病倒了，他躺在床上，盖了好几床被子还觉得冷。刘春霞给他熬了姜糖水，马菱莲看到龚微湖这样，她害怕极了，赶紧给侄子打了电话。

龚东阳急急火火地回到家里，见叔叔病得不轻，他急忙背起龚微湖去了镇上的诊所。

医生诊断了一番，说："老爷子没什么大碍，就是风寒引起的高烧，打个退烧针，拿盒感冒冲剂吃吃。平时多喝水、多注意保暖。"

看完了病，龚东阳又把龚微湖背回了家，让他卧床多休息。龚东阳把电暖器拧开，一会儿屋子里就有了热乎气。马菱莲和刘春霞陪伴在龚微湖左右。

龚微湖不让马菱莲跟三个儿子说他生病的事，他说只是生点小病，如果给儿子们打电话说了，怕他们担心。龚微湖在马菱莲和刘春霞的细心照顾下，身体逐渐好转。这天清早，龚微湖在电暖器前取暖，他的手机铃响了，是大儿子龚大阳打来的。龚大阳对父亲说他和妻子正在省城济南。上个星期天，杨梅的伯父去世了，他和杨梅回济南奔丧。在济南办完伯父的丧礼后，他和妻子准备回济宁微山湖去看望父亲母亲。

龚大阳和杨梅从济南开车到了济宁，把车停在太白路上的一个停车场。两人在太白路上逛了逛，又步行到了太白楼的南门口。太白楼曾是唐朝诗人李白的故居，南门口有一家玉堂酱园。玉堂酱园是一家有着二百八十多年历史的"老字号"，生产各种酱菜，口味甜中有咸，老少皆宜。

龚大阳和杨梅从玉堂酱园买了几箱酱菜放到了车上，开车从滨湖大道到了丁楼码头，把车停在丁楼码头的停车场。龚东阳开了机船把龚大阳和杨梅从丁楼码头接到了南阳码头，陪同堂弟龚大阳和杨梅回了家。

龚大阳回到家，一进门就看见父亲守着电暖器取暖，气色不太好，便问："爸爸，我看你气色不太好，生病了吗？"

站在龚微湖两旁的马菱莲和刘春霞没敢吱声，龚东阳接过话说："这几天，叔叔的确生病了，打了针，吃着药，好多了。"

"我这小病小灾的，不碍事。"龚微湖说着，还咳嗽了几声。

杨梅说："爸爸在南方生活习惯了，乍一回老家来，气候、环境上都不适应。"

龚东阳接着说："咱微山湖一年四季空气是不错，可是一入冬，天就很冷。特别是一进腊月，微山湖就会大面积结冰，到时候，是进不来也出不去的。我担心叔叔再生了病怎么办？"

"东阳哥，不用担心，我这次来，就是想把爸妈接到济南去过冬的。济南气候干燥，冬天还有暖气，适宜老年人居住。我在济南市区给爸爸买了一处带院的房子。"龚大阳说。

龚微湖惊讶地问："大阳，你在济南给我买房子了？"

"是呀，爸，我在济南给你买了一处带院的房子，正好杨哲齐那里有空置的房子。"

"那咱得给人家杨哲齐房子的钱，不能白住人家的房子。"

"给了，我们兄弟三个分摊的。"

"好家伙，在济南买套房子，房子贵吗？"

"这年头，省会城市的房价都不低，杨哲齐卖给咱的房子还属于内部价呢。"

"我堂哥卖房子还能赚咱们家的钱吗？"杨梅说，她又接着对公爹说，"爸爸，你和妈俩人住进那房子里多好啊，冬天有暖气，免得再受冷了。等开春的时候，你和妈可以在院里种些花呀菜呀的。等你们到了济南可以再雇个保姆，帮着做个饭、洗个衣服，暂时照顾一下二老的生活起居。"

龚微湖很高兴儿子儿媳都这么孝顺。关于找保姆的事，马菱莲说话了："我和你爸到了济南后，就不用再另雇保姆了，我们带上外甥女春霞，有她照顾我们就行了。"

刘春霞跟龚大阳和杨梅打了招呼，给他俩倒水。

龚微湖又问儿子："大阳，你回山东来，浙江公司的事谁替你处理，是你表哥陈郝？"

"呵！我可不敢叫陈郝替我顶班，万一他把我的公司拆个七零八落的。我把公司事务交给了儿子，叫他暂时替我顶班。"

"子承父业，我们老龚家的子孙个个都是商界的佼佼者！"龚微湖骄傲地说。

龚东阳对龚大阳说："大阳，以后有时间了，你带着媳妇孩子，常回老家来，多看看多转转。"

"好的，东阳哥，以后父亲就长居山东了，我一定常回山东，回老家微山湖是必须的。"龚大阳对龚东阳说。

龚大阳叫父亲母亲和表妹，稍稍收拾一下带的东西，准备出发。

龚微湖对马菱莲说："菱莲，家里没啥可拿的，省城济南什么都有卖的。"

"哦，等等——"马菱莲想起了什么，"年纪大了，老忘事了，我得把咱那宝贝带上。"她说着，从枕头底下拿出来一个首饰盒，首饰盒里装着长命锁。

龚微湖笑了一下："都老糊涂了，还没忘记带这个宝贝。"

"家里还有多么值钱的玩意儿？还这宝贝那宝贝的。什么都不用带，到了济南，你们需要什么，我就给你们买什么。"龚大阳看着父亲母亲在家里磨磨叽叽，不耐烦地说。

龚微湖瞪了儿子一眼，说："你懂什么！我和你妈说的宝贝是长命锁，传家宝。多少钱也买不来的，这宝贝跟随我多半辈子了，我们可舍不得丢。"他又对老伴说："菱莲，把咱的宝贝带好了，带到济南去，以后咱俩到哪儿，宝贝也随身带到哪儿，长命锁就是我们的护身符。"

"微湖，你说得对，长命锁就是护身符，走到哪儿带到哪儿，保平安。"马菱莲把长命锁装进了内衣口袋里，摸了又摸，生怕丢了。

龚东阳开着船把龚微湖夫妇、龚大阳夫妇和刘春霞从南阳镇码头送到了湖西岸的丁楼码头。

龚大阳的车就停在丁楼码头。他们下了船，直接上了汽车。龚大阳开车直奔滨湖大道，回济南。

第二十四章

　　龚大阳为父亲买的房子，位于市中心英雄山路上。房子是花园洋房，带个小院。房子一楼有卧室、客厅、厨房、卫生间，二楼有三个房间。家具电器一应俱全。

　　龚微湖看了房子内的布置，他很满意。他说："我在济南住上有暖气的房子，这个冬天不会再受冷了。"

　　马菱莲和刘春霞楼上楼下看了个遍，这两个常年在农村生活的女人，从来没有住过这么好的房子，两人欣喜不已。

　　龚大阳和杨梅从超市买了菜，一家人在新家里一起吃了第一顿饭。

　　吃完饭，龚大阳在家里陪着父亲喝茶聊天，杨梅带着母亲和刘春霞去商场买冬衣。杨梅给父亲挑了一件羽绒服，又给母亲和表妹各买了保暖内衣、羽绒服。三个女人提着大包小包，笑逐颜开地回到了家。一进家门，三个女人就把包堆放到客厅的沙发上。

　　龚微湖一见，笑呵呵地说："今天你们购物收获颇丰啊！"

　　"爸，我也给你买了一件羽绒服。"杨梅说着，从大包里拿出来一件黑色的羽绒服，"爸,快到大雪了,你穿上羽绒服出门,别冷着了。"

　　"还是儿媳妇最孝顺，怕我冬天冷，还给我羽绒服。看见没大阳，你这个做儿子的都没想着给我买羽绒服。"龚微湖夸杨梅。

　　马菱莲接着说："微湖，你看，杨梅给我和春霞也买了新衣裳。"

"过冬的衣裳，爸妈、表妹，你们三个都有。"杨梅说。

龚大阳接着对父亲说："爸妈，你们和表妹这个冬天就在济南暖暖和和过个冬吧。"

"这个冬天，我们三个在济南有吃有穿有住。儿子儿媳都孝顺，我知足了，知足者常乐！"龚微湖喝了一口茶说。

龚大阳又对父亲说："爸，我和杨梅一会儿去杨哲齐那里，我从济宁带回来的玉堂酱菜，给他送过去两箱。还有几瓶玉堂豆腐乳，给你们放进冰箱了，你想吃的时候就吃。我车上还剩几箱，我准备带到杭州去，也让在浙江的老乡尝尝咱济宁的玉堂酱菜。"

"大阳，你和杨梅准备哪天回浙江？"

"明天就回浙江，趁这几天天气好，不然下了雪，高速公路封路就麻烦了。"

"也好，你带回去的玉堂酱菜，也给二阳、三阳一些尝尝。"

"哦，忘了告诉你了，三阳一家前段时间都去了新加坡。在曹家旺的帮助下，三阳去新加坡开了鲁菜馆，三阳的儿子去了新加坡留学。"

"三阳这个臭小子，一家三口出国了，他也没打电话告诉我一声。那浙江的几家鲁菜馆，谁来接管？"

"有几个在浙江的老乡来接管。爸，你就不用再操心了，三阳肯定都是提前安排好了才会出国的。"

"那你回到了浙江，抽空把玉堂酱菜送到温州，也让二阳尝尝。"

"爸，我知道了，我和杨梅出去了。"龚大阳和杨梅出门去给杨哲齐送玉堂酱菜。

龚大阳和杨梅临出门时，马菱莲追问了一句："大阳，你和杨梅还回来吃晚饭吗？"

"不回来吃了，妈，你跟我爸和表妹一起吃晚饭吧。"龚大阳说完，和杨梅去了杨哲齐家。

马菱莲和刘春霞翻出羽绒服穿上，让龚微湖看，马菱莲问："微湖，你看我们穿上好看不？"

"好看好看，看你俩穿件新衣裳高兴的。屋里这么热，你俩穿上羽绒服不更热吗？脱了，赶快脱了，等出门的时候再穿。"龚微湖对马菱莲和刘春霞说。

马菱莲让刘春霞把衣服放到了二楼的衣柜里。

济南的天气好时，马菱莲和刘春霞就一同陪着龚微湖去英雄山爬山活动筋骨，呼吸新鲜空气。

龚微湖和马菱莲老两口心里有数，两人多亏了刘春霞照顾。每到月底，龚微湖总是塞给外甥女一些钱，让她自己存着。刘春霞每天把家里拾掇得干净利落。

刘春霞在生活上是衣食无忧的，可是自从她来到济南后，却总是一个人站在窗口前呆呆地向外观望。做饭味道也大不如前了，偶尔多放盐，偶尔又没放盐。龚微湖夫妇注意到刘春霞的情绪。晚上，龚微湖问马菱莲："这些天我怎么发现春霞的情绪有点不大对劲呢？她总是一个人站在窗前发愣，她到底有什么心事啊？"

"是啊，春霞有什么心事藏在心底不说呢？"马菱莲也一时想不起来，突然间，她又想起来了什么，"哦，对了，我听春霞说起过，她女儿玲玲在济南，她是不是想她女儿了？"

"想女儿了，给女儿打电话见见面。母女之间，还有什么隔阂，有什么话不能说的？"

"唉！春霞的事，微湖你是不知道呀！"马菱莲向龚微湖说起了外甥女刘春霞不幸的婚姻遭遇——

刘春霞年轻的时候，在微山湖找了一个对象叫王志勇。王志勇是个文艺青年，在县文化馆里做文化宣传工作。那时，还是王志勇追求的刘春霞，两人谈起了恋爱，一段时间后就结了婚。两人结婚后一年，就有了他们的女儿王玲。后来，王志勇成绩突出，被调到了省文化馆。王志勇调到济南后，身价高了，看糟糠之妻不顺眼了。于是，他又结识了济南的一个文艺女青年，两人同居了。王志勇回到微山湖，堂而皇之与刘春霞提出离婚，那时候，王玲才两岁。王玲六岁前一直跟随母亲，她到了上小学的年龄时，王志勇回到了微山湖，他对刘春霞说要接女儿到济南上学，说省会城市的教育比农村好。刘春霞死活不同意王志勇把女儿带走，两人还因此打起了官司，最终，王志勇还是把女儿带走了。从那之后，刘春霞的精神好像受了打击，一个人胡言乱语地到处乱跑。刘春霞的母亲觉得女儿长期这样下去不行，就带着刘春霞到了当地的医院治疗。医生对她的精神、心理进行疏导，刘春霞慢慢有了好转。刘春霞和这位医生之间逐渐产生了感情。医生的年龄比刘春霞大二十多岁，他老婆因病去世，家里还有两个儿子已经成了家。刘春霞和医生组建家庭后，过了不到三十年，医生去世了。医生的两个儿子也不孝顺她这个后妈，刘春霞一个人在家过得孤苦伶仃，她回娘家后，哥哥嫂子冷言冷语挤对她。她只好去了马菱莲家，刘春霞说起自己的苦难遭遇，马菱莲很同情她，就让刘春霞搬到了南阳与她一起生活，两个孤寡女人同吃同住、相互照顾。

龚微湖听了刘春霞的不幸遭遇后，叹了一声："春霞也是个苦命人啊！"

"我看春霞那个原来的对象好比陈世美，春霞好比秦香莲呀！"马菱莲想起戏中的故事。

龚微湖说："你说的这是哪儿跟哪儿呀，当前的问题是怎么样才能帮春霞排忧解难、打开心结。"

午饭时，龚微湖对外甥女说："春霞，你有什么心事，不要闷在心里不说，说出来，我和你姨好一块帮你想办法、出主意。"

"我，我——"刘春霞咬了一口馒头，泪水哗哗地流下来。

龚微湖见状，忙安慰说："春霞，别急别急，你慢慢说。"

刘春霞喝了一口汤，把含在嘴里的馒头咽了下去，说："我来济南了，更想玲玲了。"

"玲玲住在济南哪个小区？我们去找她，你有玲玲的电话号码吗？"

"我有，可我不敢给玲玲打电话。"

"那为啥？"

"我以前给玲玲打电话的时候，玲玲接电话都被她后妈抢过去挂了，说我老打电话影响玲玲的学习。"

"玲玲的这个后妈还真霸道！难道后妈比亲妈还亲吗？"

"唉！孩子跟着人家，不听话是要挨打的。"

"春霞，当初你就不该把玲玲给他爸爸,你带着,省得母女分离！"

"玲玲的爸爸说省城的教育比农村好，我当时也考虑过，玲玲跟她爸到省城能接受更好的教育。自从玲玲到济南后，就很少跟我联系了，甚至连面也见不上了。现在玲玲早就大学毕业参加工作了，结没结婚不知道，我有好多年没见她了。"

"你这个闺女心也够大的！亲妈在微山湖牵肠挂肚地想她，她竟然不想着回微山湖去看看自己的亲妈，没有亲妈哪有她的今天？忘本忘根！春霞，你把你女儿的电话告诉我，我现在就给她打电话。"龚微湖说着，气就不打一处来，吃饭吃了一半摔筷子不吃了。

马菱莲还埋怨龚微湖："你看你，吃着饭生什么气呀？"

"姨父，你别生气，我不该向你说这么多。"刘春霞担心自己的家庭琐事惹得姨父生气，"姨父，这事你甭管了，随她去吧！"

"这事，我还真管定了！我就不信这个邪，多大的官、多高的身份，连个面也不让见？"龚微湖虽然八十岁了，但是说起话来依然中气十足。

龚微湖叫刘春霞找出她女儿的电话号码，龚微湖打了过去。还好王玲的手机号没有变。

王玲接了电话，一听对方是一位男性老者，还带有外地口音。王玲以为对方打错了电话。

龚微湖对电话那端的王玲说："玲玲，我是你姨姥爷。"

"姨姥爷？我哪来的姨姥爷？老先生，您打错电话了吧？"

"我没打错电话，也没找错人，我找的正是你。那你等等，我叫别人跟你通话。"龚微湖叫马菱莲接电话。

马菱莲接过来电话，对王玲说："玲玲，我是你姨姥姥，你还记得我吗？"

"姨姥姥？哦，想起来了，您是家住在微山湖的那个姨姥姥对吗？我记得。"

"玲玲，我让你妈给你说话啊。"马菱莲把电话给了刘春霞。

刘春霞接过电话道："玲玲，我是妈妈。"

"妈妈，你在微山湖姨姥姥家里吗？"王玲问。

"我不在微山湖，我现在在济南。"

"妈妈，我怎么没听说你来济南了呢？"

"我跟随你姨姥姥和姨姥爷从微山湖搬到了济南。"

"哦。"王玲确定了这个电话不是打错的。

龚微湖从刘春霞手里接过电话，他对王玲说："玲玲，你妈妈、姨姥姥都想你了，你在哪儿？我们去找你。"

"姨姥爷，天这么冷，你们不要来找我了，我去找你们吧，你们住在哪儿？"

"我们住在英雄山路齐众花园小区 A 区 1 号楼。玲玲，你啥时间过来，我们等着你。"

"我下午三点多去行吗？"

"行行行，我们都在家等着你。"

龚微湖挂断了电话，对马菱莲和刘春霞说："看看，我一个电话就把玲玲给叫来了，她说她下午三点多来找我们，我们下午不出门了，在家等着玲玲来。"

龚微湖和马菱莲吃过午饭，去午休了。刘春霞收拾着桌上的碗筷。她听说女儿下午要过来，高兴得坐也不是站也不是，光在客厅里收拾卫生。

下午三点左右，家里的门铃响了，刘春霞忙去开门，马菱莲也紧随其后。刘春霞打开了房门，王玲站在门口。

王玲身穿一件枣红色的羽绒服，头戴一顶枣红色毛线帽，她开口叫了一声："妈妈。"接着进了门。

马菱莲问王玲："玲玲，孩子，外面冷吧？"

"冷。"王玲只回答了马菱莲一个字。

马菱莲又对王玲说："玲玲，屋里热，你把羽绒服脱了吧。"

王玲脱下羽绒服，摘下毛线帽。刘春霞赶紧从女儿手中接过来，帮她挂到了客厅一角的衣架上。

马菱莲拉着王玲的手说："玲玲，过来见见你姨姥爷。"

龚微湖坐在客厅朝阳的茶几旁喝茶抽烟，正在出神。

马菱莲朝龚微湖叫了声："微湖，玲玲来了。"

"哦，玲玲来了。"龚微湖刚好抽完了一支烟，他把烟头摁到烟灰缸里，"玲玲坐下，快坐下。"

"姨姥爷。"王玲朝龚微湖打招呼。

王玲看着面前的这位姨姥爷，感觉很陌生。只见这位老者，上身穿一件灰格子的羊毛衫,前额头顶秃亮,后脑勺还有些稀疏的白发。他精神矍铄,面上既严厉又慈祥,有着与同龄老者没有的豪气。

龚微湖看着王玲,只见王玲身穿一件黑色的毛线衣,胸前佩戴一串晶莹夺目的项链。她头发披肩,眼神明亮,皮肤白里透红,极富年轻朝气。

刘春霞连忙泡了一壶茶。茶几中间摆着一套紫砂壶茶具,灰紫色的茶壶弯嘴鼓肚,六个灰紫色的小茶碗围拢在茶壶的周围。

龚微湖夫妇和刘春霞母女围坐在茶几旁。龚微湖让马菱莲给刘春霞母女分别倒上了茶,他乐呵呵地说:"人逢喜事精神爽啊!你们看我这个快入土的老头,又从天而降一个晚辈。"

"姨姥爷。"王玲叫了声,"我小的时候,我妈妈带着我去过微山湖,那时候我怎么从来没见过您呢?"

"玲玲,你没见过我,你妈可见过我。那个时候呀,你还没出生呢。那时我离家去了台湾,一直在台湾经商。后来才回大陆,先后在浙江的温州、杭州经商。"

"啊!姨姥爷,您现在回山东定居了?"

"是呀!我现在回山东了,落叶归根。"

"姨姥爷,那太好了,我在济南以后又多了一家亲戚,到时候来你们家串个门啥的,也有地儿喝茶了。"

"亲戚之间,就得你来我往,不然的话,那还叫什么亲戚呀!"

"姨姥爷,我看我妈在这儿跟着你和姨姥姥很享福,这我就放心了。"

"我这儿房子大,够住的,你妈在我这儿,不缺吃不缺穿的,总比她一个人留在微山湖孤苦伶仃好。再说了,你妈在济南,你们母女俩离得也近了,也能经常见个面了。"龚微湖给王玲端茶,让她喝口润润嗓子。

　　王玲从龚微湖的手中接过茶水，双手捧着紫色的小茶碗，豆大的泪珠滚落到了茶碗里……

第二十五章

　　王玲这么一落泪，刘春霞也跟着抹起泪来，马菱莲在一旁不住地安慰她们母女俩。龚微湖见状，想：王玲之所以这些年没回微山湖看望母亲，或许有她不为人知的苦衷？

　　王玲向姨姥爷诉说了她这些年来的经历。王玲跟父亲来到了省城济南，家里还有一个比她小上几岁的弟弟。后妈特别偏向自己的儿子，总是把好吃的好穿的给儿子。后妈还时不时地呵斥年幼的王玲，王玲受到后妈的呵斥后，一个人躲在房间里默默流泪，此时，她最想念自己的妈妈。好在王志勇在家的时候，家里有什么好吃的东西，姐弟俩能一人一份。王玲上高中的时候，吃住都在学校，偶尔周末回次家。父亲和后妈从来不给王玲多余的零花钱，没有零花钱，王玲就没办法买车票回微山湖看望母亲，刘春霞当年患病，王玲也不知晓。后来，她得知母亲改嫁给了一个医生。自从刘春霞改嫁后，王志勇就更不允许王玲再回微山湖了，直到王玲考上了大学。王玲上大学期间，找了一份家教兼职。她瞒着父亲和后妈，用做家教挣来的钱，买了一张回微山湖的车票。王玲在原来的家里，没见着母亲，她问了问村里的近邻，近邻对她说："你妈改嫁了，改嫁到了哪个村不知道。"王玲一无所获，她又问了几个人，好不容易问到母亲的地址，王玲决定去母亲改嫁后的那个村子去找一找。那天，刘春霞正和丈夫背着药箱为村民治病，夫妇两人只顾往前走，根本没有注意到背后有人注视他们。王玲没有追喊母亲，而是在背后注视了良久，虽然这次只看到了母亲的背影，但她看到母亲现在有人陪伴，有了一个家，她很欣慰，她放心地离开了微山湖。

王玲上大学时，父亲王志勇就患上了糖尿病，后来又成了尿毒症。这个本来就不太富裕的家庭，又多了一个病人，她后妈李秋燕感到身心疲惫，选择了与丈夫王志勇离婚，抛下丈夫、儿子、继女扬长而去，李秋燕的离开，使这个家庭雪上加霜。王玲大学毕业后，找到了一份工作，工资不仅要为父亲做透析治疗，还得给正在考大学的弟弟交学费，她单薄的身躯艰难撑起了家庭的重任。王玲早到了谈婚论嫁的年龄，还没有找到合适的对象，她照顾父亲之余，阅读了一些中外名著，开始了她的文学创作之路，文学承载了她苦难的经历，赋予了她精神上的富足。

龚微湖叹了一声："一个家庭的变故，对子女心灵上造成的伤害是不可扭转的。"

马菱莲说："玲玲，我们不知道你这些年还受了那么多罪！"

"玲玲，你爸爸现在怎么样了？"刘春霞追问女儿，她好像还对前夫放心不下。

"我爸爸现在是尿毒症晚期，他的时间也许不多了。"王玲低声说。

刘春霞听了嘴唇颤抖着说："玲玲，我很想去看看你爸爸，哪怕只伺候他一天。"

"妈，我爸他当年把你抛弃了，你不恨他吗？还想着去伺候他？"

"我和他夫妻一场，现在他有病了，我再恨他还有啥用呀？"

"妈，我爸他已经后悔了，他老是对我说他这辈子最对不起的就是你。"

"唉！你爸爸年轻时犯错，到老了也醒悟了。"

"我爸他现在醒悟也晚了，他的生命已经在倒计时了。"王玲坐在那儿，手里转着小茶碗。

龚微湖看到王玲无奈的眼神，他没再说什么，一个人起身上了楼，从房间卧室抽屉里拿出一沓人民币装进了信封内。他下楼来，递给了王玲，说："玲玲，这信封里有两万块钱，给你拿回去，你给你爸爸买点营养品，先解一下燃眉之急。以后，你有困难，就向姨姥爷言语一声，姨姥爷再帮助你。"

"姨姥爷，"王玲放下手中的小茶碗站起身来，"姨姥爷，我们第一次见面，您就给我这么多的钱，我不能收！"

"瞧你这孩子说的，虽然我们是第一次见面，但是咱们是血脉相连的亲人，按理说咱们两个早该认识了。"龚微湖把信封塞给王玲。

马菱莲接着说："玲玲，你姨姥爷又不是外人，给你钱你就拿着呗。"

王玲双手捧着信封，一时感慨万千，她从小到大，没有哪个亲戚这样慷慨解囊地帮助她。她深深地向龚微湖鞠了一躬，把钱收了起来。

刘春霞从衣兜里掏出来五千元现金，她对女儿说："玲玲，给你这现金你拿着，这钱是你姨姥爷给妈妈的零花钱，听说你要来，妈妈早就准备好了。这些年来，你没花过妈妈一分钱，妈妈总觉得欠你的。"

"妈，你好不容易攒个钱，怎么能都给我呢？我应该挣钱养活您才对呀！"王玲拒绝要母亲的钱。

龚微湖对刘春霞说："春霞，玲玲说得对，你攒的钱你自己留着。以后，玲玲需要钱，我这个做姨姥爷的再给她就是了。"

刘春霞听了龚微湖的话，把零花钱又放进了衣兜里。

龚微湖又换了个话题，他对王玲说："玲玲，你说你是搞文学的？好啊，等哪天咱祖孙两个也切磋切磋？"

"好啊！姨姥爷，我下次再来把我出版的小说集带来送您，请您指教。"王玲一提到文学，她就有点兴奋，刚才低落的情绪慢慢消散，她还勤快地给倒水。她接着说："姨姥爷，您居住在济南，那您一定要看看济南的三大名胜，趵突泉、千佛山、大明湖。"她向龚微湖简述济南三大名胜的文化渊源。

龚微湖听了王玲对三大名胜的简述后，感慨地说："济南是个人杰地灵的好地方，我定居在济南算是对了！我尤其喜爱济南的泉水，用泉水泡制的茶，悠香甘甜、回味无穷。喝着泉水泡的茶水，很想写几首小诗。"

"姨姥爷，您是个商人，也是个诗人。"

"哈哈哈，我可没有大文豪的文采，我只有小诗人的雅兴。"

"我期待您的诗作诞生！"

王玲在姨姥爷家逗留了半个下午，龚微湖留她在家里吃晚饭，她说要回去给患病的父亲做饭。龚微湖和刘春霞把她送到了小区的大门口。

龚微湖和马菱莲夫妇看到刘春霞的脸上重新露出了笑容，她爱说话了，做的饭菜也有味道了。

龚微湖见刘春霞的情绪正常了，他心里也高兴。这些天太冷他没出门，在书房里写了两首诗，一首叫《山东老乡》，一首叫《落叶归根》。

山东老乡

老乡，山东老乡，

出门在外，异地他乡。

流浪的脚步，深深浅浅，

家乡的路啊，还很遥远。
是你、是他、也是我，
我们都是山东老乡。

老乡，山东老乡，
携手并肩，创业异乡。
吃苦受难泪两行，
粗茶淡饭渡难关。
是你、是他、也是我，
我们都是山东老乡。

老乡，山东老乡，
苦尽甘来创辉煌。
人在外，心念家，
漂泊的游子终归乡。
是你、是他、也是我，
我们都是山东老乡。

落叶归根

嫩芽长成树叶，
绿色、像扇，
微风一吹，它会舞蹈。

冬日干枯，凋零待春，

胚胎在母体中，

吮吸着大树根系的血液冬眠。

万物复苏，枝丫崭露头角，

一片片，数片片，

争先恐后地微笑。

夏天，

它给人类送上清凉、绿境，

一日、两日……

秋日成熟，

绿色变成了金黄，

金灿灿的叶，

落叶归根，

根系大地。

  龚微湖即兴创作出了两首诗，他兴致勃勃地在书房里朗诵起来。他想着等王玲来了，他再朗诵给王玲听。

  可是过了一个星期，王玲还没有来龚家，龚微湖拨打了王玲的电话——关机。

  龚微湖从书房走下楼来，他守着马菱莲和刘春霞埋怨王玲："看看，我好不容易写出来两首诗，想与玲玲切磋切磋呢，她却关机了。"

  刘春霞听说女儿的手机关机了，她心神不定，生怕女儿出什么意外。

  龚微湖安慰刘春霞说："别急别急，玲玲的手机关机了，或许是外出手机没电了，咱们耐心等等。"

　　龚微湖一连等了半个月，王玲终于打电话来了。她说她一会儿就过来，龚微湖赶紧从书房里拿出来那两首诗稿，在客厅里吟诵。

　　王玲来到了龚家。她脸色灰暗，眼泡肿胀，穿着一身黑衣服。

　　王玲一进房门，刘春霞就一下子抱住了女儿，说："玲玲，你这些天去哪儿了？给你打电话光关机，快叫妈妈担心死了。"

　　"妈。"王玲叫了一声，眼里含着热泪，她把外衣脱下来，自己挂到了客厅的衣架上。

　　龚微湖还在那里自我陶醉地朗诵，他见王玲来了，高兴地说："玲玲，我写出了两首诗，待会儿我再朗诵给你听，你先坐下歇歇喝口水。"

　　"行。"王玲低垂着头，脸上没有笑颜。

　　龚微湖看到王玲的脸色，便问："玲玲，我看你的脸色不太好，究竟发生什么事了？"

　　"我爸他、去世了。"王玲说完，开始坐下来掉眼泪。

　　刘春霞一听前夫去世了，泪水也刷刷地掉下来，她责备女儿："玲玲，你爸病重的时候，我想去伺候他几天，你不让去，你爸临终前，你也没跟我打个电话，让我最后再见他一面。"

　　"妈，你不要太伤心了。我当时回家对我爸说过了，你现在就在济南，很想来家里看看他、伺候他。可是，我爸他死活不愿意见你，他临终前还对我说他这辈子最对不起的人就是你，只有来生再还了。"王玲说着，俯身给母亲擦泪。

　　马菱莲也安慰刘春霞："阎王路上无老少，人的命天注定，人想留也留不住，那有啥法儿呀。"

　　"没法儿，比我们有钱的人多了，有钱也不见得能买来命。"王玲摇着头说。

　　龚微湖刚才还想着把自己写的那两首诗朗诵给王玲听，可听到她父亲去世的消息，兴致也就没了。他看到王玲悲痛的样子，想以长辈的身份，安慰她几句，他说："人活在这个世界上，来也匆匆、去也匆匆，谁也无法回避生老病死。故人兮远去，活者惜生存啊！"

第二十六章

这次，王玲来了龚微湖家，只停留了一会儿就匆忙地走了。王玲不知怎么报答龚微湖对她的帮助，见龚微湖平时最爱喝泉水泡的茶，她想着去济南黑虎泉灌上两桶泉水给龚微湖送来泡茶，据说黑虎泉的泉水泡茶最好喝。

老济南人最爱来的地方，那就非黑虎泉莫属了。一早一晚，来打水的人总是络绎不绝。有很多外地的游客到济南，也喜欢到黑虎泉逛一逛，尝一尝黑虎泉的水。黑虎泉畔的打水人群，成了老城特有的一道景观。

周末，王玲对弟弟说："弟，帮姐个忙呗，帮我一起去黑虎泉接两桶水，我想给我姨姥爷送过去，我姨姥爷最爱喝泉水泡的茶。"

"姨姥爷？"王优从来没有听姐姐说起过，他们家在济南还有这门亲戚，"姐，我以前可没听你说起过咱家还有这门亲戚，莫非是你从哪里认了个干亲？"

"我是说我姨姥爷，是我妈的姨父。他是一位商人，八十多岁高龄了，如今回到了济南定居，我妈现在也跟着我姨姥姥他们一起在济南生活。"

"哦，原来是这么回事呀，你也是刚认亲不久？"

"是呀，我和姨姥爷他们刚认亲不久，他们也是刚来济南定居的。我小时候在微山湖也没见过我姨姥爷,他很年轻的时候就去了台湾。"

"姐，真想不到你还有个做商人的姨姥爷，幸会幸会。我帮你到黑虎泉去打泉水。"王优说着就从家里找了一条长绳子和一个空水壶，还找了一个大点的空塑料桶。

他和姐姐王玲一起乘公交车，去了。解放阁护城河南岸边的黑虎泉。

王优打了三壶泉水，才把空塑料桶给灌满。他把装满泉水的塑料桶扛到肩上，王玲提着水壶。姐弟俩又乘公交车去龚微湖家送水。

王玲摁响了门铃，开门的是王玲的母亲刘春霞。刘春霞看到了女儿身后还跟着一个小伙子，肩头上正扛着一桶水。

王玲一边进门一边说："妈，我和我弟来给我姨姥爷送泉水来了。"

王玲和王优一前一后进门，王玲帮弟弟把水放在了客厅。

这时，马菱莲从沙发椅处走过来，她笑呵呵地说："玲玲，你来了。"

王玲答应了一声，她连忙给王优介绍姨姥姥和母亲，说："弟，这是我姨姥姥，这是我妈。"

"姨姥姥，阿姨。"王优分别打了声招呼。

王玲问："我姨姥爷呢？"

"他在阳台上晒太阳呢。"马菱莲说着朝阳台处喊了一嗓子，"老伴，玲玲来了。"

龚微湖听到王玲来了，起身从阳台处走到了客厅。王玲赶紧让弟弟叫人。还没等王优叫出口，他与龚微湖四目相对，都愣了一下。

龚微湖笑呵呵地说："小伙子，咱们好像见过面了？"

"是的，龚爷爷，咱们见过面了。"王优道。

龚微湖拍了拍脑门，说："你是杨哲齐女儿杨果的男朋友王优，对吧？"

"是我，龚爷爷。"王优恭敬地回答。

王玲傻了眼，她看了看姨姥爷，又看了看弟弟，说："原来你们两个早就认识呀？"她高兴捶了弟弟一拳，微笑着责备道："好啊！你找了女朋友也没告诉姐一声？"

"姐，别生我气，这不，我还没来得及告诉你呢。"

"哼，我看你把我这个姐当外人了。"王玲嘟哝了一声，"弟，你谈恋爱比姐厉害，姐甘拜下风。"她又转过脸来，对龚微湖说："姨姥爷，我和我弟给您打来了一桶泉水，这泉水可是从黑虎泉取来的，您用来泡茶，一定更好喝。"

"是吗？黑虎泉泡出来的茶比其他泉水泡的茶要好喝吗？"龚微湖诧异地问。

王玲说："那当然喽！直接从黑虎泉泉眼接的泉水，清新甘甜。其他水也是地下泉水不假，可泉水和泉水之间是有差异的。不信您尝一尝就知道了。"

王玲让母亲拿来一个电热壶烧水。

龚微湖拿出一小袋茶叶，拆开了倒进紫砂壶内，刘春霞把烧开的泉水倒进了紫砂壶，特别的泉水泡制的茶叶，茶香味浓。

龚微湖端起小茶碗来，先闻了闻，接着喝了一口，然后竖起来大拇指说："嗯，黑虎泉泉水泡出来的茶，是比别的泉泡的茶好喝。来来来，你们也都喝上一碗。"

龚微湖、马菱莲、刘春霞、王玲、王优五个人围坐在茶几旁一起品茶。这时，王玲提议龚微湖朗诵他写的现代诗。龚微湖朗诵起他近段时间写的两首诗，《山东老乡》和《落叶归根》。龚微湖把他强烈的情感融入诗歌之中，一时间难以自抑。朗诵完了两首诗，他喝了几口茶润嗓子。

王玲先给龚微湖鼓掌，说："姨姥爷，您写的这两首诗真不错！以后，您多写上几首，攒多了我帮您出一本诗集。"

"哈哈哈，我八十多岁的人了，老了还能过一把诗人的瘾，我骄傲啊！"龚微湖忽然想起什么，"玲玲，你不是说你也是搞文学的吗？你写的作品呢，也让我来拜读拜读。"

"哦，我这次来，光想着给您送泉水了，忘记给您带书了，我下次来了，一定给您带来。我是写小说的，已经出版了两部长篇小说了。"王玲对龚微湖说。

龚微湖听王玲说她出版了两部小说，仿佛被惊着了，称赞道："玲玲，你真棒！你这么年轻，就出版两部小说了？可喜可贺！看见了没，未来的大作家就坐在我的对面，正与我一起品茶聊文学呢。"

"姨姥爷，您不要调侃我了，这年头，出上几本书算什么？出不了大名，成不了名副其实的大作家，生活还不是照样贫穷吗？"王玲却对现实表露出一分无奈。

然而，龚微湖却不这样认为，他对王玲说："古今中外的大作家、名诗人，都被称为人类的精神圣者！在这个世界上，精神食粮远远高于物质食粮。但是，精神食粮却必须基于物质食粮之上。"

"是呀，但是诗人作家们不是铁人，他们也需要吃饭穿衣。现在有很多未成名的小作家，都在生存线上挣扎，生活得很苦。"王玲透露出她内心的迷茫。

龚微湖说："当上帝关掉这扇门，一定会为你打开另一扇窗。无论干哪一行，都有成功者与失败者，人要有一双会发现美的眼睛。"

"姨姥爷，看来，我的思想境界还没有达到一定的人生高度啊！"

"玲玲，你还年轻，人生的这本书很厚重，你才刚刚打开了第一页。人生如泡茶，三遍四遍都是精华。你需要多学习，来增强个人的文化修养。这样，你以后写出来的小说才有价值！过上几年，你成名了，完全可以给我写本自传，我自传的名字都想好了，就以我写的诗《山东老乡》来命名。我可以给你讲述我在台湾以及回大陆后在浙江与山东老乡们一起经商的经历。等有一天，你把我的自传写完了，我做制片人，把《山东老乡》拍成电视剧。"

"哈哈哈，姨姥爷，您太有想法了，您想把您的自传拍成电视剧，拍电视剧是需要投资很多资金的，您有那么多钱吗？"

"呵呵！一个商人，没钱咋行？光我名下就有三家企业，还有众多山东老乡们的中外合资企业，都可以加入《山东老乡》电视剧的投资行列中来。"

"姨姥爷，最后再请教您一个问题，您曾是台浙商人，是不是台湾、浙江的经济发展水平比山东这边更高，南方的钱比北方好赚？"

"哪儿的钱都不好赚！哪儿的钱也都好赚！一个企业人要有睿智的头脑和宽广的胸怀，要善于捕捉商机。我从回到山东后才发现齐鲁大地遍地是黄金啊！"

龚微湖在这一次闲聊中，给王玲上了一堂人生哲学课。茶几边旁的马菱莲、刘春霞、王优把耳朵都听直了。

龚微湖喝着家乡泉水泡的茶，幸福感油然而生，再加上王玲和王优两个年轻人的青春气息感染了他，他仿佛又回到了年轻时代。他接着对王玲说："玲玲，快过新年了。过年的时候，你和王优一起来我这里过年，我置办年货，人多了热闹。"

"好啊好啊！姨姥爷，我和我弟今年过年就上您这儿来。"王玲高兴地说。

王优犹豫不决地说："我、我今年可能得去杨果家过年。"

王玲一听弟弟说今年要去杨果家过年，她不高兴了，说："弟，你还没结婚呢，你就想把姐扔下不管，不和姐一起过年？"

龚微湖帮着王优圆了个场，说："王优，你应该去杨果家过年，杨果是杨哲齐的独生女儿。不过，前几天，杨哲齐给我打电话，说大年三十的年夜饭，他邀请亲朋好友一起去杨哲众的大酒店过。"

新年了，济南这个美丽的城市，银装素裹，喜气洋洋。家家户户都购买年货，走亲访友、串门拜年。

龚大阳给父亲打来电话，说他和妻子今年一同回济南陪父母过年，龚二阳和龚三阳也分别给父亲打电话，提前给父母拜年。今年年关，龚微湖还接到了一个特殊的新年电话，是他在台湾的山东老乡曹鸿运打来的。龚微湖对曹鸿运说山东这边如何如何好，尤其是济南纯天然的泉水泡的茶好喝。曹鸿运对龚微湖说他年纪大了，想把在台湾的五金产业传给儿子曹家晖，还说他随时都可以从台湾回到大陆、回到山东。

年三十，济南市区禁止燃放烟花爆竹，每条街道上都挂满了小彩灯，闪烁的小彩灯点缀着泉城。

齐众大酒店包间里，龚微湖夫妇、龚大阳夫妇、刘春霞、王玲姐弟俩、杨哲齐一家、杨哲众一家聚在一起。

杨哲齐亲自给龚微湖斟酒，他第一个发表新春感言："龚叔叔，过年了，我代表我全家恭祝二老健康长寿！新年新气象！"他和在座的亲朋一同举起酒杯共祝龚微湖夫妇。

龚微湖起身感谢在座的亲朋对他的祝福。他从老伴马菱莲的手中接过一个大手提袋，拿出来一大沓红包，说："今年来陪我一起过年的孙子辈的，每个人都有红包。"他把红包给了杨果、杨树、王玲、王优。

接着，杨哲齐对龚微湖说："龚叔叔，这段时间，我没去看望您，还望前辈多谅解。我们公司又在济南南部开发了一处别墅区。为了做成这个项目，忙得我团团转。"

"哲齐，你回山东后又上了新项目，不错不错，祝贺祝贺！这几年，山东的房地产产业，呈现出蒸蒸日上的好势头，可以说是达到了一个黄金时期！"龚微湖对杨哲齐的公司大加赞赏。

龚大阳接着对杨哲齐说："大哥，你开发的别墅区，建好了也给我留一套。过上几年，我和杨梅也会回济南定居的。"

"哦，大阳，你们也想回山东定居？"杨哲齐问龚大阳。

龚大阳回答说："我和杨梅有这个打算。"

杨哲齐接着说："我们公司新开发的别墅区准备明年开春开盘。年前这段时间，我绞尽脑汁想招聘一个秘书，帮我处理公司一些杂事。我本想让杨果来公司帮忙，可是，女不承父业，却承母业了，女儿非要跟她妈干服装设计。愁死我了啊！"

"哲齐，你别愁，你不是想找个秘书吗？我倒有个合适的人选，王玲，她是搞文学的，出版了两本书了，文笔相当优秀，让她到你公司做你的秘书，我看没问题。"龚微湖向杨哲齐极力推荐王玲，"玲玲，还不快给你杨伯伯敬个酒。"

王玲按着龚微湖的意思，给杨哲齐斟了一杯酒，双手敬上。

杨哲齐接过酒杯，示意王玲坐下。他端着酒杯与龚微湖碰杯，说："龚叔叔，您推荐的人都是难得的人才，我破格录用她，给她开年薪三十万年薪。"

"年薪三十万？"王玲当场就吓了一跳。她心想：我现在干的工作，一个月工资三千元，一年到头累死累活才挣三万多，三十万是个什么概念？她明白，杨哲齐之所以给她开出这么高的年薪，完全是看在龚微湖的面子上。她心底感恩姨姥爷对她的帮助，于是，她感激地给姨姥爷斟了一杯酒。

这时，一盘脆皮花生仁正好转到了龚微湖的面前。一旁的王玲看到了，为了活跃气氛，说："姨姥爷，新春佳节，好酒配佳肴，您喝着酒，再嚼个花生仁，应该是最有味道了。"

龚微湖听了王玲这一说，呵呵笑开了，他知道，这是在故意调侃他，他说："'年轻时有牙没花生仁儿，如今有了花生仁儿，谁还嚼得动啊。'"

龚微湖用北京话说了这句经典台词，大家都笑作一团。

第二十七章

2017年10月，中央电视台官网频道直播党的十九大会议开幕会，全世界华人华侨满腔热忱地庆祝。

台湾，以曹鸿运为代表的山东老乡也通过手机直播收看党的十九大会议开幕会。龚微湖也坐在电视机前收看。

王玲为了能让姨姥爷更详细地了解党的十九大精神，她买了一部智能手机，教龚微湖用手机浏览新闻，还教他用微信与台浙的老乡视频聊天，相互交流。

龚微湖先给曹鸿运播了视频。

"鸿运兄。"

"微湖老弟。"

"我们在台湾的老乡们都收看了党的十九大会议开幕会。习近平总书记提到中国梦是国家的、民族的，也是每一个中国人的。我们每个身居异乡的中国人都有一个中国梦！梦想能早日从台湾回到大陆、回到山东定居。"

"鸿运兄，你的梦想一定能实现！哪天你从台湾回大陆了，就回济南定居吧，我也在济南定居了。等哪天你回到山东，咱老哥俩可以在济南一起喝着泉水泡的茶，一起面对面聊天了。"

"我从网上浏览过济南这座城市。济南是山东的省会城市，济南泉水是济南这座老城的魂。济南千百年来的城市发展，都与泉水有着最直接、最密切的关系。微湖，按照你说的，我也回济南定居，到时候，咱老哥俩同在泉城，每天有新鲜的泉水泡茶，这真是老有其乐哈！"

"鸿运兄，你回济南了，可以先来我家住。在济南，有我住的，也有你住的，你一切不用犯愁，我来帮助你。"

"微湖，咱山东老乡的兄弟情义，早已在你我的心里扎下了根。"

"鸿运兄，你说得对，咱山东老乡的兄弟情义，早已在你我的心里扎下了根。"

"微湖，我说了我的梦想，那你也说一说你的梦想。"

"鸿运兄，我的梦想是发展我的家乡。我的少年时期都是生活在微山湖畔，青年、中年和老年大部分的时光都在台湾、浙江经商，到了晚年才落叶归根。我作为山东人，我要回报生我、养育我的家乡，我准备为老家微山湖建一所老年公寓和一所希望小学。我心中计划了许久，准备 2018 年实现它。"

"微湖，我支持你！我们每个中国人都有一个梦，实现中华民族伟大复兴的中国梦；我们每个山东老乡心中也都有一个中国梦，为实现山东经济文化大发展而努力的梦！我提议，也算上我一个。"

"鸿运兄，我知道你这位游子的中国梦，大到爱国，小到爱家乡。鸿运兄，欢迎你回大陆、回山东。"

"微湖，咱们山东见。"

曹鸿运和龚微湖的视频聊天结束了。

龚微湖的三个儿子先后给龚微湖打来了视频电话，龚微湖把自己的梦想讲给了三个儿子听，三个儿子都赞同父亲。父亲回老家做公益，造福家乡的父老乡亲，很有意义。

龚大阳说："我准备在山东成立一家微湖文化旅游公司。我和一些老乡发现了山东旅游业的商机，例如济南的趵突泉、千佛山、大明湖，山东曲阜的孔府、孔庙、孔林等文旅项目。我与曹家旺合作的新加坡旅游项目正在运作之中。我明年开春就准备回济南，正式注册山东微湖文旅公司。届时，我也准备定居在济南，父亲，您年岁已高，我作为您的儿子，我要多陪伴您。"

龚二阳也向父亲说出了他的计划："我想让我的步天下鞋业冲出亚洲、走向世界，与多个国家的企业合作，为国内民营企业的发展注入一股新鲜的血液。"

龚三阳说："我要将鲁菜馆开到全国各地，开到全世界有华人华侨的地方。让身处异地他乡的游子都能品尝到来自祖国、来自山东的鲁菜。"

济南的春天，春意盎然，公园、街道两旁，花草树木露出新的枝丫，为这个城市穿上绿色的新衣。

龚微湖在英雄山公园处的广场晨练，一到春天，他就起得早。他晨练后，到小区附近买了早点回家。今天，他吃过早点，要出门找商务楼。大儿子和几个山东老乡近期要回山东济南创办文旅公司。他在英雄山路上转了一圈，找了几家商务楼都不合适。他给杨哲齐打了个电话让他帮忙。杨哲齐头几年在山东的时候，与其他房地产公司合建过两处商务楼，有一处就在英雄山路上，整体比较适合文旅方面的办公，租金也相对适合。杨哲齐带着龚微湖看了看，龚微湖表示很满意。

龚大阳即将离开浙江，他名下的产业将由他的儿子龚杨旭接替经营。龚大阳和曹家旺等人，一起回到济南注册成立山东微湖旅游公司。龚大阳向全省的山东企业人发起了振兴山东文旅业的邀请。龚大阳回到山东，以满腔热忱投入到山东文旅业发展之中。

龚大阳的梦想在改革开放四十周年之际实现了。龚大阳觉得自己的梦想实现了，可父亲的梦想还没实现，他要帮助父亲实现他的梦想。周末，龚大阳和妻子，买了些父母爱吃的点心水果，开车来到了花园小区。

龚大阳见了父亲，对他说："爸，我的梦想你们都帮我实现了，那您的梦想还没实现呢。爸，您的梦想就让儿子来帮您实现吧！您想在老家微山湖建一所老年公寓和一所希望小学。您看需要多少资金，儿子我资助您。"

"那太好了，大阳。我得先回微山湖去调研一下，看看南阳镇上哪个位置能建老年公寓和学校。我再与相关部门沟通一下捐建事宜。"龚微湖坐在茶几旁，喝着泉水泡制的茶，悠闲地抽着烟。

龚大阳接着对父亲说："爸，您哪天回老家，我开车送您。"

"我本来打算近两天就回去的，不过，你曹伯伯打来电话，说他近两天要回山东，他让我在济南等他，要跟我一起回微山湖去看莲花。我看我就不急着回老家，在济南等等你曹伯伯。"龚微湖对儿子龚大阳说。

坐在一旁的马菱莲听了却不太乐意了，她反问龚微湖："我说微湖，你想回老家捐建老年公寓和学校，有那么多钱吗？"

"马菱莲，瞧你说的，我经商大半辈子，没些钱咋行？"龚微湖有些生气地对马菱莲说，"看看，大阳、杨梅，我一说干点公益方面的事，你妈总是抱怨我，她不是前怕狼就是后怕虎的。老了，干点啥她都不支持我！"

"你都快九十岁的人了，还不停折腾个啥？"马菱莲接着说了一句。

龚微湖生气地对马菱莲说："我人老心不老！我做不了大慈善家，我可以做小慈善。一个人活着，要多做些利国利民的善事，积德行善、造福子孙。我之所以落叶归根，主要就是想回报生我养我的家乡。"

"微湖，我是怕你这么大岁数了，折腾来折腾去的，身体会吃不消。你看看你，还一个劲儿跟我抬杠，你这个犟脾气，到老也改不了喽！"马菱莲抱怨道。

杨梅说："爸，你看，不是我妈不支持您，是我妈她心疼您。"

龚大阳对母亲说："妈，您不用担心我爸，他人虽然老了，但是他精力很旺盛。人能有梦想是很可贵的，尽管让他放开手脚去实现他的梦想！"

"嗯，大阳、杨梅，你爸有你们支持他，我也放心多了。"马菱莲支持了龚微湖。

龚微湖的脸上有了笑容，他对马菱莲说："菱莲，我回老家捐建老年公寓和希望小学，儿子儿媳都支持我，你也支持我了。"

"微湖，你哪天回微山湖，我也跟着你回去，我一离开从小长到大的地方，心里还真有些想念。"马菱莲一提起回老家，顿时有些感慨。

龚微湖看着马菱莲，内心也是万分感慨。

第二十八章

曹鸿运乘坐的航班抵达济南机场。曹家旺和龚大阳开车前往机场迎接。

曹鸿运这次回山东济南后，直奔龚微湖的家。龚微湖已在家里备上了好酒好菜。龚微湖夫妇、龚大阳夫妇、曹鸿运叔侄俩和刘春霞围坐在一起，举办了一个既隆重又简单的家宴。

龚微湖特意用黑虎泉的泉水泡了一壶茶，他倒了一小碗，端给曹鸿运说："鸿运兄，你先喝一碗济南泉水泡的茶，品尝品尝。"

曹鸿运接过来小口小口地品着，他赞叹道："济南泉水泡的茶与其他水质泡制的茶，果然不一样。茶味悠香扑鼻，好喝！我再来一碗。"

曹鸿运一连喝了好几碗泉水茶，吃饭时，他又品尝了济南趵突泉酒。龚大阳先为曹鸿运斟满了一小杯，又为父亲斟满了一小杯。

马菱莲夹在龚微湖和曹鸿运中间，她招呼着："你们俩别光喝酒，吃菜，尝尝我们的厨艺。"

龚微湖和曹鸿运边饮酒边吃菜，曹鸿运还不时夸赞菜肴做得美味。

龚微湖对曹鸿运说："鸿运兄，你知道吗？今天的菜是菱莲和杨梅和春霞三个人烹炒出来的。"

"三个女人一台戏，都厨艺不赖啊！"曹鸿运接着说，"家有贤妻良母，才让人有家的归属感。不瞒大家，我的胃已经流浪好多年了。"

"哈！叔叔，你说你的胃流浪好多年了啥意思？"曹家旺刨根问底。

曹鸿运没有回答，只是喝了一口汤。

龚微湖说："鸿运兄自从失去了老伴，一个孤老头子在家里不愿做饭，常常是东一家西一家蹭饭吃。所以他的胃已经流浪好多年了。"

"知我者，微湖老弟也。"曹鸿运端起酒杯同龚微湖碰杯。

在座的龚大阳夫妇、曹家旺、马菱莲、刘春霞听了后，你看看我我看看你，都禁不住笑了起来。

龚微湖对曹鸿运说："鸿运兄，我们明天带着你逛一下济南。咱们逛完再一起回微山湖。"

"那好吧，微湖，在济南逛完我再跟你回微山湖赏莲花。"曹鸿运说。

第二天，龚微湖夫妇和刘春霞带着曹鸿运，四人乘车到了趵突泉。

春夏交替的趵突泉内，草绿花艳，绿竹茂盛挺拔，泉水争先喷涌。其中一处泉池旁，长着一棵柳树，纤细的柳条拂到水面上。在阳光的照射下，它仿佛一个妙龄少女，散开长发，以泉作镜，含羞梳洗。

龚微湖和曹鸿运两人各穿了一件灰蓝方格子的衬衣，外加一件夹克。他俩在趵突泉游玩的人群中，凹现出不凡的气质。他们来到了一处戏台子边，戏台子上正演山东经典吕剧《王小赶脚》。

龚微湖夫妇和曹鸿运、刘春霞四人坐在戏台子前的长木板凳上听戏。戏台子南边不远处，有个卖大碗茶的露天摊位，一元一碗，是趵突泉泉水专门泡制的大碗茶。他们四人在戏台子前听了一会儿戏曲，起身来到了摊位前。龚微湖和曹鸿运每人买了一碗大碗茶，马菱莲和刘春霞自带了水杯。

龚微湖端起一碗茶咕咚咕咚地喝了下去，喝完了放下碗，他抹了抹嘴角，说："趵突泉的大碗茶，喝起来过瘾！到了夏天真的热起来了，还是喝济南的泉水，防暑又解渴。鸿运兄，你再来一碗？"

"好，我再来一碗。"曹鸿运又喝了第二碗。

龚微湖和曹鸿运两人分别喝了两碗大碗茶，心满意足。两人哼着小曲在前面走着，马菱莲和刘春霞跟随其后，继续游逛趵突泉。四人上午逛完了趵突泉，中午在餐馆吃了顿泉水煮的饺子。下午，四人去了大明湖。大明湖的垂柳拂在水面上，有不少游客正在湖里划船嬉戏。

龚微湖问曹鸿运："鸿运兄，来大明湖，你也划划船吧？"

"不了，我看在大明湖里划船，还不如去你老家微山湖里划船。"曹鸿运站在大明湖岸边，眺望远方。

一天的时间，龚微湖带着曹鸿运游逛了两大景点。

又一天，四人一起去爬千佛山，还特地穿上了步天下的运动鞋。千佛山下，有几家卖拐杖的门店。龚微湖和曹鸿运各挑选了一根拐杖。

曹鸿运问站在一旁的马菱莲："菱莲，你也来选个拐棍呗？"

"我就不用选拐棍了，微湖他就是我的拐棍。"马菱莲幽默地说。

龚微湖和曹鸿运相视一笑，龚微湖又笑着说："我们都老了，我就是马菱莲的拐棍了。"

"老来伴，彼此都成了对方的拐棍了。"曹鸿运感叹道。

曹鸿运和龚微湖两人各拄着一根拐杖攀爬千佛山。当四人爬到千佛山山腰的时候，马菱莲和刘春霞就喊着爬不上去了，她俩累得直喘粗气，一屁股坐在了石头上，不爬了。龚微湖和曹鸿运两个人嚷嚷着要向山顶攀登，想爬到千佛山山顶，好站在高山上一览泉城的风貌。

"会当凌绝顶，一览众山小。"龚微湖大声地朗诵。

龚微湖朗诵的《望岳》，再次激起了曹鸿运攀登山顶的勇气。

曹鸿运也鼓励坐在石头上的马菱莲和刘春霞，一鼓作气爬到山顶去。

曹鸿运想把坐在石头上的马菱莲拉起来，由于用力过猛，他一脚踩滑，只听到"哎呦"一声，他崴了脚，疼得他直呼："哎哟哎哟，我的脚脖子崴了，爬不了山了！"说着一下子坐在了石头上。

龚微湖见状，急忙过来询问："鸿运兄，你崴脚了，没大事吧？"

"不行，喽！脚崴了疼得厉害，我现在是上不了山，也下不了山喽！咋整啊？"曹鸿运着急又脚疼，额头冒出汗珠来。

马菱莲和刘春霞见状也凑上前来。

龚微湖走到曹鸿运跟前，蹲下身子来，问："鸿运兄，你是哪个脚崴着了？"

"哎哟哎哟，左脚、左脚。"曹鸿运疼得不敢动了。

龚微湖把曹鸿运的鞋子脱下来，把曹鸿运受伤的左脚抱在自己的怀里，用双手轻轻地给他按摩着，说："我先给你捋一捋，活活血，我这就打救援电话。"

"微湖，不要打、不要打什么救援电话。我才刚回山东，就要先给山东添麻烦，不行不行，等会儿我的脚不太疼了，咱们再下山。"曹鸿运执意不让龚微湖打救援电话。

龚微湖不停地给曹鸿运按摩。过了一会儿，曹鸿运的疼痛缓解了许多，他执意要自己拄拐棍下山，龚微湖不让。龚微湖给龚大阳和曹家旺打了电话，叫他们俩来接他们。龚微湖感到很无助，他、马菱莲和刘春霞，他们三个人都背不动曹鸿运。只好等龚大阳和曹家旺来了。

这时，从山顶下来两个年轻人，两人看到了这边的情况，上前询问他们是否需要帮助。龚微湖向两个年轻人求助。两个年轻人二话没说，准备帮助他们把崴了脚的曹鸿运背下山。其中一个高大健壮的年轻人弯腰把曹鸿运背起来，另一个年轻人在后面扶住曹鸿运，一步一步走下山。马菱莲拾起曹鸿运的拐棍，龚微湖三人跟随两个年轻人一起下山。两个年轻人把曹鸿运安全地背下山、放在一块大石头上。这时，龚大阳和曹家旺赶来了。

龚微湖为了答谢两个年轻人，从钱包里掏出现金，两个年轻人婉言拒绝了，他俩说："不用客气，我们是千佛山的志愿者。"两人说完走远了。

曹鸿运朝两个年轻人的背影竖起了大拇指，说："咱山东的山美、水美，人更美！"

曹鸿运被曹家旺和龚大阳一左一右抬上了面包车。龚微湖、马菱莲、刘春霞也跟着上了面包车，一起去了医院。医生说："老先生的脚踝处有轻度拉伤，未发现骨折。要少活动、多休息。"医生给曹鸿运开了止痛消肿膏药。

龚大阳和曹家旺把龚微湖等人送回了花园小区，龚微湖让龚大阳把阳台上的竹藤椅搬到客厅，让曹鸿运躺在上面。

曹鸿运看着大伙儿因为他忙得团团转，内心很是愧疚，他对龚微湖说："微湖，你看看，我这一回到山东，就给你们添了这么多的麻烦，这该如何是好啊。"

"鸿运兄，瞧你，你把我们都当外人了？你心理上不要有什么负担，我龚微湖的家，也是你曹鸿运的家，你尽管在家里面住着，保持良好的心态静养。"龚微湖又叫儿子龚大阳把客厅里的沙发床打开，"鸿运兄，近几天你少活动，晚上你不要上楼休息了，临时在客厅睡沙发床吧，这样可以在客厅看看电视，可以同我们一起喝喝茶、唠唠嗑。等你的脚好些了，能走动了，再到楼上卧室休息，你看看这样可以吗？"

"可以可以，微湖，我一切都听你的安排。"曹鸿运说。

曹家旺看到龚微湖一家这般友善地对待自己的叔叔，他心里很感动。他对龚微湖说："龚叔叔，我看要不我给叔叔找个护工吧？"

"不用不用，家旺，你看家里面有我、菱莲、春霞，我们三个人都闲着，三个人来照顾他，你还有什么不放心的呢？你和大阳快回公司去忙吧。如再有事的话，我再给你们打电话。"龚微湖对曹家旺说。

曹家旺和龚大阳一起开车回文旅公司了。

过了两天，曹鸿运的脚消肿了。龚微湖还特地到中药店为曹鸿运买来了二两干红花，干红花泡水后，能起到活血化瘀的效果。龚微湖就叫刘春霞每晚给曹鸿运泡上一盆红花水泡脚。

这一天，龚微湖和曹鸿运正在客厅喝着泉水泡的茶追忆往事，龚微湖的手机铃声响了起来，是侄子龚东明打来的。龚东明在电话中和他商量了捐建老年公寓和希望小学的事，还说相关工作人员正等着欢迎他回乡。龚微湖对龚东明说他在济南有点小事，耽搁了两天，准备后天从济南回微山湖。

曹鸿运也听到了电话，他对龚微湖说："微湖，本来咱都说好的，我从台湾回到了山东，是要跟你一起回微山湖的。可是，你瞧瞧我多不争气，不能跟你一起回微山湖了。微湖，我这里有一张银行卡，卡里的钱你随便用。"

"感谢鸿运兄支持！你的心意我心领了。我回乡捐建老年公寓和希望小学有资金。"龚微湖让曹鸿运把卡收了回去。

龚微湖要回微山湖了，他把家里成员的分工都安排好了。刘春霞留下来照顾曹鸿运，龚大阳负责开车把他和老伴两人送回微山湖。

在回微山湖的前一天晚上，马菱莲又翻出了那个宝贝——长命锁。她对龚微湖说："微湖，咱们回老家得把咱这个宝贝带着，咱走到哪儿就把它带到哪儿。"

"嘿！不用带，放在这儿就行。"

"你说什么，放在这儿就行？那可不行！咱们不在济南这个家里，万一、万一……"

"万一被小偷偷走了？"

"嗯。"

"这个家里，不是还有两个人留下来看家吗？再说了，济南的治安在全国都有名，哪来那么多小偷小摸的，还专门来偷你的这个宝贝？"

"不管你咋说，我也得带上它。"

"好了好了，不用带来带去的了。我看这样吧，既然这长命锁是传家宝，龚家的传家宝理应传给龚家的长子长孙。明天大阳过来了，就把传家宝传给他吧，省得你放在哪儿都不安心。"

"也好，这样也去了我一块心病，宝贝放我这儿，我老是担心弄丢了。"马菱莲也同意把长命锁给龚大阳。

第二天一早，龚大阳开车来接父母回微山湖。马菱莲把珍藏了多年的长命锁给龚大阳戴上了，一再叮嘱，说这宝贝是能保平安的传家宝。

龚大阳戴上了父亲年轻时常戴的长命锁。在马菱莲的眼里，龚大阳更像他父亲了。

第二十九章

　　龚微湖回家乡捐建老年公寓和希望小学的消息，在整个微山湖传开了。当地人都笑着围到龚微湖的身边。有的老年人紧紧地拉住龚微湖的手，激动不已。有的孩童穿着裤衩，三五成群将湖里打上来的新鲜莲蓬送给龚微湖。家乡父老乡亲饱含感激的话语，感染着这位曾在外流浪半个多世纪的游子。

　　龚微湖在微山湖老家宅院住下了。龚东阳从自己的鱼塘里捞来了活蹦乱跳地鱼虾，他还叫媳妇和近邻，临时做起了龚微湖家里的大厨。

　　龚东明也来到了叔叔龚微湖家的小院里，还带来了镇上的书记王延飞和两个青基会工作人员。他们还特地带来了微山湖里的湖水，说是让龚微湖泡茶喝。龚微湖高兴地接了，让侄媳妇用微山湖里的湖水烧开了泡茶。

　　龚东明等人和龚微湖一起坐在小茶桌前，一边喝着微山湖湖水泡制的茶，一边商谈建老年公寓和希望小学的事。王书记向龚微湖详细介绍了南阳镇适合建老年公寓和希望小学的位置及捐建的其他事宜——

　　南阳镇的地形似一面琵琶，南窄北宽。在北巷处有闲置的土地，刚好可以建老年公寓和希望小学，是当地镇政府实地走访考察后才落实的。由于土地使用面积有限，那么就要在有限的地块上建更高的楼层。老年公寓建三层楼，一层是老年活动室，二层及三层是老年住所。希望小学建三层楼，一层、二层是教师，三层是教职工办公室和实验室。老年公寓和希望小学中间隔一堵墙，建期约一年。

王书记把关事宜向龚微湖做了详实的介绍，还让青基会工作人员，拿出了老年公寓和希望小学的建筑设计图纸。

龚微湖听了王书记的详细解说，又看了建筑设计图纸，他高兴地说："咱当地政府前期工作做得很好、很到位。我今天就把资金转到银行账户上，让老年公寓和希望小学尽快开工建设吧！"

王书记对龚微湖说："龚老，您回家乡捐建老年公寓和希望小学，实属个人慈善公益。我们讨论过，决定以您个人名字来命名，建成后的老年公寓和希望小学，将命名为微湖老年公寓和微湖希望小学。龚老，您看这样可以吗？"

"可以，以我的名字来命名，这是当地政府给予我的荣誉！感谢所有部门的大力协助，让我这个海外游子，在家乡实现了我的梦想！"龚微湖无比感慨地说。

龚东明接着说："叔叔，您捐建的老年公寓和希望小学，是咱济宁地区唯一的新型老年公寓和学校，是打造齐鲁样板的一大典范。"

"好、太好了！微湖老年公寓建成新型公寓，有电脑、棋牌室、活动室。老人们可以足不出户通过电脑看到外面的世界了。夏天有空调，冬天有暖气。隔壁还有孩童们琅琅的读书声。老人们在微湖老年公寓里，可以安度晚年了。等微湖老年公寓建好了，我和老伴也住进来，以后，我们就在家乡颐养天年了。"龚微湖说完，喝了一口茶水，润了润喉咙。

王书记端起茶杯喝了一口茶，他有话想对龚微湖说，又欲言又止。

龚微湖看出来了，询问道："王书记，您还有什么疑问吗？"

"龚老，有是有，不知当讲不当讲？"王书记有所顾虑地说。

龚微湖当场豪爽地说："王书记，您有话请讲。"

"好吧，龚老微湖老年公寓建成投放使用后，老人们在老年公寓里的生活起居、护理等方面每年还需要不少资金。我们可以给予一部分补贴资金，那后续的其他费用怎么办？"

"我忘了这个后续的事了，这个问题，王书记，您不用担忧。我虽然已经老了，但是我有三个儿子，我的三个儿子都表态了，支持我回家乡捐建老年公寓和希望小学！还有几位山东老乡，他们也都愿意提供资金。所以，王书记您就放宽心吧，老年公寓和希望小学后续的资金，保证及时到位。"

"龚老，您这么一说，我就放心了！"王书记打消了顾虑，"龚老，听龚镇长说您老人家爱喝茶，那您觉得咱微山湖湖水泡出来的茶，味道如何？"

"微山湖的湖水泡出来的茶，喝起来有些苦，与其他水泡出来的茶有区别。省城济南的泉水泡出来的茶，很甘甜。不过，微山湖的湖水虽然苦，但是喝了能止咳润嗓。微山湖是天然淡水湖，水质自然，有着它原生态的味道。"龚微湖赞美道。

四人一听龚微湖如此赞美微山湖的湖水，也都随之笑起来。

龚微湖停顿了一下，若有所思，接着说："我这几趟回南阳，都是从丁楼码头乘船过来的。我发现从丁楼至南阳区域的湖水水质变得浑浊了，微山湖湖水水质不应该这么糟糕。"

"哦，龚老，您说的是丁楼码头至南阳这段区域的湖水？由于外地来南阳古镇旅游的游客较多，来回载送游客都是使用机船，湖底的泥浆被翻卷上来，湖水就显得浑浊了。现在，微山县县政府正在对微山湖采取治理和保护措施。"王书记道。

龚微湖听了王书记的解答，他点了点头接着说："咱南阳古镇至今还没有通上公路，游客和当地居民进出还是靠船。如果能在微山湖上搭建一座桥就会方便多了。"

　　"叔叔，我告诉你一个好消息，咱南四湖特大跨湖大桥已经开工建设了，枣菏高速 2020 年建成通车。为了方便游客和当地居民，还将专门设计通往南阳岛的匝道。"龚东明向龚微湖说了这个好消息，"枣菏高速属鲁南交通大动脉，东起滕州市，向西跨越微山湖，经七县二十四个乡镇。南四湖上修建的特大桥，将是山东最大的跨湖桥梁。"

　　"好！太好了！修建跨湖大桥是件利国利民的大好事！以后，进出南阳就不用再坐船了，公路就直接通到家门口了。咱微山湖的水特产也可以用大车快捷地运输到各个城市去了。咱微山湖的父老乡亲们都能过上小康生活了。"

　　龚微湖与镇上的领导畅谈了微山湖的发展前景。最后，龚微湖跟随王书记一行人签了捐建老年公寓和希望小学的相关协议书。王书记一行人又带领龚微湖考察了即将建设老年公寓和希望小学的土地。

　　龚微湖站在那片土地上，心情难掩激动，他诗兴涌来，现场作了一首诗《家乡》：

家乡

微山湖，

万亩自然淡水湖，

养鱼养虾养螃蟹，

条条肥，个个胖，

养殖湖里有金矿。

富自己、富乡邻，

富了不忘咱国家，

小家大家都是家。

党的十九大，

不忘初心、牢记使命，

高举中国特色社会主义伟大旗帜，

前赴后继，

庆中国改革开放四十周年。

家乡，

微山湖，

万亩淡水湖，

种莲藕种芰、种芦苇，

绿的叶，芬的花，

朵朵瓣瓣潇洒洒，

致富又发家。

自然生态湖，

有鱼、有虾，还有湖莲花，

家乡微山湖，

美如画。

大家听了龚微湖朗诵的原创诗后，都鼓掌赞扬。

龚东明尤为高兴，他对龚微湖说："叔叔，您中青年时是商人，老年时是文艺诗人。叔叔，您文商并茂，是咱微山湖的骄傲啊！"

"哈哈，班门弄斧，各位见笑了。"龚微湖谦逊地抱拳。

龚微湖在微山湖的这些天里，每天都到工地上转上一圈，亲眼见证自己捐建的老年公寓和希望小学开工建设。龚微湖在老家停留半个多月了，可他的心里一直牵挂着老友曹鸿运，准备回济南家里看看。

龚微湖对侄子说："东明，我看老年公寓和希望小学破土动工了，我也放心了。老年公寓和希望小学的事宜，你们都多操劳呗！我近两天准备回济南，在济南的家里，还住着一位老乡呢，他前段时间逛千佛山不小心把脚给崴着了，所以只能留在家里养伤，我很牵挂他，想回济南看看他。等他的脚伤养好了，我们两个再一起回微山湖来。"

"好吧，叔叔，您准备哪天回济南？我安排车送您。"龚东明问。

龚微湖回答说："我准备后天上午吧。"

龚微湖要从微山湖回济南，他对马菱莲说："菱莲，你拾掇拾掇随身带的衣物，准备后天回济南。"

"微湖，咱刚回来才几天，怎么又急着回去？老家这个窝还没暖热呢，来来回回光折腾。"

"你回微山湖来不想回济南了？你不想回济南你就留在微山湖吧。反正，我得回济南去，鸿运兄脚崴着不知好了没有，我把他舍在济南的家里不管不问的，有些太不像话了。"

"你叫我一个人留在微山湖呀？那不行，那我也只好跟着你回济南。不然我一个人留在微山湖老家，还得麻烦近邻们来伺候我。"

"嗯，菱莲，你这就对了，我到哪儿你就得跟我到哪儿。"

"年轻时，我没跟着你南走北往的，年老了，我却跟着你南来北往的。"

"我老了，我是你的拐棍了，你也老了，你也是我的拐棍了。"

龚微湖牵起老伴的手，在微山湖的老宅院子里，慢悠悠地走了一圈。

第三十章

　　龚东明把叔叔和婶子送到了丁楼码头，乡镇上安排的车已停在码头等候。龚微湖和马菱莲上了小汽车，司机开车把两位老人送到济南。经过一个多小时的车程，车到了济南。龚微湖和马菱莲下了车，司机打开车的后备厢，从车上搬下来了两箱东西。

　　司机对龚微湖说："龚爷爷，这两箱鱼虾螃蟹，是龚镇长给您捎来的微山湖特产。"

　　"呵！东明，他还给我捎回来了这么两大箱特产？"龚微湖事先不知道侄子在他们没上车之前，就把准备好的鱼虾螃蟹放进了后备厢里。

　　司机把两箱特产搬到了龚微湖的家里，龚微湖看着门厅旁的两箱鱼虾螃蟹，对老伴说："菱莲，你看看侄子多孝顺，还给我捎回来了鱼虾和螃蟹。当了官的人，在为人处事上确实比一般人强。"

　　"微湖，你赶紧去坐下歇歇喝口茶吧，都坐了一路车了。"马菱莲催促龚微湖去坐下歇歇。

　　龚微湖走到客厅一看，客厅的沙发床收起来了，沙发上的沙发罩干净整洁。龚微湖纳闷："咦，人呢？鸿运兄的脚伤好了，春霞陪他出去遛弯了？"

　　"微湖，我给你泡了一壶茶，你坐下来喝口茶歇歇吧。"马菱莲给龚微湖泡了一壶铁观音。

　　龚微湖坐了下来，慢悠悠地喝着茶，他上下左右地观察着。过了一会儿，刘春霞和曹鸿运开门进来了，曹鸿运拄着拐杖。

刘春霞一进门就看到了那两个泡沫箱子，知道姨妈和姨父回来了。她对曹鸿运说："我姨父他俩回来了。"

"哦，微湖他俩从微山湖回来了？"曹鸿运一瘸一拐地走到客厅，"微湖老弟，你从微山湖回来怎么也不提前给我打个电话呢？都这么大年纪了，还玩空降游戏？"

"哈哈，玩空降游戏，我可有一个大降落伞，会随时随地降落在你面前。"龚微湖也故意调侃，他起身去扶曹鸿运，"鸿运兄，我看你的脚好了，能出去遛弯了？来来来，慢慢坐下喝碗茶，解解渴吧。"

龚微湖给曹鸿运倒上了一小碗茶水，曹鸿运一边喝茶，一边笑呵呵地看着龚微湖。

这时，刘春霞走过来问龚微湖："姨父，门口那两个泡沫箱子里是啥？"

"啊，我倒给忘了。"龚微湖忽然间想起来了，"那两个泡沫箱子里是鱼虾和螃蟹，是从咱微山湖带回来的特产。春霞，你赶紧把鱼拿出来放进冰箱里冷冻。虾和螃蟹就不要放冰箱了，虾和螃蟹要趁鲜吃。厨房里不是有口大铝锅吗？大铝锅底层放上虾水煮，上层放上螃蟹清蒸。"

刘春霞听了姨父的吩咐，去处理鱼虾和螃蟹。

龚微湖接着对曹鸿运说："鸿运兄，我从微山湖带回来的特产，待会煮熟了你尝尝鲜，尝尝湖水里养殖的螃蟹和海水里养殖的螃蟹，哪个蟹肉比较鲜嫩。"

"还是微湖老弟对我好，还想着带特产让我尝鲜。"曹鸿运一边给龚微湖的茶碗里添茶，一边给自己倒满。

龚微湖端起来小碗喝着，他说："这是我那个当镇长的侄子给捎回来的，让咱们尝尝鲜。"他说着，掏出来了一包烟，递给了曹鸿运一支，他自己也抽了一支。

也许是龚微湖和曹鸿运两个人同时抽烟烟味呛了些，马菱莲坐在一边被熏得咳嗽了几声。她有些生气地说："看看你们俩，又抽起烟来了，老了就少抽几口呗！微湖，我看你在老家没怎么抽烟，怎么一回到济南又抽上了呢？"

"嘿！在老家人家书记镇长的都不抽烟。我一个人抽有什么意思呢。这不一回济南烟瘾又犯了，与烟友一起抽上一支过过瘾呗！我俩还没抽上几口，你就被呛得咳嗽连天的，我看你是越老越娇贵了！"龚微湖说了老伴一顿。

曹鸿运当场摁灭烟卷，说："微湖，咱俩都别抽了，你看菱莲确实被烟呛着了。"

"我们在家里抽支烟还得受管制？唉！"龚微湖有些不情愿地把烟摁灭。

马菱莲也不想打扰龚微湖和曹鸿运一起喝茶抽烟的兴致，她退让了一步："你们俩慢慢抽吧，也是好不容易坐下来放松一下，我去厨房看看虾煮好了没有。"她说完去了厨房。

龚微湖闻到了从厨房里飘过来的香味，他对曹鸿运说："我闻到了虾和螃蟹的香味了，这么美味的特产，也得让济南的亲人们一起品尝才是啊，我给他们打电话。"

"微湖，你说得对，那你赶快给他们打电话，让他们过来一起品尝微山湖特产。"

龚微湖拿起手机，分别给曹家旺、杨哲齐、王玲、龚大阳打了电话，叫他们到家里来吃虾和螃蟹。半个小时后，众人陆续赶来——

龚大阳和杨梅提来两袋20斤的大米，准备中午蒸大米饭。杨哲齐和苏玉也来了，他俩带来了两瓶白酒和一条香烟。曹家旺提来了两个果篮。王玲他买来了龚微湖爱吃的酱豆腐、芝麻盐等济南名吃。

龚微湖家里平时没有这么多人一起吃饭，这次一下子多了十几口子人，很是热闹。龚微湖叫儿子在客厅里多加了一个饭桌，他乐呵呵地说："你们别看我老了，却很爱人多，热闹。来来来，大家一起坐下来，咱们开始吃螃蟹喽！"

刘春霞和杨梅从厨房里端过来一盆虾和一盆螃蟹放到饭桌中间。每个人的面前都摆放着一双筷子、一个小勺、一个碟子和一个小碗醋。

杨哲齐开了一瓶酒说："螃蟹属寒性食物，吃螃蟹得喝口酒去去寒气。来，龚叔叔、曹叔叔，我先给你们二老满上。"他说着，给龚微湖和曹鸿运各倒了一杯酒。接着又给曹家旺、龚大阳等人倒酒。

龚微湖招呼大家说："来来来，都趁热尝尝鲜，每人一个大螃蟹，都自己动手。"他从大盆里拿了一只螃蟹，放到了曹鸿运面前的碟子里，说："鸿运兄，今天在座数你年纪最大，先奖给你一个大螃蟹。"

"呵！把最大的螃蟹给我了。"曹鸿运看着又肥又大的螃蟹说。

龚微湖、龚大阳、曹鸿运、曹家旺、杨哲齐等人一同干杯。

王玲坐在龚微湖身旁，她拿起面前的螃蟹，把螃蟹盖掀开，鲜嫩的蟹黄香喷喷的。她用小勺挖出蟹黄，放到了龚微湖的碟子里，对他说："姨姥爷，蟹黄最有营养了，您多吃点。"

"嗯，还是俺玲玲最孝顺了。玲玲，你的蟹黄都给我了，那我的螃蟹腿都归你了。"龚微湖说着，他把整个螃蟹放到了王玲的碟子里。

王玲对龚微湖说："姨姥爷，我最近出版了两本书。一本诗集，一本小说集。"

"哦？玲玲，你又出版诗集和小说集了？好好好！祝贺祝贺！"龚微湖接着介绍说，"我这个重外甥女，文采不错，是个大才女哟！"

"姨姥爷，您看您把我夸的，我都快飘飘然了。"

"玲玲，在姨姥爷的眼里，你就是个大作家、名诗人。"

"我知道，姨姥爷您最疼我。"王玲吃着蟹腿说，"姨姥爷，您平时也多写些诗，到时候，我也给您出版一本诗集。"

"我出诗集？不行不行，我才写了几首诗，东一榔头西一棒槌的，我可不敢奢望出诗集。"

"姨姥爷，您怎么那么没有自信了？文化人要有足够的文化自信！您的文化自信哪去了？"

"是啊！我的自信哪去了？"龚微湖一脸茫然，他左看看右看看。

龚大阳鼓励父亲说："爸，您要树立起信心，写出脍炙人口的诗歌，积少成多，您以后出本诗集没问题！"

"是啊！龚叔叔，新时代大环境下，人人都要有文化自信，我们都支持您！"杨哲齐鼓励龚微湖，他端起酒杯，与龚微湖碰杯。

曹鸿运也端起酒杯同龚微湖碰杯，他也鼓励龚微湖："微湖，我相信你，你年轻时就酷爱古典诗词，如今，你回到了家乡，你要让更多的海外游子、山东老乡都读到你的诗歌。"

"感谢诸位的鼓励，我争取以后多写几首诗，能成为一个小有名气的山东诗人。"龚微湖在大家的鼓励下，增长了信心，"哦，对了，我这次回老家，我还写了一首诗。过会儿咱们吃了饭，咱们一起喝茶，我再给你们朗诵。"

龚微湖等人一起吃过中午饭。刘春霞和杨梅两人收拾了碗筷，龚大阳和王玲收拾了桌椅。龚微湖请大家围坐在客厅的茶几旁，一起喝茶消食。他给大家朗诵起了他的那首《家乡》。

龚微湖声情并茂地朗诵，迎来了大家一次又一次的掌声。

龚微湖在他的诗作中歌颂家乡微山湖，大家关心地问他这次回老家捐建老年公寓和希望小学的事。

曹鸿运先问龚微湖："微湖，你这次回微山湖捐建老年公寓和希望小学，进展如何？"

"很顺利！现在，微山湖老年公寓和希望小学的地基已初步建成，整个楼体正在建设中，预计一年后投放使用。"龚微湖兴致勃勃地说。

王玲对龚微湖说："姨姥爷，我可对您刮目相看啊！您老人家不光会写诗，还为家乡做起了公益事业？在咱山东济宁，您可称得上首善了。"

"我可不是什么首善，我只不过为家乡做了一件力所能及的小事。要说我最敬仰的一个人就是"世界杂交水稻之父"袁隆平院士。袁隆平院士才是中国名副其实的首善，他研发的杂交水稻解决了中国人的温饱问题。还有，袁隆平院士带领的技术团队，最新研发培育出一批海水稻，在山东青岛盐碱地稻作改良示范基地育苗栽秧了。金秋十月，黄海之滨，一片生长在咸水中的特殊水稻，将喜获收成。"龚微湖滔滔不绝地说。

龚大阳补充说："袁隆平院士的海水稻团队还在青岛启动了'中华拓荒人计划'。"

曹鸿运接着说："我从网上看过。我和微湖与袁隆平院士同是一个时代的人。现在，袁隆平院士八十多岁了，还奋斗在科研第一线。他是我们这代人、也是所有的楷模！"

"袁隆平院士是一位时代的耕耘者！他带领的技术团队研发的杂交水稻、海水稻，创造了中国农业的奇迹！"王玲对袁隆平院士心怀敬仰。

龚微湖说："我有一个梦想，就是在我有生之年，能有幸拜访袁隆平院士。"

"微湖，你别落下我，我也去。我们两个和袁院士是同一个时代的人，同一个时代的人一起，追寻新时代的中国梦！"曹鸿运感慨万千地说。

曹鸿运喝着小碗茶，问杨哲齐："哲齐，你的房地产公司在这个小区还有空置的房子吗？我想买一套，离微湖老弟近一点的。以后我们老哥俩走动起来也方便些。"

"哦？曹叔叔，您也想在济南买房子？这个小区里还真有一套空置的房子，正好与龚叔叔家紧挨着，一个单元楼，户型与龚叔叔家的户型一样。"

曹鸿运追问："你那套空置的房子，现在卖多少钱？我买了。"

"起初卖给龚叔叔房子的时候是内部价。现在卖给您也不能多收钱呀，还是按照内部价吧。"杨哲齐对曹鸿运说出了房子的底价。

龚微湖一听曹鸿运要在济南买房子，他有些纳闷地问："鸿运兄，你在我这里住得好好的，怎么又想着要买房子了呢？"

"微湖，我在你这里住得很好、很舒服，可这也不是个法子呀！我回山东来，我得有一个属于我自己的窝呀，将来我找个老伴，我也得给她一个家，给她一个归宿啊！"曹鸿运一边说着，一边下意识地瞅了一眼正忙着倒茶水的刘春霞。

龚微湖没有注意到曹鸿运的眼神，他一再追问："鸿运兄，你才回山东来，哪能这么快找到个老伴？你说你给她一个家，她是谁呀？她又在哪儿呢？"

"她在我心里藏着呢。微湖，这个秘密暂时不能告诉你。"曹鸿运继续对杨哲齐说，"哲齐，你给我个银行账号，我把房子的钱给你，房子的钥匙，你哪天交给我？"

"曹叔叔，我把公司的银行账号告诉您，您的钱一到账，公司人员会及时为您办理房产过户手续。房子是精装修，可以拎包入住，当天就可以交给您房子的钥匙。"杨哲齐将公司的银行账号给了曹鸿运。

曹鸿运对杨哲齐说："等会儿咱们散了场，我就去银行把房款转给你。"他想早点拿到房子的钥匙，"家旺，一会儿你开车陪我去银行。"

"好的，叔叔。"曹家旺问杨哲齐，"杨总，我也想在济南买套房子，你市区还有空置的房子吗？"

"哦？家旺，你也想在济南买房子？可市区没有空置的房子了。不过，我建议你，买南部的别墅房，独门独院，周围空气好、环境好。大阳也在那里买了一套大户型的。你可以去看看，大中小户型都有，你看好了想买的话，再找我，我卖给你的绝对是优惠价。"杨哲齐向曹家旺推荐起来自家公司的别墅房来。

龚微湖一听曹家旺也想在济南买房子，心想：这叔侄俩，还真凑巧。他问曹家旺："家旺，你叔叔想在济南买房子，那是他想在济南找个老伴，你想在济南买房子，是想携家眷从新加坡回到山东来吗？"

"龚叔叔，我想法跟我叔叔一样，我要给未来的那个她一个家。"曹家旺同样也没说出"她"是谁。

龚微湖看着曹鸿运和曹家旺，他们叔侄俩的脸上都洋溢着神秘的笑容。龚微湖心中纳闷：这对叔侄俩心底那个"她"究竟是谁？

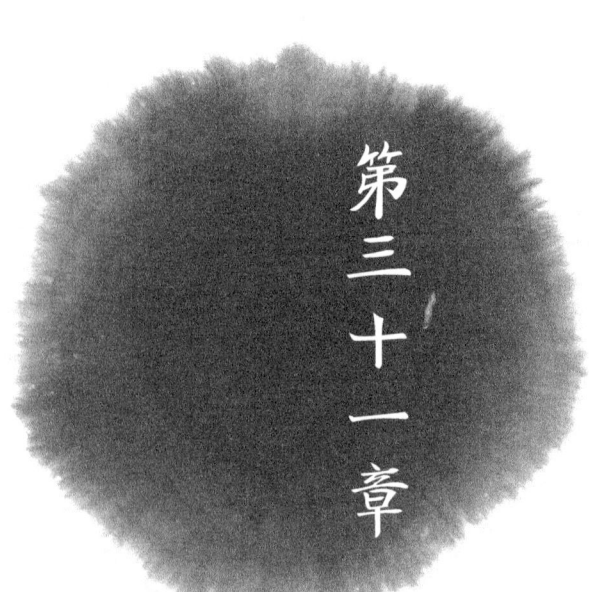

第三十一章

　　这天晚饭后，龚微湖和马菱莲提前上楼睡觉了，曹鸿运和刘春霞还在一楼客厅看电视。

　　龚微湖对曹鸿运和曹家旺叔侄俩急着在济南买房的原因百思不得其解。他对躺在旁边的老伴说："菱莲，你说，鸿运兄刚从台湾回到山东没几天，他就急着在济南买房，说买房子是为了'她'，他口中所说的那个'她'会是谁，又在哪儿呢？"

　　"微湖，今天中午你没发现吗？鸿运兄说话时眼睛一个劲地瞅着一个人。"马菱莲让龚微湖回想一下中午饭时的情景。

　　龚微湖侧过身来问："嗯？我当时还真没注意到什么。菱莲，你说鸿运兄所说的那个'她'是谁呢？"

　　"微湖，你猜他说的那个'她'能是谁，你说咱家里面有几个女人呀？"

　　"莫非鸿运兄所说的那个'她'，是春霞？"

　　"我觉得十有八九是春霞。"

　　"那鸿运兄当时为啥没说，为啥还绕弯子呢？"

　　"当时有那么多人在场，人家可能没好意思说呗！"

　　"好个曹鸿运，还想瞒着咱们。"

　　"我想他会找个适当的时候告诉你的。"

　　"反正我不问他，看他啥时候向我坦白。"龚微湖说。

　　第二天清早，龚微湖和马菱莲起床后下楼洗漱，在一楼却没有看到曹鸿运和刘春霞两个人。

龚微湖猜测可能是他们昨晚看电视看到太晚，还没有起床。他洗漱完便走到了阳台，开始练习太极拳。

在龚微湖练到最后一个动作的时候，曹鸿运和刘春霞从外面买早点回来了。

曹鸿运进门后喊了一嗓子："微湖、菱莲，过来吃早点喽！"

"原来他俩没在睡懒觉，而是出门去买早点了。"龚微湖嘟囔。

刘春霞从厨房拿出来碗筷，曹鸿运把早点分别放到每人的碗里。龚微湖和马菱莲走过来，四个人坐在餐桌前。龚微湖一脸严肃，也不说话。

曹鸿运把包子和小米粥放到龚微湖面前，笑盈盈地说："微湖，我知道你最爱吃的早点就是包子和小米粥。在台湾的时候，你不是还开过包子铺吗？"

龚微湖嗯了一声，还是不说话。他用筷子夹起包子，一边吃一边喝着小米粥。

刘春霞看了看龚微湖的神情，她转过脸来，小声地对曹鸿运说："我看我姨父今天不大高兴。"

"呵呵！我知道他今天为啥不高兴，等会儿吃完了早点，我把秘密告诉他，他就会高兴了。"曹鸿运没有在意龚微湖的情绪，他用筷子夹了根油条放进了刘春霞的碗里。

曹鸿运、刘春霞、马菱莲三个人边吃着早点边说着话，龚微湖只是"嗯""啊"地回应两声。

吃完了早点，刘春霞起来收拾碗筷，龚微湖、马菱莲、曹鸿运三人到沙发上坐了下来。刘春霞走过来，泡了一壶铁观音，又回厨房去刷碗。

龚微湖坐在客厅沙发上跷着二郎腿板着脸，一句话也不说。曹鸿运递给龚微湖一支香烟，还十分殷勤地为他点着了。过去都是龚微湖主动给曹鸿运递烟、点烟。

刘春霞刷完碗筷来到客厅。茶几上，紫砂壶里的铁观音已经泡得入了味。曹鸿运给刘春霞使了个眼色，刘春霞明白曹鸿运的意思，她先给姨父倒上了一小碗茶，接着又给姨妈倒上了一碗，给曹鸿运倒上了一碗，最后才给自己倒上了一碗。然后，她屈膝坐在茶几旁的小板凳上，双手攥拳。

曹鸿运这才对龚微湖说："微湖，我有个秘密对你隐瞒了许久，本该早些天告诉你的，可我考虑着时机总是不那么成熟，所以没敢向你说出来。前些天我不慎崴了脚，留在家里静养，正巧你回了老家。这些天里，我不能走动，都是你外甥女刘春霞给我端吃端喝。每天晚上，春霞还用你给我买的草药给我泡脚，还执意亲手为我洗脚。每当她为我端来泡脚水，亲手为我洗脚时，我总是默默地注视着她，我发现春霞她是一个心地善良的好女人。在春霞无微不至的照顾下，我的脚能慢慢走动了，我很感谢她。我和春霞成了无话不说的好朋友，我谈我的人生，她谈她的人生。她向我说起，她曾经有过一次不幸的婚姻，至今未再嫁。这些天，我俩相互了解，彼此之间产生了感情。我如今也是孤家寡人一个，我决定向春霞求婚，郑重地娶她为妻。"曹鸿运一股脑儿把话都说了出来，说到感动处，他还饱含热泪。

龚微湖听了曹鸿运的话，亲自为曹鸿运倒了茶。他说："曹鸿运，你可真行啊！你用友情的铁锹撬动了我亲情的墙角。"

"友情加亲情等于亲上加亲。"曹鸿运回道。

龚微湖反问曹鸿运："是吗？友情加亲情等于亲上加亲？"他接着又问外甥女刘春霞："春霞，你这位所谓的曹伯伯，他比你的辈分长，比你大三十岁呢，你可考虑好了，你真的愿意嫁给他吗？"

"我愿意，我愿意。"刘春霞脱口而出。

龚微湖看着外甥女的表情，他笑了，说："你愿意，他也愿意，你俩都愿意，那我也没有什么反对的了。"

这时，马菱莲提出了一个疑问，说："如果春霞和鸿运兄结为夫妻，那以后，咱们见了面都怎么称呼对方呢？"

"这个……"曹鸿运支支吾吾地不知该怎么说。

龚微湖说："我看，称呼这个问题好办，按照咱们山东传下来的老规矩，各亲各叫呗！"

"微湖，你说得对，按照咱们山东的老规矩，各亲各叫！"曹鸿运也赞同龚微湖这一说法。

曹鸿运和刘春霞两人的真情终于感动了龚微湖，龚微湖最终还是默认了他们二人的关系。由于曹鸿运的脚还没有完全康复，不能走远道，龚微湖就陪他在小区内的绿化带广场边晨练。

一个星期后，曹鸿运买的房子手续都办齐了。曹鸿运提前跟杨哲齐说了，他自愿把济南的这一处房产，过户到刘春霞名下。

曹鸿运买的房子就在龚微湖家的隔壁。曹鸿运拿到了房子的钥匙，他高兴地带着刘春霞去看属于他们的家。

刘春霞在宽大的客厅里转来转去，她站在客厅大喊了两声："啊！我有房子了！我有个家了！"

"春霞，这是我送给你的礼物！一个结婚的礼物！"曹鸿运牵起刘春霞的手说。

刘春霞兴奋地对曹鸿运说："曹鸿运、不、鸿运，这是你送给我的礼物！这也是我们两个人的婚房，是我们两个人的家。"

"对！春霞，这是我们两个人的家。我这个漂泊在外的游子，在迟暮之年回到了山东。在家乡山东找到了我的另一半。感恩山东、感恩龚微湖，如果没有他我怎么会回到山东，怎么会遇上你。春霞，我也感恩遇上了你，是你让我的晚年有了精神依靠！"曹鸿运对刘春霞说。

刘春霞对曹鸿运说："鸿运，我也感恩今生遇上了你。"

"那咱们两个尽快登记结婚吧！"曹鸿运有些迫不及待地对刘春霞说。

刘春霞一个人回了趟老家微山湖，把户籍迁到了济南市中区。

曹鸿运和刘春霞在民政局登记结婚了，两人高兴地拿到了结婚证。回到了家，刘春霞拿出结婚证给龚微湖和马菱莲看。

龚微湖高兴地对曹鸿运和刘春霞说："祝贺你俩喜结良缘。"他又对外甥女刘春霞说："春霞，你和鸿运登记了，这么大的喜讯，你也要告诉玲玲一声，让她也来分享你的喜悦。"

"我倒想着给玲玲打个电话，可、可我又一想，我怕她不支持我再婚。所以我没敢提前通知她，我想，等生米煮成熟饭了，我再告诉她。"刘春霞对龚微湖说。

龚微湖一听刘春霞这么说，他有些不高兴地说："春霞，你怎么能这么想呢？天下做儿女的都希望自己的父母幸福安康，哪能剥夺父母追求幸福的权利！好了，你现在不用怕这怕那的了，可以给玲玲打电话说了。"

"行，我这就给玲玲打个电话。"刘春霞拿出来手机给女儿王玲打了个电话。

王玲接了电话，还没等刘春霞向女儿说什么，王玲在电话那端抢先对母亲说，她现在正忙着，等她忙完了，她带着她的男朋友一起回姨姥爷家，见了面再说。

下午，王玲和曹家旺提着水果来到了龚微湖家。刘春霞见到女儿，想对女儿说什么却说不出口，颤颤巍巍地拿出了结婚证让女儿看。王玲看母亲的神情，又看了看母亲手中的结婚证，她先是拥抱了一下母亲，接着为母亲送上祝福："恭喜妈妈，终于找到了一个家！

妈妈，你能有一个幸福的归宿，我这个做女儿的也为你高兴。"

"玲玲，妈妈下半辈子有指望了。"刘春霞被女儿拥抱着，满目泪光。

这时，曹家旺对叔叔说："恭喜叔叔，贺喜叔叔！耄耋之年回到山东，巧遇生命的另一半。祝愿叔叔和婶婶，牵手共度夕阳红。"

曹鸿运和刘春霞一同感谢亲人对他俩的理解和祝福。

这时，龚微湖转过身来问王玲："玲玲，你不是说也要带男朋友来吗？怎么没带来呢？"

"他呀！远在天边，近在眼前。"王玲说道。

龚微湖朝门口方向看了看：没有别人来呀。他脑子里重复了王玲的那句话：远在天边，近在眼前。他似乎开窍了，说："是曹家旺？玲玲，你带来的男朋友是曹家旺？怎么会是他？"

"是他，姨姥爷，您感到很意外？"

"不对吧，你们两个是怎么扯到一块的？"

"我俩是在工作中，相知并相爱的。"

"工作中？玲玲，你不是在杨哲齐的房地产公司工作的吗？"

"姨姥爷，不瞒您说，我跳槽了！"

"你跳槽了？"

"对！我跳槽了，我从杨总的房地产公司跳到了我大舅的文旅公司，与曹家旺同在一个办公室，我俩就这么在一起了。"

"哼！年轻人，干什么都没点常性，总像个蚂蚱似的蹦来跳去的。"

"姨姥爷，您没看电视新闻吗？现在，中国的房地产业已由黄金时代转入白银时代了。头几年，全国的乃至山东的房价都翻倍往上涨。今年山东二线城市的房价才趋于平稳，房地产商拿地、建房都处于观望状态了。过去，杨总都给我发高薪，可后来，就干脆不给我发工资了。姨姥爷，您说我不跳槽怎么办？我总不至于上您这儿来天天啃老吧？"

"原来是这么回事。"

"我跳槽,这不是跳对了？跳到了我大舅的公司,巧遇了曹家旺。"

"玲玲,你了解曹家旺吗？他在新加坡可是有家室的,你这样可是第三者插足啊！"

"姨姥爷,其实曹家旺在新加坡早离婚了,现在一直单身。"

"哦？家旺,是这样吗？"龚微湖转问曹家旺,"家旺,你可不要欺骗了我这个重外甥女,她可是个单纯的女孩子。不然的话,我这个做姨姥爷的,绝饶不了你！"

"不敢不敢！我哪敢欺骗王玲呀！王玲的墨水比我多,您听,我现在说话都是王玲教我的山东话。前几年,我在浙江投资旅游项目,有老乡对我说苏杭出美人。我本想着在杭州抱得美人归,可是我却与杭州没有缘分。后来我回到了山东,没想到,竟然在山东抱得了美人归。"曹家旺用山东话说道。

龚微湖听了点点头,他又问曹家旺:"家旺,你比我重外甥女得年长十几岁吧？"

龚微湖这么一问,曹家旺没敢回答。王玲抢过话头说:"姨姥爷,现如今,男女之间的爱情和婚姻,都无国界、无年龄之分了。"

"呵呵！玲玲,你和曹家旺结了婚,就准备移民新加坡了？唉！,我指望你给我写《山东老乡》的小说、剧本、电视剧啊,看来统统没戏喽！"龚微湖摇头摆手。

王玲一看龚微湖悲观丧气的样子,她安慰道:"姨姥爷,您干吗那么悲观呢？您要保持乐观！我和曹家旺结了婚,我没说非要移民新加坡呀,曹家旺是山东人,他的根在山东。他还在济南买了婚房。以后,我和曹家旺就长期居住济南。您让我写《山东老乡》的小说、剧本、电视连续剧,都统统有戏。"

　　"哈！我的《山东老乡》统统都有戏！玲玲，你这么一说，我由悲观变成乐观了！"

　　"您这样就对喽！"

　　"来来来，大家都坐下来喝茶！这会子光顾着说话了，忘了让大家喝茶了。"龚微湖招呼着大家都坐到茶几旁，"我看，你们赶紧选个良辰吉日，举行婚礼。"

　　曹家旺和王玲在济南的大酒店举行了婚礼。龚微湖是他俩的证婚人。

第三十二章

2019 年是中华人民共和国成立七十周年。广袤的齐鲁大地经济繁荣，文化昌盛。今年，龚微湖为家乡捐建的老年公寓和希望小学竣工落成了。当地政府诚邀龚微湖亲自为他捐建的微湖老年公寓和微湖希望小学揭牌。

龚微湖这次回微山湖，领了十几个山东老乡。曹鸿运、曹家旺、杨哲齐，还有微湖文旅公司的几位早年旅居国外的老乡都来了。

龚微湖这次之所以带队回微山湖，更主要的一个目的是想让商业界的山东老乡随行参观、考察家乡微山湖的自然资源，为家乡的发展建设招商引资。

龚微湖一行十几人开了四辆车从济南到微山湖丁楼码头，王书记和龚东明雇用了龚东阳的机船来接。龚微湖和王书记，双方人员见面后亲切握手，机船从丁楼码头驶向南阳码头。

初秋，微山湖秋风阵阵，机船两翼掀起层层浪花，湖面上泛起片片涟漪。

龚微湖等人坐在船舱的木板凳上透过小窗口向湖水北向眺望。

龚微湖指着隐约可见的跨湖大桥，说："老乡们，都过来看看，那座大桥是微山湖跨湖大桥，是枣菏高速绕建南四湖上的工程项目，预计 2020 年通行。到时候，微山湖大桥通行了，咱们再来微山湖可以直接开车到家门口了。"

"哪儿呢？我看看。"老乡们争先恐后地趴在小窗口向远处眺望。

"是那架东西方向的跨湖大桥吗？"曹鸿运问龚微湖。

龚微湖回答说："对对对！"

"看来，微山湖跨湖大桥，可是个不小的项目工程。"曹鸿运感慨地说。

"那是啊！"龚微湖转头对船舱里面的侄子龚东明说，"东明，你来给老乡们讲解一下微山湖跨湖大桥的情况。"

"好的！我来向山东老乡们简要介绍一下微山湖跨湖大桥。微山湖跨湖大桥是枣菏高速的一个项目工程。枣菏高速绕建济宁的南四湖，也就是微山湖、昭阳湖、独山湖、南阳湖，南四湖上修建的特大桥，将是山东最大的跨湖桥梁。"

龚东明镇长向老乡们简要介绍了微山湖跨湖大桥所涉及的县市区域。微山湖跨湖大桥，老乡们都看到了，纷纷为这个项目点赞。

大约十分钟，机船从丁楼码头开到了南阳码头。龚东阳第一个跳下船，从码头上搬来了一块宽木板，搭建在码头与船之间，方便船上的人下船。王书记和龚东明两人扶着曹鸿运和龚微湖下船，其他人沿着搭建的木板下了船。

王书记和龚东明带着龚微湖一行人，从南阳码头到了南阳镇上，他们穿越弯曲狭窄的小街小巷，来到了南阳镇的中心街。南阳镇的中心街是一条南北向的商业街，商业街两旁是一家家商铺，商铺是两层朱红色、飞檐翘角的仿古小楼，中心街的路面都是用青灰砖铺成的。

王书记一边走一边给老乡们介绍南阳古镇。一行人经过百年老店"庆三恒"，王书记停下脚步，向老乡们解说百年老店"庆三恒"的历史与发展。他还说："百年老店'庆三恒'已被评为济宁市非物质文化遗产。"

老乡们一边走一边看，时而驻足停留，他们对南阳古镇的历史与发展很感兴趣。

龚微湖到了他年轻时最熟悉的地方，他对大家说："大家看，这个地方是我年轻时和马菱莲一起办民校的地址，这里如今都盖起二层小楼了。"

王书记和龚微湖一行人都来到了商业街最北面的地方，这里有一排刚建成的三层小楼，小楼造型别具一格，与中心街上的房子截然不同。小楼院墙大门口的牌子上写着微湖老年公寓和微湖希望小学。这排三层的小楼，正是龚微湖为家乡捐建的老年公寓和希望小学。

王书记带领大家来到了老年公寓大门口参观，老乡们对"微湖老年公寓"几个大字点评了一番。进了大门后，有个露天的院子，院子里有各种老年人的活动器械，以方便老人们天气晴朗时在院子里晒太阳锻炼身体。院内的小楼坐北朝南，一楼是活动室、棋牌室、电脑室。阴天下雨了，老人们可以足不出户，在屋里活动，下下象棋，打开电脑看看外面的世界，还可以通过电脑与在外工作学习的亲属面对面视频交流。

龚东明说："微湖老年公寓，就全市的老年公寓来说，实属样板工程。全新的楼房、太阳能、风力发电、互联网高科技和优质的食宿，足以让入住的老人们安享晚年。"

王书记补充说："微湖老年公寓是中国特色社会主义制度下建设美丽家乡的新型典范。"

龚微湖接着说："建设美丽家乡，是我龚微湖和众多老乡的梦！我很高兴，老年公寓建成并使用了，可以让家乡的老人们有一个晚年的归宿。"

龚东明接着说："微湖老年公寓接收的老人，首先照顾到本村镇的。据统计，本村镇上，百岁老人就有六位，九十岁以上的老人有六位，八十岁以上的老人有九位。七十岁以上的老人，通过条件筛选，暂时有九位。"

曹鸿运一听,这个村镇上有六位百岁老人,顿时竖起来大拇指说:"呵！咱们这个村镇上还有不少百岁老人，稀罕！"

"我们微山湖有那么多长寿老人，这说明我们微山湖自然生态环境养人，宜居。可以说，微山湖是长寿之乡，微山湖里的湖水是长寿之水。"龚微湖赞美起自己的家乡。

一行人参观完微湖老年公寓，王书记又带领他们参观微湖老年公寓东边的微湖希望小学。

微湖希望小学院内有个椭圆形的操场，操场上竖着一根旗杆，是学校师生每天清早用来升国旗的。

微湖希望小学也是三层小楼。教室内黑板、课桌、板凳等一应俱全。

王书记对龚微湖一行人说："各位老乡，我向大家汇报一下各位的行程安排。明天，微湖希望小学揭牌时间是8点整，微湖老年公寓揭牌时间是10点整。今天下午各位老乡可以在咱微山湖南阳古镇多走走多看看，也可以到微山湖里撑着船摘莲蓬、采菱角。我们雇了几个村民的小渔船，还为每个老乡备了救生衣。"

初秋的微山湖，湖里的湖莲花有的正张开花瓣，露出金黄丝线状的花蕊；有的花瓣散落到湖水面上，金黄色的花蕊也散落到湖面上，一片又一片。

老乡们在微山湖里摘了不少莲蓬，还在当地村民的帮助下，摘了几大网兜菱角。

每条小船上都收获了不少莲蓬和菱角，每个人的脸上都露出满足的笑容。生活在大城市的老乡们，体验到在乡村采摘的乐趣。

第二天，太阳从东方冉冉升起，微山湖的湖面上晨雾逐渐散去，微风吹拂，湖面泛起细细的波纹。

8点，微湖希望小学揭牌，当地政府工作人员、龚微湖及老乡们都到了现场，县电视台、报社记者现场录像采访。

微湖希望小学全体师生，升国旗、唱国歌——

起来

不愿做奴隶的人们

把我们的血肉

筑成我们新的长城

中华民族到了　最危险的时候

每个人被迫着发出最后的吼声

起来，起来，起来

我们万众一心

冒着敌人的炮火　前进

冒着敌人的炮火　前进　前进　前进进

微湖希望小学的学生代表向龚微湖行少先队队礼，其中一个学生给龚微湖系上了红领巾。

龚微湖揭牌后发言："2019年，迎祖国七十周年华诞！少年儿童是祖国的花朵，未来的希望！我这个人愿用自己的力量托起明天希望的太阳。"

10点整，微湖老年公寓揭牌，县电视台采访报道。

龚微湖再次登台发言，他说："中国梦是国家的、是民族的、也是每一个中国人的。我龚微湖，中国山东人，将为家乡的发展、为家乡的人民早日过上小康生活不惜余力！这是我一个山东人、一个游子的中国梦！"

微山湖，湖水荡漾、微风和煦。迟暮归来的龚微湖，在他耄耋之年，为家乡的父老乡亲奉献了自己的赤子之心。